Charmed

Charmed

Zauberhafte Schwestern

Abaddon

Roman von
von Tabea Rosenzweig

Bibliografische Information Der Deutschen Bibliothek
Die Deutsche Bibliothek verzeichnet diese Publikation in der
Deutschen Nationalbibliografie; detaillierte bibliografische
Daten sind im Internet über http://dnb.ddb.de abrufbar.

Das Buch »Charmed – Zauberhafte Schwestern. Abaddon« von
Tabea Rosenzweig entstand auf der Basis der gleichnamigen
Fernsehserie von Spelling Television, ausgestrahlt bei ProSieben.

© des ProSieben-Titel-Logos mit freundlicher Genehmigung
der ProSieben Television GmbH
® & © 2004 Spelling Television Inc.
All Rights Reserved.

1. Auflage 2004
© der deutschsprachigen Ausgabe:
Egmont vgs verlagsgesellschaft mbH
Alle Rechte vorbehalten.
Lektorat: Michael Neuhaus
Produktion: Wolfgang Arntz
Umschlaggestaltung: Sens, Köln
Titelfoto: © Spelling Television Inc. 2004
Satz: Kalle Giese, Overath
Printed in Germany
ISBN 3-8025-3301-1

Besuchen Sie unsere Homepage:
www.vgs.de

>*Verdammt, niemand hat mir gesagt,
dass ich diesen Krieg alleine führen muss!«*
Ungenannter Computer-Rollenspiel-Held

>*Okay, Leute, das ist der Plan: Wir stürmen jetzt
diese Höhle, metzeln alle Monster nieder und
schnappen uns das Gold!«*
Die letzten Worte eines Computer-Rollenspielers
an sein Team

Ich danke den Entwicklern von *Blizzard Entertainment* und *Piranha Bytes*, die mir mit »Diablo II« und »Gothic II« jede Menge Spielspaß bereitet und mich zu diesem Roman inspiriert haben.

Prolog

Queenie, die Zauberin, betrat den dunklen Dungeon mit gemischten Gefühlen.

Und das aus gutem Grund: Portis, der Herrscher über Level 5, der sie hier irgendwo erwartete, war immun gegen Magie und Elementarschäden, das hieß, der Erzdämon konnte nur mit roher Gewalt erledigt werden, obwohl er selbst mit Feuer und Blitzen nur so um sich warf. Dummerweise hatte Queenie gerade jetzt keinen Kämpfer an ihrer Seite, der das schiere Niederknüppeln für sie erledigen konnte.

Portis' Vorhut auf ihrem Weg in die »Gruft des Schreckens« – eine Armee aus Skelettmagiern, Untoten und sogar Feuerteufeln – hatte Queenie noch relativ problemlos mit »Gewitter« und einem Sprühregen aus messerscharfen Eissplittern aus dem Weg räumen können. Kammer für Kammer, Höhle für Höhle hatte sich Queenie so zu Portis' Refugium vorwärts gekämpft.

Eines der Skelette hatte bei seiner Vernichtung einen magischen Schild fallen lassen, der seinem Träger zehn Prozent mehr Mana und einen deutlich erhöhten Schutz gegen Feuer verlieh. Den konnte Queenie gut gebrauchen, denn größtmöglicher Feuerschutz war hier, in Portis' »Gruft des Schreckens«, überlebenswichtig.

Nachdem Queenie auch den letzten Schergen des Level-Bosses erledigt hatte, tat sich der Boden vor ihren Füßen auf, und ein ohrenbetäubendes Grollen ertönte. Das war das Zeichen dafür, dass Portis' nun jeden Moment aus der Unterwelt auftauchen würde, um sich ihr entgegenzustellen.

Queenie schluckte. Ihre Hände umfassten den Einhand-Zauberstab mit der goldenen Spitze noch fester, und ihr Herz machte einen erschrockenen Satz, als der Dämon langsam aus der Tiefe stieg.

Rasch zauberte sie einen Teleporter herbei und sprang zurück in die Stadt, aus der sie einst ausgezogen war, Portis zu besiegen, um ihr eigentliches Ziel zu erreichen: die Vernichtung Abaddons.

Hier, innerhalb der schützenden Mauern von Thalija, konnte sie sich nun in aller Ruhe eine Strategie zur Erledigung dieser gefährlichen Aufgabe überlegen oder darauf warten, dass ihr jemand zur Hilfe kam ...

Schon bald würde sie Level 5 hinter sich gebracht und den letzten Akt dieses Abenteuers erreicht haben: Level 6, wo der Endgegner des Spiels, Abaddon, schon auf sie wartete ...

»Teddy, wo ist der Kaffee!«, gellte plötzlich eine Stimme durchs Haus, und Teddy zuckte vor ihrem Monitor zusammen. Mist, Ma ist schon zu Hause, durchfuhr es sie, und ich hab noch nicht mal eingekauft ...

Eilig erhob sie sich von ihrem Schreibtischstuhl und huschte hinunter in die Küche, wo ihre Mutter gerade wütend eine Schranktür zuknallte. »Ma, ich geh sofort los ... es ist nur ... ich wurde im Netz aufgehalten ...«

Liz Myers sah ihre Tochter einen Moment lang schweigend an. In ihrem konservativen grauen Business-Kostüm wirkte sie wie eine unnahbare Lehrerin – selbst der gestrenge Haarknoten fehlte nicht. »Aha«, sagte sie schließlich matt und ohne die geringste Spur eines Lächelns, »Madame wurde also im Netz aufgehalten? Darf man denn erfahren, was so wichtig ist, dass darüber dein Badewasser kalt und das Einkaufen vergessen wurde?« Nicht dass es Liz Myers wirklich interessiert hätte, was ihre Tochter im Cyberspace trieb, und da sie auf diese Frage ohnehin keine Antwort erwartete, ging es auch gleich weiter mit der Litanei. »Ich dachte«, fuhr Teddys Mutter seufzend fort, »wir hätten uns darauf geeinigt, dass du ein, zwei Dinge im Haushalt erledigst, wenn du aus der Schule kommst? Weißt du, ich hab 'ne Menge Stress im Job, und solange ich den ganzen Tag arbeite, ist es ja wohl nicht zu viel verlangt, wenn du auch deinen Teil dazu...«

Das war der Moment, in dem Teddy auf Durchzug schaltete, sich das Geld sowie die kurze Einkaufsliste vom Küchentisch schnappte und fluchtartig die Wohnung verließ.

Auf der Straße vor dem Haus atmete Teddy erst mal tief durch und fuhr sich durch das kurz geschnittene rote Haar. Sicher, sie hatte den ganzen Nachmittag damit verplempert, im Online-Rollenspiel »Abaddon« ihre Zauberin Queenie von Sieg zu Sieg gegen das Böse zu führen. Aber war denn das ein Grund dafür, dass Ma ihr schon wieder einen ihrer gereizten Vorträge über die Pflichten einer Sechzehnjährigen hielt?

Mürrisch schlenderte sie in Richtung Supermarkt.

»Hi, Teddy«, unterbrach da eine Stimme ihre trüben Gedanken. Teddy blieb stehen und drehte sich um. Ihr Blick fiel auf einen schlaksigen blonden Jungen in Cargopants und ausgebeultem T-Shirt.

Es war Eric Sotheby, der jetzt grinsend auf sie zutrottete.

Eric war fast 18 und ging mit Teddy auf die gleiche Highschool. Sie hatten sich vor zwei Jahren auf dem Pausenhof kennen gelernt, kurz nachdem Teddy mit ihrer Mutter von New York nach San Francisco gezogen war, und waren sich auf Anhieb sympathisch gewesen. Eric war in vielerlei Hinsicht anders als die anderen Jungs, die Teddy kannte. Er war still, ohne krankhaft schüchtern zu sein, selbstbewusst, ohne ständig große Sprüche zu klopfen, und er legte keinen Wert auf Statussymbole wie die »richtigen« Klamotten, den »richtigen« Angebersport oder die »richtigen« Freunde. Kurz, Eric war irgendwie cool. Und er spielte »Abaddon«!

»Was liegt an?«, fragte der Blonde, als er Teddy erreicht hatte, und zwinkerte ihr zu. Dann stutzte er und kniff die dunkelgrünen Augen zusammen. »Ich will ja nichts sagen, aber du siehst irgendwie ziemlich angepisst aus.«

Teddy musste grinsen. Auch etwas, das sie an Eric schätzte: seine lakonische Art. »Bin auf dem Weg zum Supermarkt und hatte Stress mit meiner Mutter. Noch Fragen?«

»Ich wollte mir gerade 'ne Palette Schokomilch besorgen. Was dagegen, wenn ich mitkomme?«, fragte Eric.

»Nö«, gab Teddy zurück, und so gingen sie schweigend weiter, bis sie den Eingang des »Wal Mart« erreicht hatten. Im Supermarkt trennten sich kurz ihre

Wege, doch als Teddy mit Kaffee, Brot und abgepacktem Aufschnitt die Kasse erreichte, stand Eric schon am Ende der Schlange. Tatsächlich hatte er einen ganzen Karton voller Schokodrinks auf dem Arm – sein Leib- und Magengetränk.

»Bist du heute Abend wieder online?«, fragte er, als hätten sie sich nie getrennt.

»Klar«, meinte Teddy, »bin ich doch sowieso den ganzen Tag.«

»Hoch lebe die Flatrate, was?« Er grinste.

»Ich wollte gleich mit Queenie den Portis erledigen – kommst du auch ins Game und hilfst mir?«, fragte Teddy, »mir fehlt nämlich noch ein Prügelknecht. Gleicher Spielname und dasselbe Passwort wie immer.«

»Ja, aber erst später, okay? Ähm, mit welchem Charakter soll ich kommen – Paladin oder Barbar?«

»Egal, Hauptsache du schnappst mir nicht wieder die besten Sachen vor der Nase weg, wenn der Kerl erledigt ist«, sagte Teddy grinsend.

Das Coole an »Abaddon« war, dass die besiegten Gegner, und vor allem die Level-Bosse, nach ihrem Ableben nicht nur viel Geld, sondern auch tolle, manchmal einzigartige Ausrüstungsgegenstände, so genannte Items, fallen ließen, die ein erfolgreicher Abenteurer – beziehungsweise sein wackerer Cyberheld – auf dem Weg zum ultimativen Level 6 gut gebrauchen konnte.

»Okay«, meinte Eric und schaute auf seine Armbanduhr, »ich klinke mich dann so gegen 19 Uhr in dein Spiel ein.« Gelassen wie immer bezahlte er seinen Kakao. »Bis dann, Süße!« Sprach's und zog von dannen.

»Bis später«, rief ihm Teddy nach, als sie ihre Einkäufe aufs Band legte. Der Abend versprach lustig zu werden.

Ungeduldig trommelte Teddy auf ihre Schreibtischplatte und sah zum wiederholten Male auf die Uhr neben ihrem Monitor.

Gleich nach dem Abendessen hatte sie sich wieder in ihr Zimmer zurückgezogen und sich bis zu ihrer Online-Verabredung mit Eric fast eine Stunde lang durchs langweilige Vorabend-TV-Programm gezappt.

Jetzt war es 19 Uhr 10, und Eric war noch immer nicht im Spiel aufgetaucht. Ob er den Game-Namen oder das Passwort vergessen hatte? In »Thalija« stand noch immer das magische Portal, mit dem Queenie jederzeit zurück in die »Gruft des Schreckens« springen konnte, um sich Portis zu stellen.

Teddy wechselte in den Chatbereich des Servers, in dem sich die Spieler von »Abaddon« miteinander austauschen konnten, und tippte: **Hat jemand »Triggerpower« gesehen?** »Triggerpower« war Erics Account-Name, und Eric war auf dem »Abaddon«-Server so bekannt wie ein bunter Hund. Sie selbst war unter dem Alias »Teddygirl« angemeldet.

Nope, schrieb jemand zurück. **Heute Abend noch nicht.**

Teddy überlegte, ob sie Eric einfach anrufen sollte, verwarf den Gedanken aber wieder. Irgendwie war das uncool, und er würde schon seine Gründe dafür haben, wenn er sich verspätete.

Hast du ein Spiel laufen, Teddygirl?, fragte jemand mit dem Account-Namen »Telemach«.

Ja, stehe mit meiner Zauberin kurz vor Portis und

brauch dringend einen Kämpfer, der mir hilft, erwiderte Teddy.

Tja, bei dem hilft nur Haudruff, meinte ein Großmaul namens »Conan75«. **Da is nix mit Feuer- und Eis-Geraffel.**

In diesem Moment popte das Privatdialog-Fenster auf, und »Telemach« schrieb: **Wenn du willst, helf ich dir. Hab 'nen Level-35-Barbar, der sollte die Sache regeln können.**

Teddy überlegte kurz, ob sie auf Eric warten oder dem Unbekannten Spielnamen und Passwort nennen sollte, damit er ihr gegen Portis half. Irgendwie hatte sie ein schlechtes Gewissen, Eric damit für heute praktisch abzuservieren, aber andererseits wollte sie auch ein Level weiterkommen, und es war ja schließlich Eric gewesen, der sie hatte sitzen lassen ...

Okay, danke, tippte sie schließlich, **das Spiel heißt TEDDYGAME, und das Passwort lautet BLAHFASEL.**

BLAHFASEL?, kam es zurück. **LOL! Okay, ich log mich dann mal ein. Wo soll ich hinkommen?**

Nach Thalija. Der Teleporter in die Gruft des Schreckens steht schon.

Teddy wechselte zurück ins laufende Game und sah, wie am Bildschirmrand »*SlayerPrayer* hat das Spiel betreten« erschien. *SlayerPrayer* musste der Held von Telemach sein, und tatsächlich, eine Sekunde später nahm ein Barbar mit Kriegshammer und in beeindruckender Plattenrüstung neben Queenie Gestalt an.

Dann mal los, schrieb Telemach, und schon verschwand sein Barbar im Teleporter. Teddy folgte ihm mit Queenie und fand sich gleich darauf in der »Gruft des Schreckens« wieder.

Portis, der eine Kreuzung aus Krake und gigantischer Schnecke zu sein schien, stand bereits drohend im Zentrum des unheimlichen Domizils und schleuderte mit seinen Tentakeln Feuer und Blitze in ihre Richtung.

Unbeeindruckt davon stürmte der Barbar auf den missgestalteten Dämon zu und drosch auf ihn ein, was das Zeug hielt. Die grüne Lebensanzeige des Gegners schmolz dahin wie Butter in der Sonne, während Telemachs Spielfigur kaum Schaden zu nehmen schien. Ehe sich Teddy versah, brach Portis mit einem grauenvollen Wehklagen tot zusammen, während um ihn herum diverse Gegenstände zu Boden fielen.

Das war's, erschien auf dem Bildschirm. **Hoffe, der Dame geholfen zu haben.**

Zögernd trat Teddy mit Queenie näher. Sie war sehr beeindruckt davon, wie schnell Telemach diesem Gegner den Garaus gemacht hatte. Am Boden bei der Leiche des Dämons lagen neben jeder Menge Gold eine goldene Rüstung aus Drachenleder – ein kostbares Unique-Item! –, ein blau eingefärbtes Kurzschwert – was auf einen zumindest magischen Gegenstand hinwies –, und ein mehrfarbiger Edelstein.

Super, tippte Teddy.

Kannst die Sachen behalten – ciao, bis demnächst, kam es zurück, und dann erschien »*SlayerPrayer* hat das Spiel verlassen« auf ihrem Monitor.

Verdutzt blieb Teddy allein zurück. Sie hätte sich gern bei dem Unbekannten für seine Hilfe bedankt und noch ein bisschen mit ihm geplaudert, doch dazu war hier im Spiel nun keine Gelegenheit mehr.

Sie sammelte das Gold und die magischen Gegenstände ein. Die Rüstung aus Drachenleder war der Hammer und besaß neben einem extrem hohen Verteidigungswert die Fähigkeit, ihrem Träger Mana und Leben zu regenerieren. Genau das Richtige also für eine Magierin. Das Schwert war ein durchschnittliches Langschwert, und da Queenie als Zauberin ohnehin nicht mit einer Waffe kämpfte, konnte Teddy es guten Gewissens verkaufen oder verschenken. Der Edelstein indes war so selten, dass Teddy mit ihm einen von Queenies Ausrüstungsgegenständen aufwerten oder ihn gegen ein anderes, begehrtes Item eintauschen konnte. Alles in allem keine schlechte Ausbeute, und dazu war sie endlich ein Level weitergekommen ...

In diesem Moment erschien ein Schriftzug auf dem Bildschirm:

Herzlichen Glückwunsch, Queenie!
Du hast soeben Level 5 geschafft und bist in
Level 6 aufgestiegen.
Abaddon erwartet dich bereits!
Möchtest du nun Level 6 betreten?
Ja/Nein.

»Teddy! Telefon!«, schrillte da die Stimme ihrer Mutter durchs Haus.

Erschrocken sprang Teddy auf und hastete in den Flur, wo Ma ihr schweigend das schnurlose Telefon in die Hand drückte und wieder im Wohnzimmer verschwand.

»Ja, bitte?«, hauchte Teddy in den Hörer.

»Spreche ich mit Teddy Myers?«, fragte eine brüchige männliche Stimme am anderen Ende.

»Ja.«

»Hier ist Frank Sotheby, ich bin der Bruder von

Eric.« Es folgte eine kurze Pause. »Ich habe deine Telefonnummer neben Erics PC gefunden. Ich wollte dir nur mitteilen, dass Eric ... Na ja, Eric ist ... heute Nachmittag ohnmächtig vor seinem Rechner zusammengebrochen und ins Krankenhaus eingeliefert worden.«

Teddy stockte der Atem, und eine kalte Hand griff nach ihrem Herzen.

»Dort ist er dann ... vor einer Stunde gestorben, ohne das Bewusstsein wiedererlangt zu haben.«

1

*F*LUCHEND SCHLUG PHOEBE HALLIWELL auf die Schreibtischplatte ihres Arbeitsplatzes beim *Bay Mirror* und betätigte hektisch mehrere Tasten auf ihrem Computerkeyboard. Ohne Erfolg. Das Textprogramm hatte sich unwiderruflich aufgehängt, und mit ihm schien sich auch der Artikel, an dem sie gerade gearbeitet hatte, auf Nimmerwiedersehen verabschiedet zu haben.

Zähneknirschend schaltete die junge Hexe den störrischen Computer aus und gleich wieder an.

»Ich fasse es nicht«, fauchte sie, während der Rechner neu bootete. »Bestimmt sind jetzt alle meine Änderungen verloren!«

Doch es war noch schlimmer. Das Betriebssystem selbst schien eine böse Macke zu haben, denn der Desktop baute sich nicht einmal mehr auf; lediglich der blaue Bildschirmhintergrund sowie eine kryptische Fehlermeldung erschienen auf dem Monitor, und das war's auch schon. Keine Chance, das Textverarbeitungsprogramm zu starten, geschweige denn ihren Artikel aufzurufen, an dem sie in den letzten zwei Stunden herumgefeilt hatte.

Phoebe biss sich auf die Unterlippe. Kurz entschlossen griff sie zum Telefon und rief Walter Perkins, den Sysadmin der Zeitung, an. Lang und breit schilderte sie diesem sodann ihr Problem.

»Tja, da hat sich wohl das OS abgeschossen«, meinte der lakonisch, als passiere dergleichen beim *Bay Mirror* jeden Tag. »Ähm, haben Sie sich ein Backup Ihres Textes auf Diskette gezogen, Miss Halliwell?«

»Ja«, erwiderte Phoebe kleinlaut, »aber das ist schon ein paar Tage alt ...« Sie seufzte. »Gibt's denn keine Möglichkeit, noch an den heutigen Text auf meiner Festplatte ranzukommen? Bitte! Ich hab heute Abend Abgabe!«

»Das sieht schlecht aus«, entgegnete Walter wenig beeindruckt. »Aber ich müsste mir das erst mal persönlich ansehen, um Genaueres sagen zu können. Möglicherweise muss man das System neu aufspielen, und ich kann nicht versprechen, dass ich Ihre lokalen Daten zuvor noch irgendwie sichern kann, bevor wir die Harddisk leer räumen. Vielleicht ist's aber auch nur ein Virus ... Andererseits, wenn das Dateisystem abgeschossen ist, wird's schwierig mit der lokalen Datenrettung und –«

»Wie lange wird das denn alles dauern?«, unterbrach ihn Phoebe ungeduldig und schaute auf die Uhr. Es war jetzt kurz vor 16 Uhr, und ihr schwante Schlimmes.

»Also, ob das heute noch was wird, weiß ich nicht«, meinte Walter leidenschaftslos, »ich muss hier nämlich erst ein paar Wartungsarbeiten am Server abschließen, danach noch ein paar neue User anlegen, und dann –«

»Danke«, zischte Phoebe, »aber so lange kann ich nicht warten!« Erbost knallte sie den Hörer auf die Gabel.

Dann schnappte sie sich die Diskette mit ihrem Uralt-Backup, warf sich ihre Handtasche über die

Schulter und verließ wutschnaubend die Redaktion des *Bay Mirror*.

Das *OpenNet Point* war auch an diesem späten Nachmittag gut besucht.

Die ehemalige Lagerhalle am Hafen zählte zu den besten Internet-Cafés von San Francisco. Das Ambiente aus Stahl, Holz und tropischen Pflanzen in riesigen Terrakotta-Kübeln war geschmackvoll und zweckmäßig zugleich. Die Rechnerausstattung war vom Feinsten, und die Preise für die Benutzung der Hard- und Software nebst Online-Zugang waren moderat.

Direkt am Eingang, hinter einem Counter aus Metall und Buchenholz, begrüßte eine freundliche Blondine die Kunden, nahm deren Personalien auf, wies ihnen einen PC zu und regelte diskret alles Finanzielle. Stammbesucher mussten dieses Procedere nicht mehr durchlaufen; sie nahmen die Leistungen des *OpenNet Point* im Abonnement in Anspruch und rechneten am Monatsende per Kreditkarte mit dem Internet-Café ab.

Vor den pastellfarbenen Wänden standen die Hochleistungscomputer mit den großen TFT-Monitoren dicht an dicht; doch jeder Arbeitsplatz war vom anderen durch eine halbhohe Trennwand separiert, sodass für die Benutzer ein ausreichendes Maß an Privatsphäre gewährleistet war.

Hier und da gab es gemütliche Sitzecken, in denen man Kaffee trinken, lesen oder sich unterhalten konnte. Und so war das *OpenNet Point* nicht nur eine Anlaufstelle für Touristen und Geschäftsleute auf der Durchreise, die zwischendurch rasch ihre E-Mails abfragen wollten, sondern auch ein Treffpunkt für viele Jugendliche aus der Umgebung.

Mit hängenden Köpfen saßen Teddy Myers und James Sherman an ihrem von Palmen umstandenen Ecktisch und schwiegen.

Schließlich ergriff das Mädchen das Wort. »Ich kann's immer noch nicht fassen«, sagte es leise. »Wie konnte das nur passieren? Er war doch erst 17...«

»Ich weiß es nicht«, meinte James und rührte gedankenverloren die Eiswürfel in seiner Cola um. »Ich weiß nur, dass ich Eric sehr vermissen werde ...«

»Erics Bruder sagte, er wäre irgendwann gestern Nachmittag einfach besinnungslos vor seinem Rechner zusammengebrochen«, erzählte Teddy. »Seine Mutter hat ihn erst gefunden, als sie ihn zum Essen rufen wollte. Bereits auf dem Weg ins Krankenhaus ging es ihm immer schlechter, und noch bevor die Ärzte vor Ort weitere Maßnahmen einleiten konnten, ist er dann gestorben.«

»Scheiß Spiel«, murmelte James.

»Ich kann nicht begreifen, dass er... jetzt einfach nicht mehr da ist«, presste Teddy hervor, und heiße Tränen sammelten sich in ihren Augen. »Nächstes Jahr hätte er aufs College gewechselt... er hatte doch noch so viel vor...«

»Ich kannte ihn zwar nicht so lange wie du«, sagte der junge Mann, »aber ich glaube, er war der beste Kumpel, den man sich nur wünschen konnte. Kurz nachdem wir drei uns hier im *OpenNet Point* kennen gelernt haben, hat er mir gleich mit meinem ›Abaddon‹-Charakter geholfen. Ohne ihn wäre mein Barbar nicht halb so weit im Spiel wie er heute ist. Das ist jetzt vielleicht alles nicht mehr so wichtig, aber ich –« Er brach ab und wischte sich verstohlen eine Träne aus dem Augenwinkel.

»Er war der beste ... und der einzige Freund, den ich hier in San Francisco hatte«, sagte Teddy. »Als meine Mutter und ich vor zwei Jahren aus New York hierher zogen, kannte ich keinen Menschen. Und die Jungs und Mädels in meiner Klasse, na ja, die sind alle so ... oberflächlich und kindisch. Der Einzige, mit dem ich auf Anhieb klargekommen bin, war Eric. Mann, wir hatten so viel Spaß bei ›Abaddon‹ ...«

»Weißt du«, sagte James, »auch wenn das jetzt herzlos klingen mag, aber ich gehe jetzt mal online und versuche Level 5 zu schaffen. Ich glaube, Eric würde das verstehen ... Ich meine, irgendwie ist es auch 'ne Art, seiner zu gedenken, meinst du nicht?«

Teddy nickte stumm und trank einen Schluck von ihrem Milchshake. Das *OpenNet Point* war auch für sie so etwas wie ein Zufluchtsort aus dem grauen Alltag geworden. Zum Beispiel wenn sie mal wieder Ärger mit ihrer Mutter hatte oder wenn sie einfach nur ein paar Stunden in Ruhe zocken wollte, ohne dass Ma ihr Treiben am Computer missbilligend beäugte und kommentierte. Und dass sie in den letzten Monaten in ihrer Freizeit nur noch »Abaddon« spielte, hatte das Mutter-Tochter-Verhältnis auch nicht gerade entspannt.

Liz Myers konnte einfach nicht begreifen, was an einem Computer-Game so spannend sein konnte, dass man darüber alles andere vergaß. Und die Tatsache, dass ihre Tochter über »Abaddon« nette Leute wie James kennen gelernt hatte, schien in ihren Augen überhaupt nicht zu zählen. Immerhin pflegte Teddy zu James nicht nur eine unpersönliche, virtuelle Beziehung, sondern hatte sich mit ihm und Eric regelmäßig im *OpenNet Point* getroffen. Und wenn sie und die Jungs mal nicht zusammen in »Abaddon« gegen das Böse gekämpft hatten, dann hatten sie sich hier wirklich gut unterhalten und über dies und das ausgetauscht.

Es stimmte, Eric würde ihnen fehlen, und es schien auf den ersten Blick tröstend, eine ihrer Gemeinsamkeiten auch weiterhin zu pflegen und sich dadurch der vielen schönen Stunden zu erinnern, die sie bei »Abaddon« erlebt hatten.

Teddy sah, wie James zur Gamer-Ecke hinüberschlenderte, die sie so getauft hatten, weil hier eine Hand voll Computertische so angeordnet waren, dass kleine Zocker-Teams im LAN oder per Internet spielen und sich dabei unterhalten konnten. Der ideale Platz für eine kleine spannende Runde »Abaddon« also.

Als sich James vor einem der Monitore auf den zugehörigen Schreibtischstuhl sinken ließ, warf er automatisch einen kurzen Blick über die niedrige Stellwand zu seiner Linken.

Am Nachbartisch saß eine junge Frau, die mit verdrossener Miene über einem Textdokument brütete und sich ab und an fast verzweifelt die dunklen Haare raufte. »Verdammter Mist...«, murmelte sie gerade und sah stirnrunzelnd auf ihre Armbanduhr.

»Kann ich dir helfen?«, bot er sich an.

Die Frau drehte sich zu ihm um und schenkte dem jungen Mann mit dem kurzen kastanienfarbenen Haar ein warmes Lächeln. »Nein, danke. Da muss ich wohl ganz alleine durch«, sagte sie. »Mir ist in der

Redaktion der Rechner abgestürzt, und jetzt muss ich diesen Artikel hier noch mal aufs Neue überarbeiten, weil meine heutigen Änderungen auf *dieser* Sicherungskopie«, sie deutete auf den Diskettenschacht, »noch nicht berücksichtigt sind.« Phoebe seufzte. »Dumm gelaufen ...«

»Das ist bitter«, meinte James. »Es geht doch nichts über ein tägliches Backup. Ich bin in dieser Hinsicht fast schon paranoid.«

»Bist du auch zum Arbeiten hier?«, fragte die junge Frau.

»Nein, ich studiere noch, und ansonsten daddel ich hier nur so ein bisschen rum.«

Phoebe, die ihr Gegenüber auf Ende Zwanzig schätzte, fand, dass James für einen Studenten schon recht alt wirkte, aber das war ja auch kein Wunder, wenn er den ganzen lieben langen Tag in Internet-Cafés rumhing ...

»Was soll das bedeuten, du *daddelst* rum?«

»Na ja, ich spiele in meiner Freizeit ein brandneues Online-Rollenspiel«, meinte James, und seine großen braunen Augen begannen zu leuchten. »Ach ja, ich heiße übrigens James Sherman.« Er nickte ihr freundlich zu.

»Ich bin Phoebe Halliwell«, sagte die junge Frau und lächelte zurück. »Was ist denn ein Online-Rollenspiel?«

»Ein Computerspiel, bei dem man in die Rolle eines Helden, auch Charakter oder Figur genannt, schlüpft und mit diesem gegen böse Dämonen und andere Gefahren kämpft.«

Das erledigen meine Schwestern und ich auch ohne Computer, dachte Phoebe und grinste in sich hinein.

»Spielen kann man allein oder im Verbund mit mehreren Leuten, also online übers Netz«, fuhr James fort. »Wenn man das erste Mal ins Game einsteigt, wählt man sich einen Charakter seiner Wahl aus, zum Beispiel eine Amazone, eine Zauberin, einen Barbar oder einen Druiden. Jede Charakterklasse hat ihre eigenen Fähigkeiten und Vorzüge. So kämpft eine Zauberin natürlich hauptsächlich mit Magie, während sich ein Barbar zumeist mit Schwert, Axt oder Speer durch die Level prügelt.«

»Level?«, fragte Phoebe.

»Das sind verschiedene Etappen im Spiel«, erklärte James geduldig, »die natürlich immer anspruchsvoller werden. Das erste Level ist noch vergleichsweise einfach, aber da man noch nicht über die beste Ausrüstung verfügt, auch wieder nicht ganz so easy. Jede dieser Etappen endet mit einem größeren Kampf gegen den so genannten Level-Boss. Erst wenn man den besiegt hat, kommt man eine Stufe, also ein Level weiter.«

»Verstehe.« Phoebe nickte.

»In dem Game, das ich gerade spiele, gibt es sechs Level«, führte James weiter aus, »und am Ende des sechsten und letzten wartet dann der mächtige Erzdämon Abaddon auf den Helden – ›Abaddon‹ ist übrigens auch der Name des Spiels.« Er schenkte Phoebe ein gewinnendes Lächeln.

»Klingt lustig«, meinte Phoebe freundlich. »Also kämpft man sich von Level zu Level, und das war's?«

»Nein, man muss in jedem Kapitel auch bestimmte Aufgaben, Quests genannt, erfüllen, um weiterzukommen. Diese Aufträge erhält man von den NPCs, die man im Game trifft. NPCs sind all die Figuren, die nicht von einem Spieler geführt werden, also rein programmgesteuerte Charaktere.«

»Aha«, meinte Phoebe. »Und wenn man dann im letzten Kapitel diesen Abaddon besiegt hat, ist auch das Spiel zu Ende?«

»Na ja, im Prinzip schon«, meinte James. »Man könnte dann natürlich versuchen, das Ganze mit einem anderen Charakter zu wiederholen. Der Reiz bei ›Abaddon‹ besteht vor allem darin, seine gewählte Figur optimal zu skillen und mit den tollen Dingen, die man auf seinem Weg zum Endgegner findet oder irgendwelchen Angreifern abjagt, bestmöglich auszurüsten.«

»Was bedeutet ›skillen‹?«, wollte Phoebe wissen.

»Je länger du kämpfst und je mehr Monster du erledigt hast, umso mehr Erfahrung gewinnt dein Charakter«, erläuterte James. »Und nach einer Weile hat man somit eine Hand voll Erfahrungspunkte angesammelt, die man auf die ausbaufähigen Talente seiner Spielfigur, die so genannten ›Skills‹, verteilen kann. Zum Beispiel könnte man bei einem Barbar das Attribut ›Stärke‹ hochskillen oder die Fertigkeit ›Schwertkampf‹. Bei einer Zauberin könnte man das ›Mana‹, also die geistigen Reserven, oder eine bestimmte Magiefertigkeit wie ›Eispfeil‹ oder ›Feuerball‹ steigern und so weiter. Wenn man das Skillen klug anstellt, spielt man nach und nach einen Charakter, der optimal für alle noch kommenden Gegner gerüstet ist.«

»Und die tollen Dinge, die man findet oder seinen Widersachern abjagt, was ist mit denen?«, hakte Phoebe, inzwischen wirklich interessiert, nach.

»Das können Gegenstände wie Rüstungen oder Waffen sein, die den Charakter besser schützen, beziehungsweise schlagkräftiger machen. Diese ›Items‹ kann man in Kisten, Gruben oder Gebäuden finden. Die besten Sachen jedoch lassen deine Gegner, und vor allem die Level-Bosse, bei ihrem Tod fallen. Je schwieriger der Widersacher, desto höher die Chance, dass er was richtig Gutes zu Boden schmeißt, nachdem man ihn besiegt hat.«

James hatte sich nun richtig in Fahrt geredet.

»Du musst wissen, viele Items in ›Abaddon‹ haben magische Fähigkeiten und können die Attribute und Talente steigern, die man weiter ausbauen will oder muss«, führte er weiter aus. »So kann ein bestimmter Schild einen Barbaren nicht nur besser im Kampf schützen als ein anderer, er mag zum Beispiel auch die Fähigkeit ›Stärke‹ erhöhen oder den Charakter immun gegen Feuer, Blitz, Kälte oder was auch immer machen.«

»Und was ist mit Sachen, die man nicht gebrauchen kann?«, fragte Phoebe.

»Die kannst du liegen lassen oder einstecken und erst mal in deiner persönlichen Kiste in der Stadt deponieren. Und wenn man lieber im Team spielt, kann man die Gegenstände, für die man keine Verwendung hat, auch mit anderen Spielern gegen Items tauschen, die sie gefunden haben und die man selbst gern hätte.«

»Was für einen Charakter spielst du denn?«, wollte Phoebe wissen.

»Ich bin mit einem Level-10-Axt-Barbaren unterwegs«, erklärte James nicht ohne Stolz. »Das heißt, dieser Barbar ist schon zehnmal eine Stufe aufgestiegen, was wiederum bedeutet, dass ich ihm zehnmal fünf Skillpunkte spendieren konnte. Ich hab die meisten dieser fünfzig Punkte vor allem in Stärke und Axtbeherrschung investiert, weil ich mich als Barbar auf diese Kampffertigkeit spezialisieren wollte.«

»Mhm, hast du Lust, mir das Spiel und deinen Barbaren mal zu zeigen?«, fragte Phoebe, von wachsender Neugierde getrieben. Immerhin, so hatte sie erfahren, gab es die Möglichkeit, in »Abaddon« Magie einzusetzen, und es interessierte Phoebe wirklich, wie man das, mit dem sie als Hexe inzwischen reichlich Erfahrung hatte, im Rahmen eines Computerspiels umgesetzt hatte.

»Gern«, rief James sichtlich erfreut. »Wann immer du willst!«

»Gut, dann lass mich nur rasch meinen Artikel hier zu Ende bringen und an die Zeitung mailen. Das dauert etwa noch 'ne halbe Stunde. Ähm, bist du so lange überhaupt noch hier?«

»Klar«, meinte James, »ich bin bestimmt noch bis Mitternacht im *OpenNet Point*. Komm einfach rüber an meinen Rechner, wenn du mit deiner Arbeit fertig bist.«

Teddy bezahlte ihren Milchshake und erhob sich von ihrem Platz.

Sie sah, wie James mit einer hübschen dunkelhaarigen jungen Frau schwatzte, die neben ihm vor einem der TFT-Bildschirme saß. Er schien ganz begeistert von ihr zu sein. Teddy hatte den gut aussehenden Informatik-Studenten vor einigen Wochen hier im Internet-Café kennen gelernt und sich schon bald mit ihm angefreundet. Doch es war etwas anderes gewesen als ihre Beziehung zu Eric ...

Plötzlich hatte sie keine große Lust mehr, noch länger hier im *OpenNet Point* herumzusitzen und Trübsal zu blasen. Alles hier erinnerte sie an Eric, der nun nie wieder Teil ihres Lebens sein würde.

Sie wollte nach Hause und sich einfach nur unter ihre Bettdecke verkriechen. Sie hoffte inständig, dass ihre Mutter sie nicht mit Fragen löchern würde, was denn der abendliche Anruf und ihr daraufhin sofortiges Verschwinden zu bedeuten hatten. Teddy verspürte nicht das geringste Bedürfnis, ihr von Erics Tod zu erzählen.

Sie wusste nicht, ob sie je wieder »Abaddon« würde spielen können, ohne dabei *nicht* an Eric zu denken und um ihn zu trauern.

Was soll's, sie konnte das ultimative Level 6 jederzeit beginnen, heute, morgen, irgendwann ... wenn sie wieder bereit dazu war.

»Abaddon« würde auf sie warten, so viel war sicher.

Will Slowsky entsprach in vielerlei Hinsicht dem wenig schmeichelhaften Klischee des weltfremden jungen Computer-Nerds: Er war ein wenig untersetzt, blass, eher introvertiert und trotz seiner zwanzig Jahre weit entfernt von den Irrungen und Wirrungen, die der Kontakt mit dem anderen Geschlecht oftmals mit sich brachte. Kurz: Er hatte keine Freundin. Auch viele Freunde hatte er nicht, und Will fand, dass das auch nicht weiter schlimm war. Er war sich selbst genug.

Auf einen zufälligen Beobachter wirkte der junge Mann mit seinen aschblonden, zotteligen Haaren und dem dunklen Fünftagebart wie eine Mischung aus Kurt Cobain und Robert Smith, dem Sänger von *The Cure*.

Wenn Will nicht vor einem seiner Rechner hockte, Software konfigurierte oder an der Hardware herumschraubte, traf er sich mit Gleichgesinnten auf LAN-Parties, las Romane mit »Kultfaktor«, wozu unter anderem natürlich alles von Douglas Adams, Terri Pratchett und William Gibson gehörte, und ernährte sich in der Hauptsache von Fertigpizzas, Käsecrackern und Dosencola.

Zu allem Überfluss arbeitete Will seit einem Jahr als Systemadministrator für eine international tätige Unternehmensberatung, nachdem er in Berkeley das College geschmissen hatte, bei seinem Stiefvater ausgezogen und nach San Francisco übergesiedelt war.

Der Job war insofern ideal, als dass Will in der Firma so gut wie nie persönlich in Erscheinung treten musste. Die meiste Zeit über wartete er die Server seines Arbeitgebers von seinem Apartment aus, das mehr einem Rechenzentrum als einer Singlewohnung glich.

In dem grauen Teppichboden seines Zimmers war schon eine deutliche Trampelspur zu erkennen, die vom Schreibtisch mit den diversen Rechnern und Monitoren zu seinem ungemachten Bett am Fenster führte.

Überall standen oder lagen ausgemusterte Computerteile, CD-ROMs, leere Pizzaschachteln, Chipstüten, Getränkedosen, schmutzige Wäschestücke, überquellende Aschenbecher und zerfledderte Taschenbücher herum. Mit anderen Worten: Wills bescheidenes Domizil war ein ziemlicher Saustall.

Das hatte nicht zuletzt damit zu tun, dass Will neben seinem Job neuerdings einfach keine Zeit mehr fand, sich um seinen Haushalt, geschweige denn um seine Körperpflege zu kümmern. Und schuld daran war vor allem »Abaddon«.

Seit er vor etwa einer Woche in das Online-Rollenspiel eingestiegen war und seinen Druiden von Sieg zu Sieg geführt hatte, schien die Welt nur noch aus jenem aufregenden Fantasy-Reich namens »Netherworld« zu bestehen, in dem der Erzmagier Abaddon und seine Schergen ihr Unwesen trieben.

Will hatte seinen Druiden »Tux« mittlerweile auf die Beschwörung von Harpyien spezialisiert und hoffte inständig, mit dieser gar fürchterlichen Luft-Armee den Endkampf zu bestehen. Sollte ihm und seinen herbeigezauberten Kreaturen dies gelingen, so wäre er höchstwahrscheinlich der Erste, der über »Abaddon« gesiegt hätte. Seines Wissens war das bisher noch niemandem aus der bisher noch kleinen »Abaddon«-Spielergemeinde gelungen. Zumindest hatte sich niemand im Chat bis dato damit gebrüstet. Und eine derart wichtige Information, wie auch alle anderen Gerüchte rund ums Spiel, verbreiteten sich in der Community nun mal in Windeseile.

Erst gestern hatte er Level 5 ganz ohne die Hilfe anderer Spieler geschafft, und er war noch immer erfüllt von Stolz und Freude, wenn er an den Kampf gegen Portis dachte.

Heute Abend nun würde er sich dem großen »Abaddon« stellen, und für diese große Aufgabe hatte Will sich bestens gerüstet: Neben seiner Tastatur standen eine dampfende Tasse Instantkaffee, eine Schüssel mit gesalzenem Popcorn und diverse Energy-Drinks, falls der Kaffee nicht reichen sollte.

Will zündete sich eine Zigarette an, ging online und loggte sich unter seinem Account-Namen »Willyou« auf dem Gameserver ein. Unheilvolle Musik ertönte aus seinen Lautsprechern, bevor auf seinem Monitor der Begrüßungstext erschien:

**Willkommen in Netherworld,
der fantastischen Welt von Abaddon!**

Er wählte seinen Charakter »Tux« aus, startete das Spiel und wechselte auf den Chat-Server.

Und während er sich mithilfe einer Tafel Vollmilchschokolade schon einmal seelisch und moralisch auf das alles entscheidende Level vorbereitete und im »Abaddon«-Chat das eher belanglose Geplauder der Community verfolgte, wuchs seine Spannung.

Im Chat tratschte man gerade über andere Spieler, die auf dem Weg zu »Abaddon« mehr oder weniger kläglich versagt hatten.

Auf einmal schrieb jemand namens »MerlinSucks«:
Habt ihr das von Eric alias Triggerpower gehört?

Nö, was issen mit dem?, fragte ein anderer.

Will hielt den Atem an. Konnte es womöglich sein, dass Eric am Ende »Abaddon« besiegt hatte und ihm und seinem Druiden damit zuvorgekommen war? Sein Herz sank.

Der arme Kerl ist heute Nachmittag gestorben, schrieb »MerlinSucks«. **... einfach vor dem Rechner zusammengebrochen ... und im Krankenhaus ham sie dann nix mehr für ihn tun können – Exitus! Habs von 'nem Kumpel erfahren, der mit Erics Bruder im gleichen Studentenwohnheim wohnt.**

Eine halbe Minute lang stach Will die grauenvolle, von allen Anwesenden noch unkommentierte Nachricht ins Auge, und ihm blieb fast die Schokolade im Halse stecken, als sich die Bedeutung der Worte langsam in sein Bewusstsein fraß: Eric war tot!

Er kannte Eric zwar nicht persönlich, hatte aber ein paar Mal mit ihm zusammen gespielt und ihn für seine

Fairness stets geschätzt. Auch wusste er, dass Eric kurz davor gewesen war, Level 6 zu betreten. Noch gestern Mittag hatten sie sich im Chat darüber unterhalten. Auch mit ein Grund, warum sich Will dem Erzdämon auf jeden Fall heute Abend hatte stellen wollen.

Das ist ja furchtbar, schrieb schließlich jemand namens »EvilElsa«.

Immer noch geschockt drückte Will die Zigarette im Aschenbecher aus und wechselte hinüber in sein laufendes Spiel.

Herzlichen Glückwunsch, Tux!

war dort nach wie vor auf dem Bildschirm zu lesen.

Du hast soeben Level 5 geschafft und bist in Level 6 aufgestiegen.
Abaddon erwartet dich bereits!
Möchtest du nun Level 6 betreten?
Ja/Nein.

Ohne noch groß darüber nachzudenken, klickte Will auf »Ja«.

2

»Wo bleibt eigentlich Phoebe?«, fragte Piper und sah mit gerunzelter Stirn von dem dicken Ordner auf, in dem sie gerade einige bezahlte Rechnungen für das *P3* abgelegt hatte. »Unsere aufstrebende Jungjournalistin arbeitet heute aber lange ...« Sie sah zum wiederholten Male auf die Uhr.

»Und dabei ist Freitag, und das Wochenende steht vor der Tür!«, fuhr sie fort, während sie einige Belege zusammentackerte. »Nicht dass mich das alles auch nur im Geringsten beträfe. Wenn man einen Club führt, hat man ja praktisch nie Wochenende ...« Sie seufzte.

»Vielleicht hat Phoebe ja noch 'ne wichtige Redaktionskonferenz oder so was«, meinte Paige, die gerade eine dampfende Tasse Kaffee vor ihrer Schwester abstellte. »Hier, was zur Stärkung; ich weiß doch, wie dich dieser ganze Papierkram nervt und demotiviert.«

»Ja, alles muss man selbst machen«, knurrte Piper, »und macht man es nicht sofort, hat man Ende des Monats gar keine Lust mehr, den ganzen Mist aufzuarbeiten. Da fällt mir ein, die Steuererklärung ist auch noch nicht gemacht! Ist mir schlecht ...«

Die beiden Schwestern saßen in der Küche von Halliwell Manor, während auf dem Herd bereits das fertige Abendessen warm gehalten wurde. Der Tisch im Esszimmer war schon gedeckt, nur Phoebe und Leo fehlten noch. Daher hatte Piper die Zeit des Wartens damit verbracht, ein bisschen Büroarbeit zu erledigen und mit ihrem Laptop online ein paar Überweisungen zu tätigen. Immerhin ersparte ihr der kleine Computer so die lästigen Fahrten zur Bank.

In diesem Moment klingelte das Telefon. Paige nahm den Anruf entgegen: »Hier bei Halliwell, Paige Matthews am Apparat.«

Es war Phoebe, die von einem Internet-Café aus anrief, um ihren Schwestern mitzuteilen, dass sie heute später nach Hause kommen würde. Der Redaktionscomputer sei abgestürzt und sie müsse noch dringend einen Artikel fertig stellen. Nein, sie wisse noch nicht, wie lange es dauern würde, und man solle nicht auf sie warten.

»Gut, dann essen wir eben ohne Phoebe«, meinte Piper und erhob sich vom Küchentisch, nachdem Paige das Gespräch beendet hatte. »Ich muss sowieso schon in einer Stunde im Club sein. Heute kommen die allmonatlichen Getränkelieferungen, und dann muss ich mir auch noch eine Band anhören, die nächstes Wochenende im *P3* spielen soll.«

In diesem Moment materialisierte Leo in einer Aura aus blauem Licht neben der Anrichte und grinste. »Hi, Schatz, hallo, Paige, was gibt's zum Dinner? Ich hab einen Bärenhunger!«

Der Mann vor dem Monitor grinste.

Die letzte Seele, die er beschafft hatte, hatte den Meister sichtlich erstarken lassen. Ja, er hatte gute Arbeit geleistet, auch wenn er den Blonden gern noch ein wenig länger durch Akt 6 gejagt hätte. Der Meister hätte es ja nicht erfahren müssen ... Zu schade, dass der völlig überrumpelte Gamer schon so früh den marodierenden Orks in die Hände gefallen war.

Er musste unbedingt dafür sorgen, dass sich die Orks nicht mehr in dem Wald herumtrieben, in dem »die Häschen«, wie er die Spieler insgeheim nannte, zum ersten Mal das Licht der von ihm geschaffenen Welt erblickten.

Fürwahr, dachte er, als sein Blick zärtlich den Realm-Connector streifte, seine ganz spezielle Erfindung, was für eine geniale Verbindung zwischen den Sphären ich doch geschaffen habe.

Er lachte leise, und sein Blick wanderte über die zahlreichen Bildschirme, die vor ihm aufgebaut standen und mit diversen Hochleistungsrechnern verbunden waren. Kryptische Zahlen- und Buchstabenkolonnen liefen auf ihnen in rasender Geschwindigkeit ab, ein Zeichenwirrwarr, das jedem normalen Menschen nichts gesagt hätte.

Doch er las in ihm wie in einem offenen Buch. Immerhin standen die Zahlen und Buchstaben für sein Werk. Für seine Welt, die sich hinter diesem Code verbarg. Rasch veränderte er den Eintrittspunkt der Orks, damit der oder die Nächste wenigstens eine Chance hatte, aus dem Dunkelwald herauszukommen.

Plötzlich ging ein Ruck durch ihn, und er wandte seinen Blick zum größten aller Bildschirme, die auf seinem Schreibtisch standen. Darauf war soeben ein Textfenster aufgepoppt: *Spieler »Willyou« hat soeben Akt 6 betreten!*

»Halleluja!«, rief der Mann, und ein grausames Lächeln umspielte seinen Mund. »Und wieder kann das Spiel beginnen!«

Das Erste, was Will bemerkte, war der Geruch – ein Gemisch aus Tannennadeln, Harz und Moos.

Das war, noch bevor er feststellte, dass er nicht mehr in seinem chaotischen Apartment vor dem Computer saß, sondern sich in einem schier undurchdringlichen Nadelwald befand.

»Was zum Teufel ...«, murmelte er und sah sich erstaunt um. Er stand mutterseelenallein inmitten einer kleinen Waldlichtung, umgeben von turmhohen Tannen.

Träumte er? Was war geschehen, nachdem er Level 6 betreten hatte? War er etwa vor dem Bildschirm eingeschlafen?

Will hob die Hände, betastete sein Gesicht, fuhr sich über sein unrasiertes Kinn, durch die zerzausten Haare und sah dann einigermaßen fassungslos an sich herab. Er trug ein nietenbeschlagenes Wams aus gehärtetem Leder, ein Greifen-Amulett, lederne Beinkleider sowie knöchelhohe Wildlederstiefel.

Ihm stockte der Atem. Das war exakt die Kleidung, wie sie sein Charakter, der Druide »Tux« im Spiel »Abaddon«, trug ...

Plötzlich fuhr er zusammen.

Aus dem dichten Wald hinter ihm drangen schrille, unmenschliche Schreie an sein Ohr.

Einem Fluchtimpuls gehorchend huschte Wille hinter einen riesigen moosbewachsenen Baumstumpf und lauschte. Unvermittelt verstummte das Gekreische.

Zögernd trat Will aus seiner Deckung und ging in die Richtung, aus der die Geräusche gekommen waren.

Zweige schlugen ihm ins Gesicht, als er sich durch

das Unterholz des dichten Waldes vorarbeitete. Plötzlich trat er in eine Senke und knickte mit dem Fuß um. Und der stechende Schmerz in seinem Knöchel war erschreckend ... *real.*

Jäh hielt Will inne. Er merkte, wie ihm der Schweiß ausbrach und sein Puls zu rasen begann. Nein, das hier konnte unmöglich ein Traum sein!

Aber wenn es kein Traum war, wo um alles in der Welt war er dann?

War er über der ganzen exzessiven Computerspielerei womöglich übergeschnappt und hatte irgendwann in den letzten Minuten jegliche Beziehung zur Wirklichkeit verloren? Saß er in Wahrheit vielleicht noch immer in seinem Zimmer und wiegte sich lallend und irre kichernd auf seinem Schreibtischstuhl hin und her?

Würden schon bald, sofern man ihn überhaupt rechtzeitig fand, hilflose Menschen an seinem Krankenbett stehen und versuchen, sich zu erklären, was zum Henker eigentlich mit ihm geschehen war, während er immer tiefer in sein ganz persönliches Traumland abtauchte?

Und wenn dem so war, wenn er hier und jetzt unaufhaltsam in den Wahnsinn hinüberdriftete, wie lange würde er sich in diesem Zustand überhaupt noch an sein früheres Leben erinnern können – so, wie es im Moment noch der Fall war?

Über all diese erschreckenden Fragen hatte Will gar nicht bemerkt, dass er wieder weitergegangen war. Durch die rauschenden Tannen hindurch konnte er eine kleine sonnenbeschienene Rodung erkennen. Langsam stolperte er darauf zu, um gleich darauf erneut wie angewurzelt stehen zu bleiben.

Auf der Waldlichtung hatte sich eine Gruppe zwergenhafter, grobschlächtiger Gestalten um eine am Boden liegende Person versammelt. Will hörte ein Grunzen, darauf ein heiseres Kichern und schließlich ein Tuscheln.

Und dann veranstalteten die bärtigen Gnome eine Art Kriegstanz um den Niedergestreckten, wobei sie ihre Speere und Knüppel in die Luft reckten und merkwürdige Schreie ausstießen.

Will flüchtete hinter eine mächtige Blautanne und versuchte, sein Keuchen zu unterdrücken. Keine Frage, diese Kreaturen hatten jemanden überwältigt und getötet ... und feierten nun ihren Sieg. Das Herz klopfte ihm bis zum Hals, als er, den Rücken eng an den borkigen Baumstamm gepresst, über seine Schulter einen weiteren Blick auf die Lichtung riskierte.

Einige der kreischenden Gnome hatten damit begonnen, ihre Speere in den leblosen Körper zu ihren Füßen zu stoßen. Ein wenig abseits stand offenbar der Anführer dieser durchgeknallten Horde. Er trug eine rot und schwarz bemalte Maske und einen Knochenstab, mit dem er wild in der Luft herumfuchtelte.

Und plötzlich schnappte Will aus dem Triumphgeschrei und Kriegsgeheul der barbarischen Gnome ein paar Satzfetzen auf, die ihm das Blut in den Adern gefrieren ließen.

»Der Sieg ist unser ...« und »Gelobt sei Abaddon!«, hallte es zu ihm herüber.

»Gelobt sei mein trautes Heim!«, stöhnte Phoebe. Sie ließ die Haustür hinter sich ins Schloss fallen und durchquerte die Halle von Halliwell Manor. »Hallo? Jemand zu Hause?«

Sie betrat das spärlich erleuchtete Wohnzimmer, in dem es sich ihre Halbschwester Paige vor dem Fernseher gemütlich gemacht hatte. »Hi, Paige! Was für ein Tag! Ich sag nur: Gut, dass endlich Wochenende ist...«

»Hi, Süße«, begrüßte Paige sie und hob den Blick. »Du kommst aber spät heute. Hast du deinen Artikel noch rechtzeitig fertig gekriegt?«

»Ja, dem Himmel sei Dank für die Internet-Cafés«, meinte Phoebe. Sie ließ sich auf die Couch fallen und streifte ihre hochhackigen Pumps ab. »Das *OpenNet Point* ist ja gleich um die Ecke vom *Bay Mirror*, das hat mir quasi das Leben gerettet... Ich musste den Artikel praktisch neu schreiben, konnte aber den Abgabetermin mit Mühe und Not einhalten und den Text an die Setzerei der Zeitung mailen. Um 19 Uhr war ja Redaktionsschluss für die Ausgabe der kommenden Woche.«

Paige schaute auf die Uhr. »Aber das war vor vier Stunden! Was hast du denn noch so lange getrieben?«

»Na ja, ich hab mich danach noch ein wenig im *OpenNet Point* aufgehalten. Hab dort einen echt netten Studenten namens James, einen Online-Computerspieler, getroffen, der mir ein tolles Rollenspiel gezeigt hat. Das Game ist gerade mal eine Woche draußen und noch in der Betaphase. Es hat deshalb bisher auch erst eine kleine Fangemeinde, aber es ist unglaublich spannend und grafisch echt 'ne Wucht. Stell dir vor, James hat mir eine Kopie des Spiels auf CD gebrannt, damit ich es zu Hause weiterspielen kann.«

Paige verstand kein Wort von dem, was ihre Halbschwester daherplapperte, und so erzählte ihr Phoebe in allen Einzelheiten von ihrem Treffen mit James im *OpenNet Point* und von dem Rollenspiel »Abaddon«, das sie dort über James kennen gelernt hatte.

Nachdem Phoebe ihren Artikel überarbeitet und an die Redaktion gemailt hatte, hatte James ihr wie versprochen seinen eigenen »Abaddon«-Charakter gezeigt und sie ein wenig ins Spiel eingewiesen.

Und Phoebe war nach einer Weile so fasziniert von dem Game gewesen, dass sie sich spontan dafür entschieden hatte, sich ebenfalls eine Spielfigur zu kreieren und in die fantastische Welt von »Abaddon« einzutauchen.

Sie hatte beschlossen, eine Zauberin zu spielen, die sie aus Gründen der Identifikation »Phebes« genannt und mit der sie – dank James' Hilfe – sogar schon das erste »Abaddon«-Level geschafft hatte.

»Hast du denn überhaupt die Zeit, ein Computerspiel zu spielen?«, fragte Paige skeptisch, die mit dem ganzen Thema nur wenig anfangen konnte. Für sie waren Computerspieler in erster Linie einsame Menschen ohne soziale Kontakte, für die das wahre Leben größtenteils an Bedeutung verloren hatte.

»Man kann das Spiel ja jederzeit unterbrechen«, erklärte ihr Phoebe, »der letzte Spielstand wird dann auf dem Server des Betreibers gespeichert, und wenn man wieder Zeit und Lust hat, das Abenteuer fortzusetzen, geht's genau an der Stelle weiter, an der man zuletzt aufgehört hat.«

»Verstehe«, meinte Paige, obwohl sie weit davon entfernt war. »Aber jetzt ist ja erst mal Wochenende. Und sofern uns kein Dämon oder dein Ex dazwischenkommt, steht deiner Flucht in den, äh, Cyberspace ja nichts im Wege.«

Phoebe überhörte die leise Kritik an ihrer neuen Freizeitbeschäftigung und auch die Anspielung auf Cole, der sie und ihre Schwestern in den zurückliegenden Monaten ganz schön auf Trab gehalten hatte. Vor allem wollte sie im Moment nicht an ihn erinnert werden und an ihn denken müssen.

»Ich geh dann mal nach oben«. Sie schnappte sich ihre Pumps und erhob sich vom Sofa. »Und falls wir uns vorm Schlafengehen nicht mehr sehen sollten: Gute Nacht!« Sie winkte ihrer Schwester kurz zu und verließ das Wohnzimmer.

Stirnrunzelnd sah Paige ihr nach. »Ja, schlaf schön ...«, murmelte sie. Dann wandte sie sich wieder dem Fernseher und den Problemen und Befindlichkeiten der Darsteller von »Sex and the City« zu.

Starr vor Angst presste sich Will an den rauen Baumstamm und wartete.

Nach und nach zogen sich die kreischenden Gnome ins dichte Unterholz zurück, ihre Stimmen wurden schwächer, und dann war es schließlich wieder totenstill in dem unheimlichen Wald.

Zudem brach allmählich der Abend herein, und die Sicht wurde immer schlechter.

Will wagte einen neuerlichen Blick hinter dem Baum hervor und stellte fest, dass die Lichtung, auf der sich das grausame Ritual abgespielt hatte, verlassen dalag. Lediglich der leblose Körper des Opfers befand sich dort noch am Boden – in einer Lache aus Blut.

Will blinzelte und schüttelte den Kopf, während sich seine Gedanken überschlugen.

Wie es schien, war er *irgendwie* geradewegs ins

Spiel »Abaddon« geraten, nachdem er zu Hause Akt 6 betreten hatte.

Wie sonst ließ sich das absurde Verhalten der Killer-Gnome erklären, die während ihres Triumphgeschreis den Namen des Endgegners aus »Abaddon« gerufen hatten?

Dass er träumte oder ihm seine Phantasie einen schlechten Streich spielte, schloss Will langsam, aber sicher aus. Zu real war das Stechen in seinem Fußgelenk gewesen, als er im Dickicht gestolpert und umgeknickt war. Zu lebensecht schienen all die Gerüche, Geräusche und Eindrücke in diesem dunklen Wald.

Und noch etwas wurde ihm schlagartig klar: Wenn er wirklich im Computerspiel »Abaddon« gefangen war, dann schwebte er in großer Gefahr! Netherworld war eine Welt voller Dämonen, Monster und anderer Kreaturen, die nur danach trachteten, ihm den Garaus zu machen, noch bevor er den ultimativen Endgegner überhaupt erreicht hatte.

Mit anderen Worten: Er musste schleunigst versuchen, einen Weg aus diesem Dilemma zu finden!

Plötzlich kam ihm eine Idee. Wie er es bei »Abaddon« mit seiner Computermaus schon tausendmal gemacht hatte, zeichnete Will nun mit seiner rechten Hand ein verschlungenes Muster in die Luft.

Er erwartete, dass ihm schon bald ein widerlicher Gestank in die Nase dringen und sodann drei abgrundtief hässliche Kreaturen neben ihm materialisieren würden – seine kleine Harpyien-Armee, die ihm, beziehungsweise dem Druiden Tux, beim Kampf gegen Abaddon helfen sollte. Dass die Harpyien der Antike von einem unangenehmen Geruch begleitet wurden, hatte er mal irgendwo gelesen.

Er wartete und wartete. Doch nichts geschah. Das gefiederte Mischwesen-Trio mit den plumpen Vogelkörpern und den reizlosen Frauenköpfen erschien nicht.

Und in diesem Moment wurde Will mit grausamer Gewissheit klar, dass er hier, in Akt 6, ganz allein auf sich gestellt war. Keine Magie, keine beschworenen Kreaturen, keine übermenschlichen Kampf-Skills.

»Heilige Scheiße«, presste er mit erstickter Stimme hervor.»Ich glaub, ich stecke ganz schön im Dreck...«

Er höchstselbst, der unsportliche, mundfaule und konfliktscheue Will Slowsky, musste sich mutterseelenallein gegen Abaddons Monster und Dämonen behaupten! Und obwohl ihm der Ernst der Lage durchaus bewusst war, verließ bei dieser Vorstellung ein bitteres Lachen seine Kehle.

Er ging zögernd auf die Lichtung mit der Leiche zu.

Der Körper des Toten war übel zugerichtet. Das Opfer der kriegerischen Gnome lag mit dem Gesicht nach unten in seinem eigenen Blut. Es war ein Paladin in einer goldenen Plattenrüstung. Sein Knochenhelm war beschädigt und neben ihm zu Boden gefallen, so auch sein Zweihänder.

Will stieß den leblosen Körper sacht mit dem Fuß an; dann fasste er sich ein Herz, bückte sich und drehte die Leiche um. Sie fühlte sich steif und kalt an, was nur bedeuten konnte, dass sie schon eine ganze Weile dort lag...

Erschrocken keuchte Will auf, als er in das Gesicht eines vielleicht 18-jährigen blonden Burschen starrte, der ein mit Rubinen besetztes Prisma-Amulett um den Hals trug. Die dunkelgrünen Augen des Toten waren weit geöffnet und schienen Will anklagend anzusehen.

»O mein Gott«, murmelte der junge Systemadministrator und trat unwillkürlich einen Schritt zurück. Er hatte den Jungen noch nie zuvor gesehen, es war das Amulett, das ihn so schockierte.

Der goldene Glücksbringer war nämlich einzigartig in der gesamten »Abaddon«-Welt, und derjenige, der ihn zuletzt getragen hatte, war Eric gewesen. Um genau zu sein, Wills *Spielerkollege* Eric, der heute angeblich in San Francisco vor seinem Computer gestorben war!

Oben in ihrem Zimmer holte Phoebe ihren Laptop aus dem Schrank, verkabelte ihn und schob die »Abaddon«-CD ins Laufwerk. »Du hast mir heute in der Redaktion gefehlt«, seufzte sie, als der mobile Computer anstandslos hochfuhr.

Nachdem sie sich etwas Bequemeres angezogen hatte, holte sie sich aus der Küche ein paar von Pipers selbst gebackenen Brownies und ein Glas Milch.

Piper und Leo waren noch im *P3*, und Paige war offensichtlich schon zu Bett gegangen, denn das Wohnzimmer lag still und dunkel da, als Phoebe auf Zehenspitzen vorbeischlich.

Dann, zurück in der Abgeschiedenheit ihrer eigenen vier Wände, installierte sie das Spiel. Ungeduldig bestätigte sie die umfangreichen Teilnahme- und Lizenzbedingungen mit »Okay«, »Ja« und »Einverstanden«.

Daraufhin hangelte sie sich tapfer durch die Installationsroutine, in der das Programm Dinge wie ihre Hard- und Softwarekonfiguration überprüfte, bis sich das Game schließlich auf ihrer Festplatte befand.

Als all dies geschafft war, startete sie das Spiel und

stellte eine Online-Verbindung zum »Abaddon«-Gameserver her.

Unheilvolle Musik, gekrönt von einer bombastischen Fanfare, ertönte, und dann erschien auf dem Bildschirm die rote Fratze eines wirklich üblen Dämons, der ihr böse entgegengrinste. Darunter stand:

**Willkommen in Netherworld,
der fantastischen Welt von Abaddon!**

Phoebe gab ihre Account-Daten ein, wählte ihren nagelneuen – und bisher einzigen – Charakter aus und erstellte ein neues, passwortgeschütztes Spiel.

Ihre Zauberin »Phebes« hatte das erste »Abaddon«-Level zusammen mit James' Barbar im *OpenNet Point* bereits absolviert, und sie würde nun versuchen, das zweite Level ganz ohne fremde Hilfe zu spielen.

Herzlichen Glückwunsch, Phoebe!

war auf dem Bildschirm zu lesen.

**Du hast soeben Level 1 geschafft und bist in Level 2 aufgestiegen.
Möchtest du nun Level 2 betreten?
Ja/Nein.**

Sie klickte auf »Ja«, und gleich darauf materialisierte ihre Spielfigur »Phebes« zum ersten Mal in »Uxmal«, der Hauptstadt von Level 2.

Dieser Akt war, wie sie von James erfahren hatte, komplett als tropische Dschungellandschaft mit präkolumbisch anmutenden Stufenpyramiden, alten Ruinen und tief im Urwald verborgenen Schatzhöhlen gestaltet worden.

Im ersten Level, einer orientalisch angehauchten Gegend mit Wüsten, gefährlichen Wurmlöchern, Ghulen, Dschinnen und giftigen Skorpionen, hatte Phoebe sich von dem gefundenen und erbeuteten Geld eine einfache wattierte Rüstung, eine lederne Kappe und ein paar fadenscheinige Gamaschen gekauft. Diese magere Ausrüstung bot zwar noch nicht viel Schutz gegen die zahlreichen Gegner, die noch auf sie warteten, aber für den Anfang war sie besser als nichts.

Sie besaß einen schlichten Knorrenstab, mit dem sie im ersten Level gerade einmal einen einfachen Feuerstrahl hatte zaubern können.

Nun, da sie zum ersten Mal gelevelt hatte, konnte Phoebe für ihre Spielfigur endlich einen Zauber mit dem Namen »Eisstrahl« freischalten. Diese Fertigkeit war natürlich viel effektiver als »Feuerstrahl«, wenn es ins Gefecht gegen die kriegerischen Horden des Akt-2-Endgegners »Itza« ging.

Sie aktivierte den neuen Skill und vergab anschließend die fünf neuen Charakterpunkte, drei auf »Lebensenergie« und zwei auf »Mana«, wie James es ihr geraten hatte.

Mit Ersterem erhöhte sie die Vitalität und damit den Ausmaß des Schadens, den ihre Spielfigur einstecken konnte, bevor sie durch die Hand eines Gegners starb.

Was mit das Schlimmste war, das einem in »Abaddon« passieren konnte.

Starb man zum Beispiel mitten in der Schlacht, musste man den ganzen Akt erneut spielen. Eine besondere Herausforderung bei »Abaddon« war nämlich, dass man das laufende Spiel immer nur in der Stadt des jeweiligen Kapitels abspeichern konnte. Insofern war es klug, genügend Teleportersprüche dabeizuhaben. Die waren zwar teuer, aber die Investition lohnte sich, denn sie konnte lebenswichtig sein.

Indem sie ihr Mana erhöhte, stockte Phoebe ihre spirituelle Essenz auf. Ausreichend Mana zu besitzen war unabdingbar, wenn man Magie benutzte, denn es wurde mit jedem Mal, da man zauberte, weniger und regenerierte sich nur langsam von selbst. Aus diesem Grund war es für eine Zauberin auch extrem wichtig, stets ausreichend viele Manatränke im Gepäck zu haben, mit denen man im Bedarfsfall das körpereigene Manadepot rasch wieder auffüllen konnte.

Phoebe packte daher aus ihrer persönlichen Schatztruhe eine Reihe von Lebens- und Manatränken in ihren Gürtel und ging zum örtlichen Händler, um sich dessen Warenangebot anzuschauen. Sie konnte wahrlich eine bessere Rüstung gebrauchen und auch einen stabileren Zauberstab, mit dem man im Ernstfall noch härter zuschlagen konnte, falls ihr einer der Gegner mal allzu sehr auf die Pelle rücken sollte.

Die Händler von Uxmal hatten jedoch nichts im Angebot, das für eine Zauberin von Interesse war.

Also verließ sie die Stadt und betrat mit »Phebes« den undurchdringlichen Dschungel.

Schon nach den ersten Schritten im Urwald wurde sie von einer fetten Boa constrictor angegriffen. Phoebe zauberte und fror das riesige Reptil ein. Dann zerschlug sie es mit ihrem Zauberstab in handliche Eiswürfel, die rasch dahinschmolzen. Zum Lohn blieb ein Häufchen Gold zurück, das sie natürlich einsackte.

Befriedigt stellte sie fest, dass ihr erster Gegner in Akt 2 einfacher zu bewältigen war als erwartet; ihre Zauberin hatte kaum Schaden genommen.

Gespannt ging sie weiter, bis sich vor ihr ein grünes Tal erstreckte, in dessen Zentrum sich eine riesige Stufenpyramide im Mayastil erhob.

Der Anblick der mehrgeschossigen, gänzlich verlassenen Anlage war atemberaubend. Gleichzeitig ertönte aus den Boxen gedämpft eine wehmütige Flötenballade, die an die längst untergegangene Kultur erinnern sollte, die hier einst gelebt hatte.

Sie erklomm das imposante Bauwerk über eine der vier Schwindel erregenden Außentreppen. Der Zugang in die Pyramide lag auf der Spitze des Bauwerks.

Auf dem kleinen Plateau in luftiger Höhe angekommen, hatte man einen herrlichen Ausblick auf den dichten Dschungel, der diesen offenbar heiligen Ort umgab.

Direkt vor dem Eingang fand Phoebe in einer Truhe zwei Mana- und Lebenstränke sowie einen Schild, der seinem Träger einen geringen Schutz gegen Feuer bot. Da Phoebes Zauberin jedoch einen Zweihänderstab trug, konnte sie den Schild nicht anlegen und benutzen, weshalb sie ihn im Rucksack verstaute. Das Ding mochte ihr beim nächsten Händler ein wenig Gold einbringen, mit dem sie dann einen anderen nützlichen Gegenstand kaufen konnte.

Gespannt betrat sie die Pyramide durch den niedrigen Torbogen und entdeckte gleich dahinter eine Treppe, die abwärts in eine Art Katakombe führte.

Dort unten war es dunkel und still; nur hier und da brannte eine rußende Fackel, die den Ort in ein unheimliches, flackerndes Licht tauchte. Wie praktisch! Wer die wohl für mich angezündet hat?, fragte sich Phoebe grinsend.

An den Wänden waren verblasste Fresken und seltsame Inschriften zu erkennen. In der Mitte des Raums standen drei massive Sarkophage aus Basalt, die sich jedoch nicht öffnen ließen.

Zutiefst enttäuscht wandte sich Phoebe um, doch in diesem Moment schoben sich die Abdeckplatten der Steinsärge knirschend zur Seite, und dann erhoben sich aus ihnen drei schrecklich vermoderte Wiedergänger – Hohepriester offenbar, die noch die Reste ihrer einst kunstvollen Gewänder und eine Art Feder-Kopfschmuck trugen. Ihre Haut hatte die ungesunde Farbe von Schimmel.

Grollend kam das untote Trio näher.

Phoebe trat einige Schritte zurück und warf einen raschen Blick in ihr Inventar. Tatsächlich, noch aus dem ersten Akt besaß sie eine Spruchrolle, die gegen Untote eingesetzt werden konnte. Sie wirkte den Bannzauber, und die drei Wiedergänger erstarrten mitten in der Bewegung.

Noch bevor sich der Lähmungszauber wieder aufheben konnte, hob Phoebe ihren Stab. Gleich darauf schoss ein tödlicher Eispfeil nach dem anderen in Richtung des Untoten, der ihr am nächsten stand und der bald darauf in sich zusammenfiel wie ein schlaffer Luftballon. Sie trank eine Flasche Mana und wiederholte die Attacke bei dem zweiten Angreifer. Auch er war bereits Geschichte, noch bevor er sich wieder aus seiner Erstarrung gelöst hatte.

Phoebe jubilierte. Doch als sie sich dem dritten Hohepriester zuwandte, verlor der Untoten-Bannzauber plötzlich seine Wirkung.

Ein Ruck ging durch den lebenden Leichnam, der ein wenig größer war als seine beiden Begleiter. Er holte aus und versetzte Phoebe einen kräftigen Schlag.

Sie taumelte einige Meter rückwärts, und ihre Lebensanzeige schmolz bis auf einen kleinen Rest zusammen. Das war gar nicht gut, denn der Untote war schon wieder bei ihr, und so blieb ihr keine andere Wahl, als erst einmal das Weite zu suchen, um Zeit zu gewinnen!

Abrupt wandte sie sich um, rannte die Treppe wieder hinauf und trank noch auf dem oberen Absatz ein rettendes Heilelixier. Ihre Lebensanzeige wurde jedoch nur halb aufgefüllt, und ein zweiter Trank musste her; doch kaum hatte sie sich auch diesen einverleibt, war der Untote auch schon wieder da und holte erneut zum Schlag aus.

Phoebe wich ihm im letzten Moment aus, wirbelte herum und zauberte einige Eispfeile. Der Wiedergänger fror abermals kurz ein und hatte inzwischen erheblich Schaden genommen, doch aus irgendeinem Grund schien er weitaus zäher zu sein als seine beiden Kollegen.

Auch schien er nun die Taktik zu wechseln, denn plötzlich spie er nach ihr, sodass Phoebes Spielcharakter mit einem Mal ganz grün wurde.

Auch das noch!, dachte sie. Ich bin vergiftet worden!

Rasch trank sie ein Antitoxin, doch da drosch der Untote schon wieder auf sie ein, noch bevor sie reagieren konnte.

Der Schlag kostete sie fast das Leben, und sie musste erneut einen Heiltrank zu sich nehmen. Blöderweise stand sie jetzt auch noch mit dem Rücken zur

Wand und hatte keine Möglichkeit mehr, dem Angreifer auszuweichen und Zeit zu schinden. Kämpfen, fliehen oder sterben, das war hier die Frage. Doch zum Zaubern und Betreten eines Teleporters fehlte ihr jetzt die nötige Ruhe und Zeit.

Phoebe trank schnell ein wenig Mana und attackierte ihren Gegner erneut mit dem magischen Eispfeil. Wieder erstarrte der Untote, und seine Lebensenergie war nach dieser Attacke nun fast aufgebraucht.

Mit einem wütenden Aufschrei hob Phoebe ihren Stab und schlug zu. »Nimm dies, du miese Kreatur!« Heulend brach der Wiedergänger zusammen, und vor dem Monitor stieß Phoebe erleichtert die Luft aus. »Puuh, das war aber ein harter Brocken!«

Doch der Lohn für diese Mühe war herrlich! Neben dem letzten Hohepriester fiel eine goldene magische Rüstung aus Metall zu Boden, die ihrem Träger, wie Phoebe feststellte, wesentlich mehr Verteidigung, ein Mana-Plus und auch einen geringen Schutz gegen Vergiftung bot.

Voller Freude legte sie den hübschen Brustpanzer an und verstaute ihre alte wattierte Rüstung im Rucksack. Das neue Helden-Outfit stand ihr wirklich gut, und zudem verströmte die Rüstung auch noch ein magisches Licht, sodass Phoebes Spielfigur nun von einer schwachen blassgelben Aureole umhüllt war. Cool!

Stolz ging sie zurück in die Katakombe und plünderte die Leichen der beiden anderen Wiedergänger. Sie fand ein wenig Gold und, o Freude, ein Paar stabile Beinschienen aus Chitin, die sie natürlich gegen ihre schäbigen Lederstiefel eintauschte, die überhaupt keinen Verteidigungsbonus besaßen.

So gerüstet machte sich Phoebe auf, den Dschungel von Akt 2 noch weiter zu erforschen und von Monstern zu befreien, die sie eben daran zu hindern versuchten.

Siegessicher lachte Phoebe in sich hinein. Itza, der Level-Boss, würde sich warm anziehen müssen!

3

Wie betäubt hastete Will wieder ins dichte Unterholz des Waldes, während sein überforderter Verstand versuchte, die Situation irgendwie zu verstehen.

Eric war tot; das wusste er aus dem Chat mit den anderen »Abaddon«-Gamern. Es hatte geheißen, er sei irgendwann heute vor seinem Rechner zusammengebrochen und gestorben.

Doch nun hatte er die »Leiche« seines ehemaligen Spielerkollegen in dieser merkwürdigen Welt vorgefunden. Eine Welt, von der er nicht wusste, was genau sie überhaupt war und wie er in sie hineingeraten war.

Was er jedoch wusste, oder zumindest ahnte, war, dass offenbar ein grausiger Zusammenhang bestehen musste zwischen Erics Ableben in der Realität und seinem gewaltsamen Tod hier, in Akt 6 von »Abaddon«.

Und er wusste auch, dass das alles kein Spaß mehr war, dass sich niemand einen perversen Scherz mit ihm erlaubte, dass er nicht träumte oder im Fieberwahn fantasierte.

Ein Teil von ihm – ein äußerst wichtiger Teil, wie es schien – war tatsächlich gefangen im »Abaddon«-Universum, während sich sein Körper vermutlich noch immer in San Francisco befand.

Und falls er hier starb, so schlussfolgerte Will, und der kalte Schweiß brach ihm aus bei dem Gedanken, dann starb er auch zu Hause vor seinem Computer.

So wie es höchstwahrscheinlich Eric ergangen war, als dieser Akt 6 betreten hatte und den Killer-Gnomen in die Hände gefallen war.

Doch wozu das alles? Wer zum Henker steckte hinter diesem teuflischen Spiel? Will hatte nicht die leiseste Ahnung. Und noch weniger wusste er, wie er aus diesem gottverdammten Schlamassel wieder herauskommen sollte.

Äste knackten unter seinen Schuhsohlen, Zweige schlugen ihm ins Gesicht, überall um ihn herum raschelte es, und der Geruch von Tannennadeln, Erde und Moos stieg ihm in die Nase. Und noch etwas anderes: Er roch Rauch.

Will stolperte weiter, bis er vor sich auf einer Lichtung eine kleine Blockhütte sah, aus deren Schornstein es anheimelnd qualmte. Davor waren einige Fackeln entzündet worden, die den Platz in ein warmes Licht tauchten.

Er hielt den Atem an. Vor der Hütte stand ein vierschrötiger älterer Mann an einem Sägebock und spannte gerade einen Baumstamm ein. Dem Anschein nach ein Holzfäller, der sogar am späten Abend noch seiner Arbeit nachging.

Zögernd trat Will näher. Der Mann hob den Kopf und nickte ihm freundlich zu. »Sei gegrüßt, Fremder.«

Will stutzte. So viel Freundlichkeit hatte er hier nun nicht erwartet. Dann räusperte er sich. »Tach auch ... Äh, wer bist du?«

»Mein Name ist Havok«, sagte der Mann.

»Was machst du hier?«, wollte Will wissen.

»Ich lebe in diesem Wald«, erwiderte Havok.

»Ist das nicht ziemlich gefährlich mit all diesen ... ähm ... durchgeknallten Kobolden?«

Der Mann grinste. »Ach, du meinst sicher die Shrieks. Die sind kein Problem, wenn man ihnen aus dem Weg geht. Erwischt man sie einzeln, sind sie gut zu überwältigen; nur wenn sie im Rudel auftauchen, hat man ein bisschen mehr Arbeit. Doch im Grunde sind die völlig harmlos.«

»Was du nicht sagst«, meinte Will gallig. »Mein Kumpel hatte da weniger Glück ... Seine Leiche liegt nicht weit von hier auf einer Waldlichtung. Diese ... Shrieks haben ihn abgeschlachtet wie Vieh.«

»Dass er tot ist, weiß ich«, sagte Havok leichthin. »Hab ihn heute Nachmittag schreien hören, als er starb. Glaube aber nicht, dass die Shrieks ihn getötet haben. Die sind nämlich im Grunde ziemlich feige.«

»Was?« Will glaubte seinen Ohren nicht zu trauen. »Warum hast du Eric nicht geholfen, Mann?«

»Ich werd den Teufel tun und mich da einmischen«, meinte Havok, während er mit einem Holzspan in den Zähnen herumstocherte. »Wer die Hitze nicht verträgt, soll sich gefälligst vom Feuer fern halten, sag ich immer.«

Hin- und hergerissen zwischen Empörung über diese Kaltschnäuzigkeit und Erleichterung darüber, nicht mehr allein in diesem grauenhaften Wald zu sein, fragte Will tonlos: »Wie lange lebst du schon hier?«

»Schon immer«, sagte der Mann lakonisch. Er schlenderte hinüber zu einem Hackklotz, schnappte sich ein Beil und machte sich daran, die aufgeschichteten Scheite zu seinen Füßen zu Kleinholz zu verarbeiten.

Will folgte ihm und tippte ihm von hinten auf die Schulter. »Hey, Moment mal, Freundchen! Weißt du, wie ich hier wieder rauskomme?«

Der Mann hielt in seiner Tätigkeit inne, drehte sich zu Will um und blickte ihn an, als sähe er ihn zum ersten Mal. Dann nickte er höflich und sagte: »Sei gegrüßt, Fremder.«

In diesem Moment wurde Will klar, dass er mit Havok einen NPC, also eine rein computergenerierte Spielfigur, vor sich hatte, die für den Helden weder aktiver Gegner noch Waffenfreund war, sondern diesem einfach nur mit Informationen weiterhalf, wenn der Spieler es verstand, sie ihm mit den richtigen Fragen zu entlocken.

Insofern war dieser Havok hinsichtlich des Überlebens in dieser Welt für Will in etwa so hilfreich wie eine Dose Ölsardinen für einen Schiffbrüchigen, der nicht mal einen Büchsenöffner besaß.

»Ähm«, sagte Will. »Ich hatte dich gefragt, ob du weißt, wie man hier rauskommt?«

»Kommt drauf an«, meinte Havok. »Wo willst du denn hin?«

Das ist eine gute Frage, dachte Will. Doch wie um alles in der Welt soll ich diesem programmgesteuerten Idioten erklären, dass ich raus aus dieser, seiner Welt, und zurück in die *Realität* will?

»Na ja, erst mal würde ich gern einen Weg aus diesem Wald finden«, begann er daher vorsichtig.

»Wo willst du denn hin?«, fragte Havok wieder. Und dann, als Will bereits vor Ungeduld zu explodieren drohte: »Nach Norden, Westen oder Osten?«

Aha, geht doch, dachte Will. »Tja, was liegt denn zum Beispiel im Westen?«

»Da ist das Meer, und wenn man das überquert hat, erreicht man die Stadt Seahaven«, erwiderte Havok.

»Ja, in Seahaven war ich schon«, sagte Will, und

seine Gedanken wanderten zurück zu den Zeiten, als er noch ein ganz normaler Rollenspieler gewesen war. Schöne Zeiten. »Ist allerdings schon 'ne Woche her«, fügte er wehmütig hinzu. »Und wohin kommt man, wenn man nach Osten geht?«

»In die große Wüste, die vor den Toren Shandalas liegt«, gab der Mann zurück. »'ne ziemlich üble Gegend, wenn du mich fragst.«

Auch daran konnte sich Will noch erinnern. Shandala war die Hauptstadt aus Akt 1 gewesen, doch er hatte nicht gewusst, dass sie im Osten von Netherworld lag. Auf seiner Karte war immer nur das jeweilige Königreich verzeichnet gewesen, in dem er sich gerade befunden hatte. Nur allmählich erfasste er daher die geographischen Zusammenhänge der gesamten »Abaddon«-Welt.

»Ja, und weiter?«, bohrte er nach.

»Was?«

Will seufzte. Musste man diesem Typen denn wirklich alles aus der Nase ziehen? »Na ja, was ist im Norden?«

»Im Norden liegt Abaddons Festung«, sagte Havok.

»Abaddons Festung?« Will zog scharf die Luft ein. »Du meinst, da lebt Abaddon persönlich?«

»Klar«, sagte der Mann, und dann wurde sein Ton fast ehrfürchtig. »Abaddon höchstselbst, der Fürst der Finsternis und schon bald Herr über diese Lande.«

»Du kennst ihn?«, fragte Will lauernd, der schon beim Namen des ultimativen Endgegners mehr als hellhörig geworden war.

»Nö«, erwiderte Havok, »und ich bin auch nicht scharf drauf, ihn kennen zu lernen.«

»Warum nicht?«

»Weil er der grausamste und mächtigste Herrscher aller Zeiten ist. Niemand überlebt eine Begegnung mit Abaddon.«

Will schluckte. Und doch war seine eigentliche Frage damit noch immer nicht beantwortet. »Okay«, meinte er beklommen. »Und was liegt im Süden?«

»Im Süden liegen die Städte Thalija, Winterbergen und schließlich Uxmal. Aber das musst du doch am besten wissen«, sagte Havok. »Du kamst doch aus dem Süden, nicht?«

Das war Will in Ermangelung eines Kompasses neu. Aber wenn der Mann es sagte, würde es wohl stimmen. »Na ja«, gab er zu. »Eigentlich bin ich, äh, plötzlich hier in diesem Wald ... aufgewacht, verstehst du? Ich hab also keine Ahnung, wie ich hergekommen bin.«

»Ja, so geht das den meisten, die ich treffe«, sagte Havok. Endlich legte er die gefährlich aussehende Axt beiseite und schob seine massigen Hände in die Hosentaschen.

»Was? Heißt das, es sind noch andere hier vorbeigekommen?«, fragte Will aufgeregt.

»Klar, dein Kumpel zum Beispiel; dieser blonde Bengel mit dem protzigen Amulett um den Hals. Wollte, dass ich ihm hier raushelfe –«

»Wie bitte? Du hast Eric vor seinem Tod noch getroffen?«, rief Will fassungslos.

»Sicher, früher oder später kommen sie fast alle hier vorbei – schlotternd vor Angst, außer sich vor Wut oder völlig am Ende. Aber wie ich schon sagte: Wer die Hitze nicht verträgt, soll sich gefälligst vom Feuer fern halten. Was rennen diese Typen auch hier im Düsterwald rum wie aufgescheuchte Hühner, wo doch jeder weiß, wie gefährlich das ist.«

»Hör mal zu, du Klugscheißer«, rief Will außer sich. »Die Leute, von denen du da sprichst, die sind nicht freiwillig hier, verstehst du?!«

»Ach nein?« Havok grinste spöttisch. »Und was ist zum Beispiel mit dir? Bist du etwa nicht aus freien Stücken in Abaddons Reich eingedrungen, du Held?«

»Ich, äh –«, begann Will, doch der Holzfäller hörte ihm gar nicht zu, sondern fuhr unbeirrt fort:

»Wolltest du dich etwa nicht freiwillig mit seinen Schergen messen, um schließlich Abaddon selbst herauszufordern?« Von dieser Vorstellung offenbar amüsiert kicherte der NPC in sich hinein.

Will starrte sein Gegenüber sprachlos an. Was dieser Havok sagte, entsprach durchaus der Wahrheit. Er hatte das Spiel bis zu seinem Eintritt in Akt 6 nicht nur freiwillig, sondern liebend gern gespielt.

Doch er hatte ja nicht ahnen können, dass er seine Teilnahme an der Betaphase dieses exorbitanten Games am Ende mit dem Leben würde bezahlen müssen...

»Ihr habt doch nicht im Ernst gedacht«, fuhr Havok, nun wieder halbwegs ernst, fort, »dass Abaddon tatenlos zuschaut, wie ihr Möchtegernhaudegen und Aushilfsmagier hier nach und nach aufkreuzt, um ihn, den Fürsten der Finsternis, zu vernichten? Ihr habt's doch selbst so gewollt, also beschwert euch auch nicht, wenn euch der Wind nun ein bisschen schärfer ins Gesicht bläst.«

»Sag mal, willst du mich verarschen?«, krächzte Will. »Was für ein krankes Hirn hat sich denn diese... diese *Matrix*-Scheiße für Arme ausgedacht? Ich meine... Verdammt, es ist... es war doch nur... ein Spiel!«

»Ach Gottchen«, meinte Havok milde. »Ist nicht das ganze Leben ein Spiel? Und hier, in Netherworld, hat eben Abaddon die Spielregeln aufgestellt – und du hast sie akzeptiert. Ja, so einfach ist das, Kleiner: Du hast dich drauf eingelassen, also jammer jetzt nicht rum, sondern kämpfe wie ein Mann.«

»Ich glaube, ich hätt jetzt gern 'ne Zigarette«, murmelte Will und ließ sich auf einen Baumstumpf sinken.

Der Mann erhob sich von seinem Arbeitsplatz und ging hinüber in den kleinen Raum, in dessen Ecke ein Schatten auszumachen war. Ein Schatten, schwärzer als alles, was eines Menschen Auge je erblickt hatte.

Und es ging eine Kälte von ihm aus, die ihn jedes Mal aufs Neue bis ins Mark erschaudern ließ.

»Wie viele?«, fragte der Schatten mit tonloser Stimme.

»Erst die eine, Meister«, gab der Mann zurück. »Aber die Nächste wird nicht lange auf sich warten lassen.«

»Das hoffe ich«, sagte der Schatten. »Für dich.«

Es war Samstag früh in San Francisco, und es war ein strahlender Tag.

Paige, Piper und Leo saßen im gemütlichen Esszimmer von Halliwell Manor und frühstückten, als Phoebe schwerfällig den Raum betrat, schweigend am Tisch Platz nahm und sich sogleich einen Kaffee eingoss.

Sie trug ihre lässig-weite Latzhose mit Tarnaufdruck zu einem schwarzen ärmellosen T-Shirt und wirkte, als habe sie soeben ein Manöver in schwierigem Gelände absolviert.

»Guten Morgen«, sagte Piper betont fröhlich und

reichte ihrer Schwester das Körbchen mit den herrlich duftenden Croissants. »Gut geschlafen?«

»Zu wenig«, murmelte Phoebe und hob müde den Kopf. Dann lächelte sie, und in ihren Augen erschien ein mattes Leuchten. »Aber dafür hab ich's tatsächlich in Akt 2 geschafft!«

»Akt 2?«, fragte Piper. Sie und Leo sahen sich verständnislos an, doch Paige verdrehte nur die Augen. »Du hast die Nacht durchgespielt, stimmt's?«, meinte die Halbschwester. »Hab ich's mir doch gleich gedacht.«

»Ja und?«, gab Phoebe mürrisch zurück. »Immerhin kreativer, als den ganzen Abend vor dem Fernseher abzuhängen und sich eine dämliche Soap nach der nächsten reinzuziehen.«

Irritiert ob der leicht gereizten Stimmung stellte Piper ihre Kaffeetasse ab, während Leos Blick von Phoebe zu Paige und wieder zurück zu Phoebe wanderte. »Worum geht's hier eigentlich?«, fragte der *Wächter des Lichts* und runzelte die Stirn.

»Phoebe hat ein neues Hobby«, meinte Paige nur und verzog das Gesicht. Und mit gedämpfter Stimme fügte sie hinzu: »Sie spielt jetzt Computer-Games.« Das klang, als ob Phoebe beschlossen hätte, sich zukünftig mit Drogendealerei etwas dazuzuverdienen.

»Ein Online-Rollenspiel«, korrigierte Phoebe ihre Halbschwester, bevor sie geistesabwesend in ihren Donut biss.

»Neues Hobby? Online-Rollenspiel?«, wiederholte Piper verständnislos. »Würde mir mal bitte jemand erklären, was hier eigentlich los ist?«

Dieser Aufforderung kam Phoebe nur allzu gerne nach, und so erzählte sie auch Piper und Leo ausführlich von ihrem gestrigen Zusammentreffen mit James im Internet-Café und davon, wie der junge Mann sie in die aufregende Welt von »Abaddon« eingeführt hatte. In schillernden Farben schilderte sie den beiden sodann ihre Abenteuer als junge aufstrebende Zauberin in Netherworld.

Wider Erwarten zeigte sich Piper dem Thema gegenüber deutlich aufgeschlossener als ihre Halbschwester, und auch Leo wirkte sehr interessiert.

»Typisch, dass du dir als Hexe gleich eine Zauberin als Spielcharakter ausgesucht hast«, meinte Piper lächelnd, nachdem Phoebe mit ihrem Bericht fertig war.

»Vor allem, weil ich in diesem Spiel viel mehr Magie zur Verfügung habe als im realen Hexenleben«, erwiderte Phoebe augenzwinkernd. »Du glaubst gar nicht, wie befreiend es ist, Dämonen und all das andere Kroppzeug endlich mal mit Feuer und Eis zur Hölle jagen zu können.« Sie kicherte.

»Worum geht's eigentlich bei ›Abaddon‹«, fragte Leo. »Bisher hast du uns nur berichtet, was man alles in Netherworld machen kann und muss, um gegen die virtuellen Mächte der Finsternis anzutreten, aber nicht, *warum?*«

Die Story von »Abaddon« war schnell erzählt: Abaddon, der Fürst des Schreckens, war aus der Unterwelt in die mittelalterliche Welt von Netherland gekommen, um eben diese Welt ins Verderben zu stürzen. In den sechs Königreichen des Landes hatte sich bereits Panik breit gemacht. Täglich fielen dem dämonischen Terror neue Bewohner zum Opfer, denn Abaddon hatte nicht nur eine eigene Armee aus brutalen Orks ins Rennen geschickt, sondern darüber hinaus auch fast alle in Netherworld heimischen Kreaturen korrumpiert.

Und da die bis dahin so friedlich daliegende Welt praktisch über Nacht zu einem feindseligen, gefährlichen Terrain geworden war, hatten die Bürger von Netherworld beschlossen, tapfere und loyale Kämpfer anzuheuern, die es mit Abaddons Schergen und schließlich mit dem Erzdämon selbst aufnahmen, um diesen Spuk zu beenden.

An diesem Punkt nun kamen im wahrsten Sinne des Wortes die Helden ins Spiel: Barbaren, Paladine, Druiden, Amazonen und Zauberinnen mussten versuchen, die sechs Landesteile von Netherworld von der Monster- und Dämonenplage zu befreien, um zu guter Letzt Abaddon selbst zurück in die Unterwelt zu befördern.

»Das ist ja wie im richtigen Leben«, meinte Piper grinsend, als Phoebe mit ihren Ausführungen geendet hatte. »Zumindest so weit es *unser* Leben betrifft.«

»Du sagtest, das Spiel ist erst seit zwei Wochen in der Betaphase und deshalb noch nicht auf dem Markt?«, warf Leo ein. »Auf welchem Weg wird es denn unter die Leute gebracht?«

»Durch Mundpropaganda und übers Netz«, erklärte Phoebe. »Die Programmierer setzen darauf, dass sich interessierte User das Spiel gegenseitig kopieren oder es sich von der Homepage der Entwickler herunterladen. Auf diese Weise ist bereits eine kleine, aber exklusive Community von ›Abaddon‹-Spielern entstanden, die der betreffenden Softwareschmiede direktes Feedback im Hinblick auf Bugs oder Verbesserungsvorschläge geben kann.«

»Bugs?«, fragte Piper. »Sind für Ungeziefer nicht

eher die Jungs von der Schädlingsbekämpfung zuständig?«

»Bugs sind Fehler im Programm«, erläuterte Phoebe grinsend. »Bei einem derart komplexen Spiel kann es während der Entwicklungsphase durchaus mal zu Ungereimtheiten im Storyablauf oder zu technischen Problemen kommen, die von den Entwicklern dann ausgemerzt werden müssen. So eine Betaphase ist also extrem wichtig, damit das Spiel absolut reibungslos läuft, wenn es offiziell erscheint.«

»Ach so, dann seid ihr armen Zocker bisher also nichts weiter als die Versuchskaninchen der Softwarehersteller?«, meinte Paige spöttisch.

»Na ja«, gab Phoebe zurück, »hier geht's ja schließlich nicht um die Erprobung eines risikobehafteten Medikaments, sondern nur um die Testphase eines Games, für das die Betatester im Gegenzug keinen Cent bezahlen müssen.«

Sie sah ihre Halbschwester kampfeslustig an. »Und ich persönlich bin ziemlich happy, dass ich dieses absolut geniale Spiel kennen gelernt habe. ›Abaddon‹ macht nämlich einen Heidenspaß und ist superspannend!«

»Also ich für meinen Teil finde das wahre Leben schon ›spannend‹ genug«, meinte Paige trocken. »Ist ja nicht so, als ob wir Hexen uns über zu wenig Aufregung beklagen könnten, oder?« Sie sah Phoebe mit gerunzelter Stirn an. »Wozu brauchst du als *Zauberhafte* also noch ein Computerspiel, in dem du gegen Dämonen und Monster kämpfst? Reichen dir die echten Warlocks und Übermächte nicht mehr aus?«

»Ach, Paige, sei doch nicht so dogmatisch. Jeder entspannt sich halt auf seine Art«, mischte sich nun Leo in den kleinen Disput ein. »Der eine zockt am Computer, der Nächste rennt sich seinen Frust von der Seele oder frisst sich Kummerspeck an, und andere relaxen am liebsten vor der Glotze. Wo ist also das Problem?«

»Kein Problem«, sagte Paige. »Es ist nur so, dass ich im *South Bay Sozialdienst* 'ne Menge unglücklicher, vereinsamter Jugendlicher getroffen habe, für die die Welt nur noch aus Videospielen zu bestehen schien. Ich fand das ... irgendwie ziemlich traurig.«

»Du willst mich doch nicht etwa mit vernachlässigten Problemkids auf eine Stufe stellen?«, empörte sich Phoebe.

»Ich gebe hier nur meine Erfahrungen mit dem Thema wieder«, erwiderte Paige sauertöpfisch.

»Kann es nicht sein, Paige, dass du hier Ursache mit Wirkung verwechselst?«, warf Piper ein. »Ist es nicht vielmehr so, dass diese Kids, von denen du sprichst, schon längst einsam und sich selbst überlassen waren? Ich meine, noch bevor sie sich dann auf exzessive Weise dem einen oder anderen Zeitvertreib zuwandten? Früher, als es noch keine Computer gab, haben derart perspektivlose Jugendliche vielleicht einfach nur in den Straßen herumgehangen oder aus lauter Langeweile halsbrecherische Autorennen und dergleichen veranstaltet. Na ja, und heute verplempern sie eben ihre Tage vor dem PC, weil so oder so niemand da ist, der sich Zeit für sie nimmt und sich für sie interessiert.«

»Bist du in den letzten Wochen heimlich zur Amateurpädagogin avanciert?«, fragte Leo seine Frau grinsend. Er spielte damit offensichtlich auf Pipers Schwangerschaft und dem damit verbundenen Drang vieler werdenden Mütter an, sich umfassend in allen möglichen Erziehungsfragen zu informieren.

»Blödsinn. Man muss doch nicht schwanger werden, um diese auf der Hand liegenden Zusammenhänge zu erkennen«, meinte Piper.

»Wie dem auch sei«, erwiderte Paige und erhob sich brüsk vom Esstisch. »Ich fahre jetzt jedenfalls in die Stadt und gehe shoppen. Heute ist nämlich Ausverkauf bei *Bergdorf Goodman*.« Und dann versöhnlicher: »Komm doch mit, Phoebe«

Doch die Angesprochene schüttelte nur den Kopf. »Keine Zeit«, murmelte sie. »Muss noch an meiner nächsten Kolumne für den *Bay Mirror* arbeiten.«

»Okay, dann bin ich mal weg.« Mit knappem Gruß verließ Paige das Haus.

Nachdem sie fort war, fragte Leo: »Irre ich mich, oder ist Paige seit neuestem nicht nur erblondet, sondern auch ziemlich mies gelaunt und reichlich ungnädig?«

»Wahrscheinlich lastet ihr noch die Sache mit Selim auf der Seele«, vermutete Piper. »Ist ja gerade mal ein paar Wochen her, dass wir unser orientalisches Abenteuer im Zusammenhang mit dem Schwarzen Turm überstanden haben. Und außerdem scheint ihr die Arbeit beim *South Bay Sozialdienst* doch mehr zu fehlen, als sie sich eingestehen will.«

Das stimmte, denn seit Paige beschlossen hatte, sich mehr auf ihre Tätigkeit als Hexe und *Zauberhafte* zu konzentrieren und ihren Job als Sozialarbeiterin aufzugeben, war sie zwar über Nacht die Doppelbelastung aus Beruf und Berufung losgeworden, doch nun ergab sich für die Halbschwester das Problem, das Mehr an freier Zeit auch sinnvoll auszufüllen. Vorausgesetzt, es stand keine Dämonenattacke ins Haus.

Wenn es nach Piper gegangen wäre, so hätte sich

Paige nun verstärkt um Dinge wie Sprüchelernen, Zaubertränke mixen und die Vervollkommnung anderer Hexendisziplinen kümmern sollen, doch es schien, als ob Paige nicht vorhatte, sich fortan rund um die Uhr in den Dienst der *Zauberhaften* zu stellen.

Nachdem sie ihr Frühstück beendet hatten, erhoben sich Piper und Leo ebenfalls und machten sich bereit, ins *P3* zu fahren. Es galt, die Bühne und die Anlage für die Band vorzubereiten, die heute Abend ein Live-Konzert im Club geben wollte.

Seit Piper schwanger war, unterstützte Leo sie, wo er nur konnte, damit sie sich neben dem aufreibenden Hexenleben nicht noch mit Zusätzlichem belasten musste oder am Ende gar überanstrengte.

»Ciao, Süße«, verabschiedete sich Piper von Phoebe, die noch immer ein wenig lethargisch am Tisch saß und auf ihren halb gegessenen Donut starrte. »Stellst du bitte das Frühstücksgeschirr in die Spülmaschine? Danke! Bis später!«

Als auch Piper und Leo schließlich das Haus verlassen hatten, kochte sich Phoebe erst einmal eine frische Kanne starken Kaffee. Und nachdem sie eiligst den Frühstückstisch im Esszimmer abgeräumt hatte, stieg sie mit einer dampfenden Tasse des braunen Muntermachers hinauf in ihr Zimmer.

Sie strich die geblümte Tagesdecke auf ihrem Bett glatt, stellte ein kleines Klapptablett obendrauf und platzierte auf diesem ihren Laptop und die Kaffeetasse. Dann setzte sie sich im Schneidersitz auf ihrem Bett zurecht, schob sich einige Kissen in den Rücken und startete nicht etwa ihre Textverarbeitung, um ihre neue Kolumne zu schreiben, sondern – wie sollte es anders sein – »Abaddon«.

Der Morgen hatte bereits gedämmert, da hatte sie Itza, den Level-Boss von Akt 2, völlig allein bezwungen. Noch immer war sie ganz erfüllt von Stolz, wenn sie an den Moment dachte, da der Erzdämon fiel. Es war ein harter, äußerst knapper Kampf gewesen, und fast hätte auch ihre Zauberin dabei den Tod gefunden hätte.

Und mit diesem Sieg hatte sie es endlich in Akt 3 geschafft. Sie freute sich darauf, denn sie wusste, die Hauptstadt dieses neuen Kapitels – ein romantischer Ort namens Seahaven – lag direkt am Meer. Es war ein Städtchen mit einem malerischen Hafen, palmenbestandenen Stränden und kleinen vorgelagerten Inseln.

Der Endgegner von Level 3 hieß Abraxas, und Phoebe fieberte schon dem Moment entgegen, in dem sie sich ihm mit ihrer Zauberin stellen würde. Doch zunächst einmal galt es, in diesem Kapitel Heerscharen von Mörderkrabben, Killerfischen, Sirenen und fleischhungrigen Waranen aus dem Weg zu räumen.

Doch Phoebe war zuversichtlich ob dieser großen Herausforderung. Nein, sie war sicher, dass sie auch diesen Akt mit Taktik und Geschick, sowie mithilfe ihrer virtuellen Magie schaffen würde. Dies vor allem, da ihre Figur bald ein Levelup haben und damit eine Stufe aufsteigen würde, sodass ihr damit auch ein neuer Kampfzauber zur Verfügung stand.

Phoebe hatte sich dafür entschieden, diesmal auf einen mächtigen Kugelblitz zu setzen, der den Eispfeil-Zauber ablösen sollte und diesen natürlich um einiges übertraf.

In freudiger Erwartung der noch zu bestehenden Abenteuer betrat sie die Hafenstadt Seahaven.

4

Der Morgen dämmerte soeben, als Will sich mit schmerzendem Rücken von seinem harten Lager erhob. Er konnte sich nicht erinnern, in den letzten Jahren auch nur einmal so früh aufgestanden zu sein.

Havok, der Holzfäller, hatte ihm für die hereinbrechende Nacht eine Pritsche in seiner bescheidenen Hütte angeboten.

Das war nett von ihm gewesen, wenn man bedachte, dass Havok nichts weiter als ein stoischer NPC war, den die Programmierer aus keinem Will ersichtlichen Grund in dieses teuflische Game integriert hatten und dem seine menschlichen »Mitspieler« schon aus diesem Grund ziemlich egal waren. In dieser Hinsicht schien »Abaddon« ein Rollenspiel wie jedes andere zu sein.

Ein Spiel jedoch, in dem mit Betreten von Akt 6 hinter jeder Ecke der wahre Tod lauern konnte, ein Spiel, aus dem es offenbar kein Entrinnen und in dem es keine Verbündeten gab.

Oder doch?

So ging zum Beispiel von dem tumben Holzfäller überhaupt keine Gefahr aus; ganz im Gegenteil, Havoks Hütte war so etwas wie ein sicherer Hafen in diesem mörderischen Wald, und Will war sicher, dass er hier jederzeit von Monstern unbehelligt übernachten oder Zuflucht finden konnte.

Doch noch immer wusste Will nicht, was das alles überhaupt sollte. Was für ein kranker Geist steckte hinter »Abaddon« und der perfiden Sache mit Akt 6?

Waren er und die anderen armen Teufel etwa unfreiwillige Probanden in einem abgefahrenen Cyber-Experiment? Oder trachtete irgendein durchgeknallter Programmierer, dem das Verbreiten von Computerviren zu langweilig geworden war, ahnungslosen Rollenspielern einfach nur aus Spaß nach dem Leben?

Will konnte sich nach wie vor keinen Reim darauf machen, fühlte sich angesichts dieser Überlegungen jedoch plötzlich unangenehm beobachtet. Denn egal, was der Grund für sein Hiersein war, *irgendwer* verfolgte höchstwahrscheinlich jeden seiner Schritte in dieser Gegenwelt und ergötzte sich an seinem Tun – wie auch an seinem buchstäblich vorprogrammierten Scheitern ...

Er kam ächzend auf die Beine und verspürte plötzlich zwei überaus reale, menschliche Bedürfnisse. Er musste dringend pinkeln, und er hatte einen Bärenhunger.

Das Bett neben ihm war leer. Sein virtueller Gastgeber war nicht mehr in der Hütte.

Zögernd trat Will ins Freie. Um ihn herum rauschten die Tannen wie eh und je, und das erste Licht des Morgens wärmte sein Gesicht.

Havok stand wieder an seinem alten Platz neben der Säge und spannte wie gehabt einen Baumstamm ein. Was für ein langweiliges Leben ein NPC doch hat, dachte Will. Andererseits ist er in Sicherheit, während ich hier um mein Leben fürchten muss ...

Er ignorierte den Mann, umrundete die Hütte und urinierte gegen den nächstbesten Baum. Er hoffte inständig, dass er in dieser unwürdigen Situation nicht auch noch hinterrücks angegriffen wurde ...

Als er fertig war, ging er zu Havok und sprach ihn an.

»Sei gegrüßt, Fremder«, sagte der Mann, als träfen sie sich zum ersten Mal.

»Ja, ja, schon gut«, meinte Will genervt. »Sag mal, weißt du, wie ich an was Essbares rankomme?«

»Entweder gehst du auf die Jagd, oder du suchst dir ein Wirtshaus. Hast du Geld?«

Will sah in seinem Lederbeutel nach. Gott sei Dank, seine Barschaft, die er sich über 5 Level hindurch zusammengespart hatte, war noch da. »Ja«, meinte er erleichtert.

»Dann kann ich dir Nahrung verkaufen«, meinte Havok. Er bückte sich und öffnete eine Truhe zu seiner Linken. »Such dir was aus.«

In der Holzkiste befanden sich ein paar Äpfel, ein bisschen Brot und eine Flasche Milch.

»Ich nehme alles«, sagte Will.

»Gut, das macht dann 5 Goldstücke«, sagte der Mann.

Geld und Waren wechselten ihre Besitzer.

»Gute Reise«, sagte Havok dann und wandte sich wieder seinem Holzstamm zu.

»Danke«, meinte Will verdrießlich. Offensichtlich trennten sich hier ihre Wege.

Er ging ein paar Schritte in Richtung Wald, setzte sich auf einen Baumstumpf und verzehrte sein kärgliches Mahl. Das Brot war knochentrocken, doch die beiden Äpfel und die Milch schmeckten wirklich gut und ließen ihn wieder zu Kräften kommen.

Unschlüssig, was er nun tun sollte, blieb Will noch eine Weile sitzen und vergrub sein Gesicht in den Händen. Er hatte keinen Plan und nicht den blassesten Schimmer, wohin er als Nächstes gehen sollte.

Allerdings war ihm beim Essen klar geworden, dass der einzige Weg aus diesem Albtraum nur über Abaddon selbst führen konnte. Der Erzdämon stand, wie jeder Level-Boss, vermutlich auch am Ende dieses verfluchten Aktes.

Havok hatte gesagt, Abaddons Festung liege im Norden. Und er hatte auch behauptet, dass er, Will, aus dem Süden gekommen sei. Norden lag Süden genau gegenüber. Also musste er den Weg, den er gekommen war, einfach nur schnurstracks weitergehen.

Will stand auf und sah sich um. Der Weg nach Norden führte rechts an Havoks Hütte vorbei und war über einen schmutzigen, gewundenen Pfad zu beschreiten.

Immerhin besser, als sich wieder in diesen grauenvollen Wald schlagen zu müssen, dachte Will und marschierte los.

Der Trampelpfad war schmal und staubig, und die Sonne brannte inzwischen recht heiß vom Himmel.

Mürrisch und argwöhnisch zugleich trottete Will voran, wobei er den Griff seines Kurzschwertes fest umklammert hielt.

Vor einigen Minuten war er in eine Gruppe von drei Riesenratten gelaufen, die ihm am Wegesrand aufgelauert hatten. Er hatte die blutrünstigen Nager nur mit knapper Not bezwungen und dabei einige kleinere Bisswunden an der Schulter und am Unterarm davongetragen.

Doch nun waren seine Heiltränke, die wie Hustensaft geschmeckt hatten, aufgebraucht. Daher blieb ihm nur, sich in nächster Zeit auf seine Sinne zu verlassen und jeder Konfrontation aus dem Wege zu gehen, bis er einen Händler oder Alchemisten traf, der ihm Tränke verkaufen konnte.

Das Problem war, dass er als ehemaliger Druide natürlich kein wirklich schlagkräftiger Nahkämpfer und dementsprechend schlecht gerüstet war. In den Kapiteln 1 bis 5 hatte Tux in brenzligen Situationen mittels Teleporter in die jeweilige Stadt »springen« können, um sich dort heilen zu lassen oder neue Tränke zu kaufen. Mit dieser Option und mithilfe ihrer beschworenen Kreaturen war die Spielfigur so eigentlich ganz gut über die Runden gekommen.

Will wusste jedoch nicht, ob das Grundprinzip der rettenden Heimatbasis hier, in Akt 6, ebenfalls Gültigkeit hatte, und er konnte es zurzeit leider auch nicht herausfinden, da er keine Portalsprüche besaß.

Tatsächlich hatte er vorgehabt, seinen Charakter nach Eintritt in dieses neue Kapitel mit allem Nötigen auszurüsten, doch stattdessen war nun er selbst – und nicht sein Alter Ego Tux – hier mitten in der Wildnis gelandet, und ein Händler war weit und breit nirgendwo zu entdecken.

Schlimmer noch, er wusste nicht einmal, ob es in Akt 6 so etwas wie eine Stadt überhaupt gab, die dem Rollenspieler als sicherer Hafen und Proviantstützpunkt dienen konnte.

Und so musste er, der unsportliche Will Slowsky, der zu Schulzeiten noch nicht mal eine harmlose Rauferei begonnen, geschweige denn gewonnen hatte, sich hier in dieser mörderischen Welt bis auf weiteres allein auf sein lächerliches Kurzschwert und seinen regen Verstand verlassen.

Zögernd ging er weiter. Die kleinen Bisswunden,

die ihm die Ratten geschlagen hatten, schmerzten – trotz der Heiltränke, die er zu sich genommen hatte.

Kein Wunder, dachte Will verbittert, denn jede Form von Magie schien ihm hier, in Akt 6, nun mal verwehrt. Er fand, dass hier ein ziemlich unfaires Kräfteverhältnis vorlag, denn seine bisherigen Gegner waren nicht von Pappe gewesen.

Und was, dachte er plötzlich erschrocken, wenn ihn einer der Schergen Abaddons plötzlich mit Magie angriff? Was hatte er dem entgegenzusetzen?

Er musste an den Film *Running Man* mit Arnold Schwarzenegger denken. In diesem Streifen, der in der nahen Zukunft spielte, bekamen verurteilte Kriminelle die Chance zur Rehabilitation, wenn sie zuvor durch ein Labyrinth rannten, in dem sich ihnen schwer bewaffnete Verfolger in den Weg stellten. Diejenigen, die überlebten, erhielten ihre Freiheit und ein Haus auf Hawaii.

War er, Will, womöglich ebenfalls Teilnehmer einer staatlichen Wiedereingliederungsmaßnahme? Das Problem dabei war nur, dass er sich keines Verbrechens bewusst war. Andererseits war er auch nicht Superhero Schwarzenegger, für den eine solche Prüfung ein Kinderspiel war.

Er schüttelte den Kopf, wie um sich von diesen paranoiden Gedanken zu befreien, denn er konnte sich nicht erinnern, dass die USA in den letzten Jahren heimlich zur Willkürherrschaft mutiert waren und missliebigen Bürgern solch brutale Sanktionen zumuteten. Nein, etwas derartig Abgefahrenes war allenfalls Stoff für Science-Fiction-Romane oder -Filme, dachte Will.

Der Pfad verlief nun schon eine ganze Weile durch

eine baumbestandene schluchtenartige Senke, weshalb die Gebiete links und rechts des Weges zu hoch lagen, um für ihn noch einsehbar zu sein. Ständig wanderte sein Blick daher ängstlich nach oben, und einmal hatte er über sich tatsächlich ein Schnüffeln und Knurren wahrgenommen, das an einen Wolf oder ein Wildschwein erinnerte.

Vor ihm kam eine Biegung in Sicht. Will verlangsamte seinen Schritt und zog sein Schwert. Hinter der engen Kurve konnte ihm alles Mögliche auflauern.

Plötzlich vernahm er hinter sich ein zischendes Geräusch. Er wirbelte herum und riss gleichzeitig die Waffe in die Höhe.

Ihm gegenüber stand ein abstoßendes, etwa mannsgroßes Geschöpf mit dem Kopf einer Gottesanbeterin und dem halb aufgerichteten Körper einer grünen Heuschrecke. Links und rechts der Schulterblätter saßen zwei mächtige Chitinflügel, und dazwischen verlief ein kleiner gezackter Kamm wie bei einem Stegosaurier. Zwei der vier klauenbewehrten Antennen ruderten angriffslustig durch die Luft.

Will fand, sein Gegenüber sah aus wie das missglückte Experiment einer Genmanipulation.

Das Ding schnalzte und klapperte mit seinen Beißzangen, und dann schnappte es plötzlich nach Wills linkem Oberarm. Will wurde durch den Angriffsschwung ein kleines Stück zurückgeworfen, ging aber sofort wieder in Verteidigungsstellung. Erst in der nächsten Sekunde realisierte er, dass ihm das Vieh mit seinen Beißwerkzeugen ein Stück Fleisch aus dem Arm gerissen hatte. Und der daraufhin einsetzende Schmerz war mörderisch!

Die nächste Attacke konnte Will im letzten Moment

abblocken. Sein verletzter Arm pochte und brannte wie Feuer. Schon sprang das Insekten-Monster wieder auf ihn zu. Will riss die Waffe hoch und erwischte seinen Gegner mehr zufällig am dürren Hals. Eine zähe, smaragdfarbene Flüssigkeit sickerte aus der Wunde, die er der Kreatur geschlagen hatte.

Das Monster warf den Kopf in den Nacken und stieß ein nervenzerfetzendes Trillern aus. Will holte abermals aus und stieß der Bestie mit aller Kraft sein Kurzschwert in die gepanzerte Brust. Sofort riss er die Waffe wieder heraus, um erneut zuzustoßen. Doch da brach das Insekten-Wesen auch schon zusammen. Aber noch im Fallen erwischte es Will mit einer seiner messerscharfen Klauen an der Wade.

Will schrie auf vor Wut und Schmerz. Und dann sah er plötzlich rot! Wie ein Wahnsinniger hieb er auf das sterbende Wesen zu seinen Füßen ein, bis es sich nicht mehr regte.

Schwer atmend und schweißüberströmt kam er schließlich wieder zur Besinnung. Sein linker Oberarm blutete stark, und auch seine Wade wies eine böse Verletzung auf. Das Leder an dieser Stelle hing in Fetzen. Entschlossen riss Will sich einen Streifen aus dem Hosenbein und band sich mit dem behelfsmäßigen Lederriemen die Wade ab, um die Blutung zu stoppen. Im Geiste beglückwünschte er sich dazu, noch zu Highschool-Zeiten einen Erste-Hilfe-Kurs absolviert zu haben.

Fassungslos blickte er auf das merkwürdige Wesen am Boden, das er soeben niedergestreckt hatte. Hoffentlich kommen die Verwandten dieser Kreatur jetzt nicht alle zur Beerdigung hierher, dachte er in einem Anflug von Galgenhumor.

Deshalb machte er, dass er rasch weiterkam, und setzte seinen Weg humpelnd fort. Auf dem schmalen Pfad, der ihn Richtung Norden führen würde – und in eine ungewisse Zukunft.

Seahaven und die Gegend von Akt 3 waren wunderschön.

Das Hafenstädtchen war eine bunte Ansammlung aus windschiefen Häuschen, diversen Marktplätzen und romantischen Gassen mit Händlern für dies und das.

Phoebe suchte als Erstes Harald, den Rüstungsschmied des Ortes, auf, um ihren goldenen Brustpanzer reparieren zu lassen. Harald war ein Schrank von einem Mann, und er geizte nicht mit Anerkennung für Phoebes schönen Harnisch.

Als Nächstes suchte und fand sie den Alchemisten des Ortes, einen griesgrämigen alten Mann, und kaufte ihm diverse Lebens- und Manatränke ab.

Zu guter Letzt betrat sie die altehrwürdige Magiergilde der Stadt und erstand einen Einhand-Zauberstab, der ihre Lebens- und Manareserven um ein Vielfaches erhöhte. Der Stab glitzerte grün und golden und passte wunderbar zu ihrer tollen Rüstung. Außerdem konnte sie nun den Schild mit Feuerschutz anlegen, den sie beim Tempeleingang in Akt 2 gefunden hatte.

Nach all diesen Ausgaben war ihre Barschaft fast erschöpft, und es wurde Zeit, wieder ein wenig auf die Jagd zu gehen, Geld und Items aufzustöbern und das Böse, das auch das liebliche Seahaven bedrohte, zurückzuschlagen.

Sie verließ die Stadt Richtung Westen und gelangte an einen einsamen Strand. Dort erlegte sie relativ stressfrei drei mannshohe Killerkrabben, was gleichzeitig einherging mit dem lang ersehnten Levelup!

Phoebe jubelte. Endlich hatte sie Stufe 3 erreicht und konnte den Skill »Kugelblitz« freischalten, einen weitaus mächtigeren Kampfzauber als »Feuerstrahl« oder »Eispfeil«.

Die fünf neuen Charakterpunkte vergab sie abermals auf Leben und Mana. Mit etwas Glück mochte es ihr gelingen, in diesem Kapitel noch einmal upzuleveln, denn die Gegner hier waren deutlich schwerer als in den beiden vorangegangenen Akten, was wiederum mehr Erfahrungspunkte brachte.

Sie schlenderte weiter den Strand entlang und entdeckte linker Hand eine große Felsenhöhle.

Phoebe vermutete, dass es sich hierbei um den Eingang zu dem Dungeon handelte, in dem sie Mortens magisches Schwert suchen sollte. Diese Quest hatte sie von Gritta erhalten, einem weiblichen NPC, deren Gatte Morten bei dem Versuch, Abraxas und seine Schergen zu töten, selbst den Tod gefunden hatte.

Als sie näher trat, drangen merkwürdig schmatzende Laute an ihr Ort. Sie lugte um die Ecke und sah, dass in der Höhle ein uralter Waran lebte, der sich gerade über eine tote Krabbe hermachte. Von einem magischen Schwert war auf den ersten Blick nichts zu sehen.

Phoebe machte sich bereit und attackierte das Biest mit einem Kugelblitz. Die Wirkung war jedoch nicht ganz so wie erhofft.

Der Blitz prallte an der geschuppten, kettenpanzerähnlichen Haut des Warans ab und verpuffte – und das Monster nahm kaum Schaden. Dafür kam es nun auf seinen krummen, dicken Beinen, wenngleich mit erstaunlicher Geschwindigkeit, aus der Höhle geschossen!

Phoebe schluckte, wandte sich um und lief los. Noch im Laufen schnappte der Waran nach ihren Waden und fügte ihr damit erheblichen Lebensverlust zu. Das war der Moment, in dem Phoebe erkannte, dass sie um ihr Leben rennen musste!

Doch wohin?

Sie passierte einige Palmen und einen Strandfelsen, den sie kopf- und ziellos umrundete, um ihren fauchenden Verfolger damit zu verwirren. Doch der Waran ließ sich einfach nicht abschütteln und blieb ihr dicht auf den Fersen, egal, wie viele Haken sie schlug!

Was sollte sie nur tun? Außer ihr war niemand an diesem Gestade, der ihr hätte beistehen können, und um zurück zur Stadt zu gelangen, hätte sie den während ihrer Flucht eingeschlagenen Weg wieder ein gutes Stück zurücklaufen müssen. Damit stieg das Risiko, dass sie dem Waran direkt in die Arme rannte oder er sie auf offenem Gelände einholte!

Während Phoebe um den Felsen hastete und zwischen den Palmen hin und her rannte, kam ihr eine Idee. Sie trank zwei Heilelixiere und floh dann blindlings ins Wasser. Während sie hastig vom Ufer fortschwamm, hoffte sie inständig, dass Warane das nasse Element scheuten. Doch weit gefehlt! Die Riesenechse stürzte sich ebenfalls in die tosenden Fluten und setzte ihr mit kräftigen Schwimmzügen nach.

Mit schweißnassen Händen schob Phoebe die Computermaus hin und her, um ihre Spielfigur ins offene Meer zu steuern, in der Hoffnung, dass der Waran die Verfolgung irgendwann aufgab. Sie wusste, wenn ihr Charakter hier auf offener See starb, war alles verloren, und sie würde das Kapitel wieder ganz von vorne beginnen müssen.

Blöderweise war sie im Wasser schwimmend auch nicht mehr in der Lage, einen Teleporter zu zaubern, mit dem sie zurück in die Stadt Seahaven springen konnte. Dass ihr diese Rettungsmaßnahme nicht am Strand eingefallen war, als noch die Möglichkeit dazu bestanden hatte, ärgerte sie nun maßlos.

Also schwamm und schwamm und schwamm sie, während hinter ihr der Waran langsam, aber sicher immer weiter aufholte. Wieder schnappte das Reptil nach ihr, und wieder erwischte es sie böse. Ihre Lebensanzeige schrumpfte zusammen, bis nur noch ein ganz kurzer grüner Strich übrig war.

Während sie wie eine Verrückte davonkraulte, betätigte Phoebe erneut die Kurztaste für Heiltränke und füllte damit ihr Lebensreservoir wieder halb auf. Schnell nahm sie noch einen zweiten. Sicher war sicher, denn das Ungetüm in ihrem Rücken richtete mit nur einem Schlag einfach zu viel Schaden an.

Plötzlich erhob sich am Horizont so etwas wie eine felsige Insel aus dem Wasser. Hoffnung keimte in Phoebe auf.

Sie schwamm schnurstracks auf das Eiland zu. Ein Lagerfeuer, das am Strand der Insel brannte, kam in Sicht. Phoebe hoffte inständig, dass hier am Ende nicht Goblins, Orks oder andere mistige Kreaturen ein beschauliches Picknick an der Küste veranstalteten. In diesem Fall wäre sie vom Regen geradewegs in die Traufe geraten.

Hinter sich hörte sie das Platschen und Fauchen des schwimmenden Warans, der sie immer noch wütend verfolgte.

Je näher Phoebe dem Meeresufer kam, umso mehr konnte sie erkennen. Ein paar zerlumpte Burschen saßen um das Feuer herum und grillten über den Flammen große Fleischstücke; auch konnte sie schon ihr Gemurmel hören. Wie ermutigend das klang! Waren diese Männer ihre Rettung?

Da schnappte der Waran erneut nach ihr! Ihre Lebensanzeige rutschte wieder bedrohlich in den Keller. Doch als sie einen Heiltrank nehmen wollte, passierte rein gar nichts. Die Lebensanzeige blieb bis auf einen kleinen Rest unverändert dünn. Das ist nicht gut, dachte Phoebe, denn nun war genau das eingetreten, was keinem Helden in höchster Not widerfahren durfte: Ihr Tränkevorrat war aufgebraucht!

Verdammter Mist, fluchte die junge Hexe vor dem Monitor, während sie ihre Figur auf den Strand zusteuerte.

Mit letzter Kraft schaffte sie es irgendwie, aus dem Wasser zu kommen, und dann rannte sie wie von Furien gehetzt auf die kleine Gruppe am Lagerfeuer zu.

Es waren drei von Wind und Wetter gegerbte Männer, die sogleich aufsprangen und sich – den Programmierern sei Dank! – mit ihren Schwertern dem Waran entgegenstellten. Erleichtert rannte Phoebe noch ein Stückchen weiter aus der Gefahrenzone heraus und beobachtete dann das Treiben aus sicherer Entfernung.

Es war ein heftiger, zäher Kampf, bei dem einer der Burschen sogar den Tod fand, als der Waran ihm kurzerhand den Kopf abbiss!

Als die gefährliche Riesenechse schließlich besiegt war, stapften die beiden Überlebenden, ein strohblonder junger Bursche und ein grauhaariger Alter, reichlich angeschlagen auf Phoebe zu.

»Was fällt dir eigentlich ein, uns diese Kreatur auf den Hals zu hetzen?«, fragte der Alte wütend.

»Ich hatte keine andere Wahl«, gab Phoebe zurück. »Ich war in Bedrängnis.« Diese wenig gescheite Antwort war die einzige Option, die ihr im Dialogmenü zur Verfügung stand.

Grummelnd nahmen die beiden Männer wieder neben dem Lagerfeuer Platz und griffen ihr Gespräch von neuem auf.

Unschlüssig, was sie nun tun sollte, wandte sich Phoebe an den blonden Recken. Und siehe da, es war ihr möglich, ihn »Wo bin ich hier?« zu fragen.

»Auf Ivory-Island«, erwiderte der NPC vorschriftsmäßig.

»Und wer seid ihr?«

»Das geht dich einen feuchten Kehricht an«, gab der Blonde barsch zurück. »Und nun sieh zu, dass du von hier verschwindest, oder ich mach dir Beine, Zauberin!«

Huch, wie charmant!, dachte Phoebe, die sich vor dem Monitor gerade wieder ein bisschen entspannt hatte. Bestimmt sind das ganz üble Halunken, die sich hier auf der Insel vor Seahaven versteckt halten, weil sie irgendwas auf dem Kerbholz haben. Man sollte sie vielleicht in der Stadt melden, vielleicht bekommt man dafür Erfahrungspunkte ...

Phoebe sah in ihr Inventar, und ein Schreck durchfuhr sie. Sie hatte keinen Teleporterspruch mehr im Gepäck und konnte somit auch nicht zurück nach Seahaven springen! Wieder einer dieser Fauxpas, die einem erfahrenen Rollenspieler nie unterlaufen würden: Sie war wirklich mehr als unzureichend gerüstet in dieses schwierige Kapitel eingestiegen!

Da sie auch keine Heiltränke mehr besaß, blieb ihr nichts anderes übrig, als hier am Strand so lange zu rasten, bis ihre Lebensenergie wieder komplett aufgefüllt war. Erst danach konnte sie entweder diese Insel erkunden oder sofort zurück an die Gestade von Seahaven schwimmen.

Sie entfernte sich einige Schritte von den unfreundlichen Gesellen und setzte sich auf einen kleinen Felsen.

Am Horizont ging langsam die Sonne unter. Der feuerrote Ball war schon halb im Wasser verschwunden.

Phoebe seufzte ob des wunderschönen Anblicks. Dann löste sie die Option »Bis zur vollständigen Heilung rasten« aus und hoffte, dass sie in dieser dringend benötigten Ruhephase von den zwielichtigen Burschen nicht im Schlaf überfallen oder gar getötet wurde.

5

Als Paige am frühen Nachmittag von ihrer Shoppingtour heimkehrte und schwer bepackt das Haus betrat, war es still und leer in Halliwell Manor.

»Hallo? Ich bin wieder da!«, rief sie, doch niemand antwortete ihr.

So ging sie hinauf in ihr Zimmer, um ihre Einkäufe auszupacken und zu verstauen. Sie hatte ein paar wirklich tolle Schnäppchen gemacht und freute sich schon darauf, ihr soeben erstandenes Leder-Outfit heute Abend im *P3* zu tragen.

Als sie den oberen Flur erreichte, stutzte sie.

Aus Phoebes Zimmer drangen merkwürdige Geräusche: Kampfgeschrei, Waffengeklirr und dazwischen immer wieder unmenschliche Töne, die Paige nicht einzuordnen wusste.

Keine Frage, ihre Schwester war in Schwierigkeiten!

Sofort ließ Paige ihre Einkäufe fallen, rannte los und riss die Tür zu Phoebes Zimmer auf. Doch die Ältere kämpfte keineswegs gegen einen oder mehrere dämonische Eindringlinge. Nein, sie saß seelenruhig auf ihrem Bett, den Laptop vor sich, und sah ihre ins Zimmer stürmende Halbschwester erstaunt an.

»Was ist los?«, fragte Phoebe. »Wo brennt's denn?«

Paige blieb wie angewurzelt stehen. Doch als ihr Blick auf den Bildschirm von Phoebes Laptop fiel, wurde ihr einiges klar. Auf dem Monitor war eine Zauberin in einer goldenen Rüstung zu erkennen, die in einer rauen Gegend aus Eis und Schnee stand.

Um die Magierin herum lagen tote Kreaturen, wie sie Paige noch nie gesehen hatte: Schwer bewaffnete gehörnte Ziegenmenschen und Yeti-ähnliche, zottelige Ungetüme.

»Ich dachte, du bist in Gefahr!«, platzte die Halbschwester heraus. »Stattdessen spielst du wieder dieses ... dieses dämliche Computer-Rollenspiel!«

»Ja«, gab Phoebe unbeeindruckt zurück. »Wenn du nichts dagegen hast.« Sie steuerte ihre Zauberin auf die am Boden liegenden Gegner zu und plünderte diese. Gold und Items wanderten in ihren Rucksack.

»Wolltest du nicht arbeiten?«, forschte Paige kritisch nach.

Phoebe hob den Kopf und sah ihre Halbschwester entrüstet an. »Sag mal, bin ich dir neuerdings Rechenschaft darüber schuldig, was ich in meiner Freizeit mache?«

»Natürlich nicht.« Paige kam näher und setzte sich neben Phoebe auf die Bettkante. »Tut mir Leid, Süße, aber ich hab mir einfach Sorgen gemacht, als aus deinem Zimmer diese schrecklichen Laute drangen. Glaub mir, ich wollte dir nicht hinterherspionieren.«

»Schon gut«, meinte Phoebe versöhnlich. »Lass uns zusammen einen Kaffee trinken, okay? Ich bin ohnehin gleich fertig hier«, sie grinste, »Winterbergen ist monsterfrei, und Akt 4 so gut wie erledigt ... jetzt fehlt nur noch Donar, der Schreckliche. In einer Stunde unten in der Küche, okay?«

»Klingt gut«, rief Paige erleichtert darüber, dass Phoebe ihr nicht mehr böse war. »Ich muss dir unbedingt zeigen, was ich mir heute gekauft habe. Du fällst in Ohnmacht, wenn du das tolle Leder-Bustier und den engen Rock dazu siehst!«

Anderthalb Stunden später saßen die beiden Schwestern in der halliwellschen Küche und tranken Kaffee, während Paige stolz ihre neuen Klamotten vorführte.

Nach der Modenschau berichtete Phoebe ihr von ihren Abenteuern in Akt 4, der winterlichen Bergwelt von Netherworld, in der sie soeben den Level-Boss »Donar« besiegt hatte. Und auch davon, dass sie sich für diesen Endgegner einen Mitspieler im Chat gesucht hatte, der ihr mit seinem Kämpfer gegen »Donar« hatte helfen wollen. Doch der Angeber hatte nur tatenlos herumgestanden, während Phoebes Zauberin den Erzdämon in einem langen, zähen Kampf mit Elementenmagie erledigt hatte.

Und damit nicht genug: Der unbekannte Spieler hatte ihr sodann auch noch den kostbaren Ring vor der Nase weggeschnappt, den der sterbende Level-Boss fallen gelassen hatte, und war kommentarlos aus dem Spiel verschwunden. Phoebe war noch immer ganz empört über diese Dreistigkeit.

Paige fand das Ganze zwar nach wie vor alles andere als aufregend, hielt sich aber mit kritischen oder gar abfälligen Kommentaren zurück. Sollte die ältere Schwester doch ihren Spaß haben, was ging es sie überhaupt an? Wahrscheinlich war ihr neues Hobby in ein paar Wochen genauso schnell Geschichte wie vieles, was Phoebe in der Vergangenheit angefangen und an dem sie dann irgendwann die Lust verloren hatte.

Doch Phoebe hatte nicht vor, das Spiel »Abaddon« vorzeitig zu den Akten zu legen. Level 5, ein Gebiet mit vielen unterirdischen Dungeons und Grabgewölben, harrte bereits auf ihr Eintreffen, und Phoebe konnte es kaum erwarten, sich dem Kapitel-Boss »Portis« in der Gruft des Schreckens zu stellen.

Mit einem flauen Gefühl im Magen betätigte Teddy die Klingel zu Erics Elternhaus – ein großes frei stehendes Gebäude im Queen-Anne-Stil mit Turmaufsatz.

Sie wusste nicht, ob es richtig war, schon einen Tag nach dem schrecklichen Vorfall hier zu erscheinen und den Eltern ihr Beileid über den Tod ihres Sohnes auszusprechen, doch irgendetwas hatte sie förmlich hierher getrieben.

Die schwere Holztür wurde geöffnet, und ihr Blick fiel auf einen blonden jungen Mann, der sehr viel Ähnlichkeit mit Eric hatte. Sogar das Tiefgrün ihrer Augen war identisch. »Ja, bitte?«, sagte er mit leiser Stimme.

»Guten Tag«, begann Teddy zögernd. »Ich bin Teddy Myers, eine Freundin von Eric, und ich wollte –« Sie brach ab.

»Ach, ja«, sagte ihr Gegenüber traurig. »Wir hatten gestern telefoniert, nachdem Eric ... Ich bin Frank Sotheby, Erics Bruder ... Aber komm doch herein.«

Teddy betrat das große Haus und wurde von Frank durch eine Schiebetür in einen eleganten dämmrigen Salon mit vielen Erkern und Nischen geführt.

»Nimm doch Platz«, sagte der junge Mann. »Meine Eltern sind nicht da. Es gibt ja noch so viel zu tun wegen der Beerdigung und so ...« Sein Blick ging für einen Moment ins Leere, dann sah er Teddy an. »Wart ihr gute Freunde, mein Bruder und du?«

»Ja«, sagte Teddy, »ich glaube schon. Eric geht

... ging auf die gleiche Schule wie ich, und wir haben in unserer Freizeit auch das gleiche Computer-Rollenspiel gespielt ... das uns unheimlich viel Spaß gemacht hat.« Sie holte unmerklich Luft. Was redete sie denn da für einen Schwachsinn? Ihre Gedanken wirbelten durcheinander. Was sagte man bloß in einer solchen Situation? »Ich wollte deine Eltern und dich nur wissen lassen, wie Leid mir das alles tut«, fuhr sie hastig fort. »Ich kann es selbst immer noch nicht glauben ...« Sie schluckte. »Wie ist das alles nur passiert?«

»Als meine Mutter ihn gestern fand, lag er bewusstlos vor seinem Rechner«, berichtete Frank. »Ich lebe nicht mehr hier im Haus, und mein Vater war auf Dienstreise. Also hat sie mich im Studentenwohnheim angerufen, nachdem sie den Notarzt alarmiert hatte.« Er seufzte schwer, dann fuhr er fort:

»Ich traf allerdings noch vor den Sanitätern ein, und da lag Eric immer noch reglos vor seinem Computer, nachdem er offensichtlich gerade ein Programm namens ›Abaddon‹ von der Festplatte gelöscht hatte. Die Deinstallationsbestätigung war noch auf dem Monitor zu lesen. Meine Mutter hatte Eric nicht von der Stelle bewegt, weil sie fürchtete, alles nur noch schlimmer zu machen. Sie wusste ja nicht, was mit ihm los war. Kurz darauf traf auch der Rettungsdienst ein, und dann haben sie Eric mit Blaulicht ins Krankenhaus gebracht. Dort ist er dann nach wenigen Stunden an Herzversagen verstorben.«

»Aber was war der Grund dafür?«, fragte Teddy bestürzt. »Soweit ich weiß, war Eric doch kerngesund?«

»Das wissen wir auch nicht, und auch die Ärzte stehen vor einem Rätsel. Sein Kreislauf ist einfach irgendwann zusammengebrochen, und dann haben alle lebenserhaltenden Körperfunktionen versagt. Das Krankenhaus meint, man müsse Eric obduzieren, um Näheres in Erfahrung zu bringen, aber ich glaube, das wollen meine Eltern nicht. Das bringt ihn uns schließlich auch nicht mehr zurück –« Er brach ab.

Teddy senkte den Blick. Sie hatte einen Riesenkloß im Hals. »Ich werde ihn sehr vermissen«, sagte sie leise. »Und ich werde ihn nie vergessen.« Plötzlich rollten heiße Tränen über ihre Wange.

Frank trat auf sie zu und nahm sie behutsam in den Arm. »Danke, dass du vorbeigekommen bist«, sagte er. »Es ist gut zu wissen, dass es außerhalb unserer Familie Menschen gibt, die um Eric trauern und seiner gedenken. Die Anteilnahme, die wir in den letzten Stunden erfahren haben, gibt uns wieder ein bisschen Kraft, um mit diesem Verlust irgendwie fertig zu werden.«

Als Teddy wieder auf der Straße stand, holte sie erst einmal tief Luft.

Der Besuch bei Frank hatte sie getröstet und doch auch ein wenig beunruhigt.

Beunruhigt, weil Frank etwas gesagt hatte, worauf sie sich einfach keinen Reim machen konnte. Er hatte erwähnt, dass Eric vor seinem Tod »Abaddon« deinstalliert habe. Das war sehr merkwürdig, denn das Spiel war Eric die wichtigste Freizeitbeschäftigung überhaupt gewesen.

Völlig in Gedanken, lenkte sie ihre Schritte wie automatisch zur Cable-Car-Station der Powell-Hyde-Linie. Kurz darauf saß sie bereits in der Bahn, die sich ruckelnd Richtung Union Square bewegte. Und nur zehn Minuten später betrat sie ihr zweites Zuhause: das *OpenNet Point*.

Es war Samstagnachmittag, und der Laden schwirrte vor Aktivität. Zahlreiche Besucher saßen vor den Monitoren, und auch die Gamer-Ecke war gut besetzt.

Dort entdeckte sie auch James Sherman, der zusammen mit einem jungen Schwarzen in Baggy-Pants, den Teddy noch nie gesehen hatte, »Abaddon« spielte.

Sie trat auf die beiden zu. »Hi, Leute!«

»Hi, Teddy!«, rief James. »Kennst du schon Luther?« Er nickte mit dem Kopf in Richtung des jungen Mannes neben sich. »Ich helfe ihm gerade durch Akt 5«, erklärte er. »Zusammen ist es einfacher.«

»Hi, Luther«, begrüßte Teddy den Fremden, und ein schwaches Lächeln erschien auf ihrem Gesicht. »Ich hatte beim Level-Boss Portis auch Hilfe«, berichtete sie. »Ein fremder Barbar, den ich im Chat aufgegabelt hatte, hat ihn gestern für mich erledigt.«

»Ja, ja«, grinste Luther. »Was tut man nicht alles, um schnellstmöglich in Akt 6 zu kommen, was? Bin echt gespannt, wer von uns Spielern es als Erster schafft, den großen Abaddon zu besiegen!«

Leo und die *Zauberhaften* saßen beim Abendessen und unterhielten sich über die Band namens *Tristram*, die heute Abend im *P3* auftreten würde.

»Ich freue mich echt riesig darauf«, meinte Piper, die sich schon für das Samstagabend-Event umgezogen hatte. In ihrem hautengen malvenfarbenen Spaghettiträger-Kleid sah sie einfach hinreißend aus, und Leo geizte nicht mit Komplimenten für seine attraktive Frau. »Es war echt nicht einfach, *Tristram* fürs *P3* zu verpflichten, aber die Jungs sind einfach ihr Geld wert!«

Auch Paige hatte sich bereits in ihr nigelnagelneues Leder-Outfit geschmissen.

»Wir werden die ganzen ausgehungerten Typen von dir wegprügeln müssen, Paige«, feixte Leo. »So scharf, wie du heute aussiehst.«

Nur Phoebe hatte sich noch nicht umgezogen. Noch immer trug sie die weite Camouflage-Latzhose von heute Morgen und hatte das Haar zu zwei mädchenhaften Zöpfen gebunden.

»Was ist mit dir, Phebes«, fragte Piper. »Willst du dich nicht mal langsam in Schale werfen?«

»Sorry, Leute, aber ich komme nicht mit«, erwiderte Phoebe. »Hab 'ne Verabredung.«

»Ach?« Piper wirkte einigermaßen verblüfft, und auch Paige hob erstaunt eine Augenbraue. »Wer ist denn der Glückliche?«

»James«, antwortete Phoebe. Und als die anderen sich nur fragend ansahen, fügte sie erklärend hinzu: »Das ist der junge Mann, den ich gestern im Internet-Café getroffen habe, ihr erinnert euch?«

»Ach so, der Online-Rollenspieler«, meinte Leo grinsend.

»Das ist aber schade«, sagte Piper enttäuscht. »Die Jungs von *Tristram* sind nämlich wirklich gut; du weißt nicht, was du verpasst. Hör mal, warum kommt ihr beiden später nicht zusammen ins *P3*? Dann lernen wir James auch mal kennen!«

»Mal sehen«, gab Phoebe gedehnt zurück, »wenn es sich ergibt, machen wir noch einen Abstecher in den Club.«

Tatsächlich hatte sie keineswegs vor, James mit ins *P3* zu schleppen. Vielmehr wollte sie sich mit ihm im *OpenNet Point* treffen, um dort ungestört »Abaddon«

zu spielen. Nachdem sie vor allem Paige gegenüber permanent das Gefühl hatte, sich für ihr neues Hobby rechtfertigen zu müssen, war ihr James' Anruf heute Abend gerade recht gekommen.

Er hatte sie ins Internet-Café eingeladen und vorgeschlagen, dass sie dort gemeinsam Akt 5 durchspielen könnten, er mit seinem Level-10-Barbaren und Phoebe mit ihrer Level-8-Zauberin, die sich in Rekordzeit durch die vorangegangenen vier Kapitel gekämpft hatte.

Gut, dass James und ich gestern unsere Telefonnummern ausgetauscht haben, dachte sie bei sich, sonst wäre dieses Treffen nie zu Stande gekommen. Insofern konnte sie ihren Schwestern gegenüber durchaus behaupten, den Abend mit einem jungen Mann zu verbringen, was ja auch der Wahrheit entsprach, ohne zugeben zu müssen, dass sie auch heute wieder die ganze Nacht »Abaddon« spielen würde.

»Na ja«, meinte Paige augenzwinkernd. »Dann viel Spaß mit deiner neuen Eroberung.«

»Danke«, erwiderte Phoebe lächelnd, und ihr Herz machte einen aufgeregten Satz.

Doch nicht etwa bei dem Gedanken an James, sondern weil sie sich schon bald wieder in die wunderbare, aufregende Welt von Netherworld begeben würde.

Als Phoebe eine Stunde später das *OpenNet Point* betrat, dämmerte es schon. Und doch war das Café noch immer gut besucht. Eine Gruppe Senioren hatte sich schnatternd um einen der Rechner geschart und surfte offensichtlich zum ersten Mal im Internet, während vor den anderen Monitoren die obligatorischen

Geschäftsleute, Durchreisenden und Studenten hockten.

Die Gamer-Ecke allerdings war leider von den Teilnehmern einer LAN-Party besetzt, die gemeinsam ein Online-Strategiespiel spielten.

Sie sah sich kurz um und entdeckte James an einem der von Pflanzen eingerahmten Bistro-Tische. Bei ihm saßen ein apartes rothaariges Mädchen und ein attraktiver schwarzer Junge mit einer Baseballkappe, die ein offenbar ernstes Thema diskutierten.

Als sie an den Tisch trat, sprang James erfreut auf. »Hi, Phoebe«, rief er. »Schön, dass du kommen konntest. Darf ich dir Teddy«, er deutete auf die hübsche Rothaarige zu seiner Linken, »und Luther vorstellen«, er zeigte auf den jungen Mann zu seiner Rechten. »Die ›SyberWar‹-Spieler drüben in der Gamer-Ecke sind übrigens gleich mit ihrem Turnier durch, dann können wir an die Rechner«, setzte er hinzu.

»Freut mich, euch kennen zu lernen«, sagte Phoebe. Sie reichte James die Hand, begrüßte danach Luther, doch als die Reihe an Teddy kam, wurde sie fast aus den Schuhen gerissen, so stark war die Vision.

Sie sah einen unheimlichen, dunklen Wald, nur schwach durch Sonnenlicht erhellt. Und durch eben diesen Wald hastete das junge Mädchen, dessen Hand sie gerade schüttelte.

Das Gesicht der jungen Frau war von Angst und Erschöpfung gezeichnet. Sie trug eine Magierrüstung aus Chitin-Platten und einen stark zersplitterten Zauberstab. Gesicht und Hände waren von Kratzern übersät.

Doch das Schrecklichste war die Kreatur, die dem Mädchen brüllend nachsetzte. Eine Kreatur, die direkt aus den Tiefen der Unterwelt gekrochen zu sein schien und deren Anblick dazu führte, dass sich Phoebe fast der Magen umdrehte.

Abrupt kam sie zu sich, ihre Sinne begannen wieder zu arbeiten, und die reale Welt kehrte langsam in ihr Bewusstsein zurück.

»... doch Platz«, hörte sie die Stimme des rothaarigen Mädchens. Und dann: »Phoebe? Alles in Ordnung?«

Wie elektrisiert ließ Phoebe Teddys Hand los und starrte das aparte sommersprossige Gesicht einen Moment lang erschrocken an. »Ja, ja, mir war nur gerade ... ein bisschen schwindelig«, log sie, während sie sich hastig zu den drei jungen Leuten setzte. James bedachte sie mit einem besorgten Blick, doch er schwieg.

Man erzählte von sich, plauderte und lachte eine Weile über dies und das, und Phoebe bemühte sich, gute Miene zum bösen Spiel zu machen, doch innerlich bebte sie vor Nervosität.

Sie hatte eine Vision gehabt, in der eine Unschuldige von einer Kreatur der Finsternis verfolgt wurde, daran bestand für sie kein Zweifel! Und es schien, dass diese Vision mit dem Game zu tun hatte, das sie, James, Luther und Teddy spielten, denn das gehetzte Mädchen hatte klar erkennbar eine rollenspieltypische Zauberinnen-Ausrüstung getragen. Und eine Zauberin war es auch, die Teddy in »Abaddon« von Abenteuer zu Abenteuer führte, wie Phoebe im Verlauf des Gesprächs erfuhr.

Und plötzlich wurde Phoebe klar, dass das Schicksal sie nicht ohne Grund in die Welt der Computer-Rollenspieler geführt hatte.

Doch vor allem wurde ihr klar, dass sie sich so schnell wie möglich mit Piper und Paige besprechen musste!

»Wir haben ein Problem!«, brüllte Phoebe atemlos über den Lärm hinweg, der zu dieser fortgeschrittenen Stunde im *P3* herrschte.

Die Band *Tristram* leistete gerade ganze Arbeit, und das Publikum schien hellauf begeistert.

Sie war nach dem Treffen mit James, Teddy und Luther natürlich nicht wie geplant zum gemeinsamen Zocken im *OpenNet Point* geblieben, sondern hatte sich nach dem Kaffeetrinken von den dreien unter dem Vorwand verabschiedet, sie fühle sich nicht wohl. Der »Schwindelanfall«, den sie zuvor angeblich erlitten hatte, hatte ihrem eiligen Abgang die nötige Glaubwürdigkeit verschafft.

Sodann war sie unverzüglich zu Pipers Club gefahren, um ihre Schwestern zu alarmieren.

»*Du* hast ein Problem!«, meinte Piper mit Blick auf Phoebes Outfit, denn die Schwester trug noch immer ihre khakifarbene Camouflage-Latzhose über dem ärmellosen Shirt. »Hast du dich etwa *so* mit James getroffen?«

»Rollenspieler legen nicht so viel Wert auf Äußerlichkeiten«, gab Phoebe ungeduldig zurück. »Aber das ist es nicht, weswegen ich euch dringend sprechen muss. Ich hatte eine Vision!«

»Was für eine Vision?«, fragte Paige besorgt und stellte ihren Drink ab.

»Können wir nicht irgendwo in Ruhe reden – hier versteht man ja sein eigenes Wort nicht!« Phoebe hob die Arme in einer halb verzweifelten Geste.

Piper sah auf die Uhr. »Na ja, ich kann mich eigentlich für heute verabschieden«, überlegte sie. »Die Band ist bezahlt, und die Kasse kann genauso gut von Dixie gemacht werden. Ich sammle nur eben Leo ein, dann treffen wir uns alle hinter dem *P3* und orben nach Hause.«

Gesagt, getan. Nachdem sich Piper kurz von ihren Angestellten verabschiedet, Leo im Getümmel ausfindig gemacht und ihm mit einem Kopfnicken bedeutet hatte, ihr zu folgen, verließen die beiden den Club schließlich durch den Hinterausgang.

Dort standen bereits Paige und Phoebe und warteten auf sie.

»Was ist denn los?«, fragte Leo die jungen Hexen. »Das Konzert ist doch noch gar nicht zu Ende!«

»Wir müssen dringend nach Hause«, erwiderte Paige. »Phoebe hatte eine Vision.«

Leo nickte nur, und dann ergriffen sich die vier bei den Händen und orbten nach Halliwell Manor.

»So, und jetzt erzähl uns mal genau, was du in deiner Vision gesehen hast«, forderte Piper ihre jüngere Schwester auf, nachdem es sich Leo und die *Zauberhaften* auf der Couch und den bequemen Sesseln im Wohnzimmer gemütlich gemacht hatten.

»Wartet auf mich!« Gerade huschte Paige mit einer Kanne Tee herein und füllte die Tassen auf. »Ich will nichts verpassen.«

»Also«, begann Phoebe, nachdem auch Paige Platz genommen hatte, »wie ihr wisst, hab ich mich ja heute

Abend mit James und einigen seiner Freunde im *OpenNet Point* getroffen –«

»Ach, du warst in diesem Internet-Café?« fiel ihr Paige ins Wort. »Ich dachte, du hättest ein Rendezvous gehabt?«

»Paige, bitte lass Phoebe ausreden«, sagte Leo ruhig.

»Wie dem auch sei«, fuhr Phoebe fort, »als ich das Mädchen, das auch mit uns am Tisch saß, per Handschlag begrüßte, überkam mich diese Vision.«

»Was hast du denn nun gesehen?«, fragte Piper nervös.

»Ich habe gesehen, wie Teddy, so heißt das Mädchen, von einer wirklich üblen Höllenkreatur verfolgt wurde. Ich meine, verfolgt im wahrsten Sinne des Wortes ... also gehetzt, getrieben, durch die Gegend gejagt, was auch immer.«

»Du willst sagen, ein Dämon hält sich in der Gegend auf und verfolgt diese Teddy?«, forschte Leo nach.

»Ich glaube, so einfach ist es diesmal nicht«, erwiderte Phoebe. »Es gibt da nämlich noch eine Sache, die mich beunruhigt.«

»Herrgott, Phoebe, mach's doch nicht so spannend!«, rief Paige nervös. »Was für eine Sache?«

»Nun, es war nicht wirklich Teddy, die da verfolgt wurde«, fuhr Phoebe fort. »Ich meine, es war schon Teddy, aber sie trug eine Zauberinnen-Ausrüstung.«

»Eine Zauberinnen-Ausrüstung?« Piper verstand nicht. »Was soll das denn sein?«

»Um genau zu sein, eine Rüstung und einen Stab, wie man sie als Magierin in ›Abaddon‹ trägt«, erklärte Phoebe.

»Was hat jetzt dieses Rollenspiel damit zu tun?«, fragte Paige und ließ ihre Teetasse sinken.

Doch Leo hatte schneller begriffen. »Spielt diese Teddy in ›Abaddon‹ zufällig eine Zauberin?«

»Du bringst es auf den Punkt«, bestätigte Phoebe. »Tatsächlich habe ich Teddy im Outfit ihrer Zauberin ›Queenie‹ durch die Welt von ›Abaddon‹ rennen sehen. Verfolgt von ... von der Ausgeburt des Bösen.«

Für einen Moment sprach keiner ein Wort. Zu konfus war das, was Phoebe in ihrer Vision angeblich erblickt hatte.

»Die Frage ist also«, bemerkte Phoebe in die eingetretene Stille und Verwirrung hinein, »was hat das Computer-Rollenspiel ›Abaddon‹ mit der Bedrohung einer Unschuldigen namens Teddy Myers durch die finsteren Mächte zu tun?«

»Vielleicht ist ihr ein Traum-Dämon auf den Fersen, der seine Opfer mit den Phantomen ihrer eigenen Fantasie in den Wahnsinn und damit schließlich in den Tod treibt?«, überlegte Piper.

»Ein Traum-Dämon?«, fragte Paige verständnislos. »Gibt's denn so was?«

»Ja«, erklärte Leo, »früher hat man sie auch Aufhocker oder Albdruck genannt. Diese niederen Dämonen suchen ihre Opfer nachts auf, schleichen sich in ihre ärgsten Träume und erschrecken sie damit nicht selten zu Tode.«

»Du meinst, Teddy träumt nachts von den Monstern und Dämonen aus ›Abaddon‹, was sich dieser Traum-Dämon zunutze macht, indem er sie im Schlaf mit diesen Bildern konfrontiert? Um sie auf diese umständliche Weise zu töten?« Phoebe wirkte wenig überzeugt.

»Es könnte eine Möglichkeit sein«, räumte Leo ein, »aber sicher bin ich mir darüber natürlich nicht.«

»Tja, schätze, da bleibt uns nur eins«, warf Paige ein.

»Das *Buch der Schatten*!«, riefen alle wie aus einem Munde, und schon eilten die *Zauberhaften* und Leo auf den Speicher von Halliwell Manor.

In ehrfurchtsvoller Stille, wie die Teilnehmer einer feierlichen und perfekt eingespielten Zeremonie, stellten sich die Schwestern vor das hölzerne Lesepult, auf dem das *Buch der Schatten* lag, während sich Leo ein wenig im Hintergrund hielt.

Die drei hatten dieses Procedere schon so oft im Laufe ihres Hexendaseins durchgeführt, dass keine von ihnen mehr ein Wort darüber verlieren musste.

Wann immer es in der weit zurückreichenden Hexen-Dynastie der *Zauberhaften* ein Problem mit den Mächten der Finsternis gab, lieferte ihnen das alte Familienerbstück die eine oder andere nützliche Information, die den drei Schwestern einen möglichen Lösungsweg, einen Spruch oder das Rezept für einen rettenden Trank aufzeigte.

Und wie schon so oft zuvor blätterte Phoebe auch jetzt in gespannter Erwartung durch die vergilbten Seiten des Folianten in der Hoffnung, er möge sich danach von selbst an einer ganz bestimmten Stelle öffnen.

Doch nichts geschah.

Erneut schlug sie einige Seiten um, doch ohne Ergebnis.

»Das Buch reagiert nicht!« Phoebe sah ihre Schwestern ratlos an.

»Das wundert mich nicht«, ließ sich nun Leo vernehmen.

Die drei Hexen wandten sich erstaunt zu ihm um. »Was meinst du damit, Liebling?«, fragte Piper.

»Nun, das *Buch der Schatten* kann euch *Zauberhaften* bekanntlich nur dann Hilfe leisten, wenn es um ein Ereignis oder ein Phänomen aus der Vergangenheit geht, zu dem eure Vorfahrinnen eine Aufzeichnung gemacht haben, oder aber um einen Sachverhalt, der so oder so ähnlich schon zur Zeit eurer Ahnen existiert hat.«

»Das ist richtig«, bestätigte Piper, »aber worauf willst du hinaus?«

Der *Wächter des Lichts* erklärte es ihr. »Ich will darauf hinaus, dass euer beziehungsweise Teddys Problem mit etwas zu tun hat, das eure Vorfahren, und damit das Buch, noch gar nicht kannten. Zum Beispiel mit dem relativ neuen Medium Computer, dem Internet oder beidem.«

»Dann hat das Ganze also doch *unmittelbar* mit dem Spiel ›Abaddon‹ zu tun!«, rief Phoebe. »So, wie ich's nach meiner Vision auch vermutet habe.«

»Heißt das, es geht für Teddy eine direkte Gefahr von diesem Computerspiel aus?« Piper runzelte verwirrt die Stirn. »Wie kann das sein?«

»Ich hab keine Ahnung«, sagte Phoebe und ließ sich auf eines der Sitzkissen sinken, die auf dem Speicher neben dem *Buch der Schatten* am Boden lagen. »Ich persönlich habe viel Spaß mit ›Abaddon‹, und wie ich Teddy verstanden habe, sie auch. Ich kann mir nicht vorstellen, was daran gefährlich sein soll, ein Figürchen durch eine computergenerierte 3-D-Welt von Monstern und Dämonen zu steuern.«

»Und doch muss es etwas Übernatürliches, Bösartiges geben, das in direktem Zusammenhang mit diesem Spiel steht und das Teddy bedroht. Sonst würde Phoebes Vision keinen Sinn ergeben«, überlegte Leo.

Plötzlich hatte Piper eine Idee. »Könnte es nicht sein, dass einer dieser Spieledämonen aus dem Game in unsere Sphäre geschlüpft ist und nun in unserer Welt sein Unwesen treibt? Dass er sich aus Rache einen ›Abaddon‹-Computerspieler nach dem nächsten vornimmt und dass Teddy die Erste, oder zumindest die Nächste auf seiner Liste ist?«

»Wenn das stimmt, dann hätten wir in Kürze alle Hände voll zu tun«, meinte Phoebe bestürzt. »Soviel ich weiß, gibt es bereits an die hundert Beta-Tester allein hier in den USA ...«

»Also, ich weiß nicht«, grübelte Leo. »Ich kann mir nicht vorstellen, dass ein gestandener Dämon so kindisch ist, sich allein aus Rache die Finger schmutzig zu machen. Doch vor allem halte ich die Theorie, dass sich ein Konstrukt aus Bits und Bytes verselbstständigen und für die Menschen eine reale Bedrohung darstellen könnte, für ziemlich abenteuerlich. Nein, da muss was anderes dahinter stecken.«

»Schön und gut«, meldete sich nun Paige zu Wort, die unruhig hin und her zu wandern begonnen hatte. »Aber was können wir tun? Sollten wir diese Teddy nicht zumindest warnen? Und wie sollen wir sie überzeugen, auf sich aufzupassen, ohne unsere Identität als Hexen preiszugeben?«

»Auch können wir sie schlecht Tag und Nacht bewachen, ohne dass es auffällt ...« Phoebe sah besorgt auf ihre Armbanduhr und sprang auf die Beine. »Ich glaube, ich fahre noch mal ins *OpenNet Point*. Vielleicht ist sie ja noch da!«

»Orben geht schneller«, bot sich Paige an. »Lass uns zusammen hingehen.«

Dankbar ergriff Phoebe die Hand ihrer Halbschwester, und schon waren sie in einer Aura aus blauem Licht verschwunden.

Piper und Leo begaben sich derweil wieder hinunter in den ersten Stock von Halliwell Manor, wo Leo den Tisch im Wohnzimmer abräumte, während Piper ein paar Sandwichs für die Rückkehr ihrer Schwestern vorbereitete.

Die Nacht konnte womöglich lang werden.

Lautlos materialisierten Phoebe und Paige in einer dunklen Nebenstraße an der Hinterseite des *OpenNet Point*.

Kaum eine halbe Minute später hatten sie das Internet-Café zu Fuß erreicht. Da der Laden rund um die Uhr geöffnet hatte, saßen auch zu dieser späten Stunde noch zahlreiche Besucher vor den Monitoren, darunter viele Jugendliche und junge Erwachsene.

»Sollten die nicht schon längst im Bett sein?«, bemerkte Paige mit kritischem Blick auf eine kleine Gruppe Kids, die sich vor einen der drei Großbildschirme geschart hatte und irgendeine Live-Sportübertragung über das Netz verfolgte.

»Kannst du deinem pädagogischen Drang nicht mal für einen Moment widerstehen?«, knurrte Phoebe. »Ah, da hinten ist James!« Sie zog ihre Halbschwester mit sich zu einem der runden Bistro-Tische, an dem zwei junge Männer saßen.

»Hi, Phoebe!«, rief James erfreut, und auf seinem Gesicht erschien ein Strahlen. »Schön, dass du noch mal vorbeischaust.«

»Darf ich dir meine Schwester Paige vorstellen«, sagte Phoebe. »Paige, das ist James – James, das ist Paige. Und der nette junge Mann neben ihm heißt Luther.«

Artig reichte auch Luther den beiden Neuankömmlingen die Hand.

»Kommt, setzt euch zu uns«, meinte James. »Was wollt ihr trinken?«

Paige und Phoebe folgten seiner Aufforderung. Gleich darauf erschien auch schon die Bedienung und nahm ihre Bestellungen auf.

Nachdem das Formelle erledigt war, kam Phoebe auch gleich zur Sache. »Ich sehe Teddy hier nirgends. Ist sie nicht mehr da?«

»Nein, die ist vor zehn Minuten abgehauen«, berichtete James. »Meinte, sie kriegt einen Riesenärger mit ihrer Mutter, wenn sie nach Mitternacht zu Hause eintrudelt.« Und mit einem etwas selbstgefälligen Grinsen fügte er hinzu: »Na ja, sie ja auch erst 17.«

»Das ist aber schade«, meinte Phoebe. »Ich wollte sie nämlich etwas Spezielles zu meiner Zauberin fragen, weil sie in ›Abaddon‹ ja auch eine Zauberin spielt. Ich weiß nämlich noch nicht, welche Fähigkeit ich nach dem nächsten Levelup am besten freischalten soll … und da dachte ich, sie kann mir vielleicht einen Tipp geben.«

»Mhm«, machte James. »Also was das sinnvolle Skillen von Zauberinnen betrifft, bin ich selbst ein bisschen überfragt. Sorry, dass ich dir nicht weiterhelfen kann.«

»Hast du eventuell Teddys Telefonnummer?«, bohrte Phoebe nach.

»Nein, leider nicht. Aber du kannst ja versuchen, sie im ›Abaddon‹-Chat zu erwischen. Wie ich Teddy kenne, spielt sie bestimmt wieder die ganze Nacht durch«, meinte James, und als Paige missbilligend eine Augenbraue hob, fügte er jovial hinzu: »Na ja, was soll's, morgen ist ja Sonntag, da kann sie ausschlafen.«

Paige und Phoebe tauschten einen verstohlenen, wenngleich besorgten Blick.

Die bestellten Getränke kamen, und zwischen dem nachfolgenden Smalltalk schlürften Paige und Phoebe ihre Shakes auffallend hastig.

»Habt ihr noch was vor?«, fragte James nach einer Weile irritiert, dem die Nervosität der beiden Schwestern nicht entgangen war.

»Ja. Wir können leider nicht so lange bleiben«, beeilte sich Phoebe zu erklären, »wir kamen nämlich nur zufällig hier vorbei, weil wir noch ins *Jazzoo* wollten, und da dachten wir, schauen wir doch mal kurz beim *OpenNet Point* rein.« Sie setzte ihr verbindlichstes Lächeln auf. »Aber jetzt wird's wirklich langsam Zeit für uns zu gehen.«

»Wie's scheint, geht's dir wieder besser, was?«, fragte Luther grinsend und schob sich die Baseballkappe ein Stück aus dem Gesicht.

»Hä?« Phoebe verstand nicht.

»Bist du vorhin nicht nach Hause gegangen, weil dir so furchtbar schlecht war?«, fragte der junge Schwarze.

Phoebe merkte, wie ihr das Blut ins Gesicht schoss. »Ach so! Ja, klar, mir geht's wieder gut. Aber sorry, Jungs, wir müssen jetzt wirklich... Man sieht sich!« Hastig erhob sie sich von ihrem Stuhl, und Paige folgte ihrem Beispiel.

»War nett, euch kennen gelernt zu haben«, sagte Paige mit einem warmen Lächeln in Richtung der beiden Rollenspieler, während Phoebe an der kleinen Bar die Drinks bezahlte. »Macht's gut, und einen schönen Abend noch.« Sie winkte den beiden zum

Abschied zu und folgte ihrer Schwester aus dem *Open-Net Point*.

»Ich hasse es, beim Schwindeln erwischt zu werden«, schimpfte Phoebe, als die beiden Hexen wieder auf der Straße standen.

»Na ja, als *Zauberhafte* hat man sich wohl damit abzufinden, wegen der guten Sache oder einfach aus Gründen der Tarnung zu einer Notlüge greifen zu müssen«, bemerkte Paige augenzwinkernd. »Das war so ziemlich das Erste, was ich während meines Hexendaseins gelernt habe.«

Wieder zu Hause angekommen, wurden Paige und Phoebe bereits ungeduldig von Piper und Leo erwartet.

»Und?«, fragte Piper, die gerade eine Platte mit Lachs-Schnittchen sowie eine hausgemachte Schoko-Mousse auf den Küchentisch stellte.

»Teddy war nicht mehr im *OpenNet Point*«, antwortete Phoebe. »Laut James ist sie schon zu Hause.«

»Ist das jetzt eine gute oder eine schlechte Nachricht?«, fragte Piper.

»Keine Ahnung.« Müde sank Phoebe auf einen der Stühle. »Wir wissen ja noch nicht mal, worin die Gefahr für Teddy eigentlich konkret besteht. Wir wissen aus meiner Vision bloß, diese Gefahr hat irgendwas mit ›Abaddon‹ zu tun.«

»Dann können wir nur hoffen, dass Teddy in diesem Moment in ihrem Bett liegt und sich nicht die Nacht mit diesem Spiel um die Ohren schlägt«, bemerkte Paige und nahm sich ein Schüsselchen von Pipers Mousse.

»Ich geh mal rasch nach oben und logge mich in den

›Abaddon‹-Chat-Server ein«, rief Phoebe plötzlich und sprang wieder auf. »Vielleicht erwische ich Teddy ja dort.«

»Und was willst du tun? Die ganze Nacht mit ihr chatten und sie damit vom Spielen abhalten, oder was?«, fragte Leo kauend. Er liebte Pipers Lachs-Schnittchen.

»Wenn es sein muss, auch das«, gab Phoebe zurück. »Vor allem will ich herausfinden, wo sie wohnt, damit wir im Notfall direkt zu ihr orben können.«

Sprach's und rannte auch schon die Treppe zu ihrem Zimmer hinauf.

Oben in ihrem Zimmer nahm Phoebe sogleich ihren Laptop in Betrieb.

Dann startete sie »Abaddon« und betrat den Chat-Server.

Einige Sekunden lang verfolgte sie die Dialoge der Teilnehmer auf dem Bildschirm.

Sie war erstaunt, wie viele Leute sich zu dieser späten Stunde noch hier tummelten.

Einige Spieler suchten Mitstreiter, um einen der Level-Bosse im Team zu erledigen; andere bettelten schlicht und einfach darum, dass jemand mit einem weit fortgeschrittenen Charakter sie durch die fünf Akte »zog« – wie es im Online-RPG-Jargon hieß.

Damit war nichts anderes gemeint, als dass diese Leute einen sehr starken Spieler suchten, der mit ihnen ein Team bildete und dann in Windeseile ein oder mehrere Kapitel für sie durchspielte, während sie selbst die meiste Zeit nur untätig daneben standen und dennoch uplevelten.

Phoebe fand diese Methode, einen Akt auf die

Schnelle hinter sich bringen, äußerst uncool. Und denen gegenüber auch ein bisschen unfair, die alle Gegner selbst oder ebenbürtig im Team erledigten.

Doch sie hatte den Chat nicht betreten, um über die anderen Gamer zu richten – sie suchte Teddy.

Langsam scrollte sie durch die Liste der Chat-Teilnehmer. In diesem Moment fiel ihr ein, dass ihr der Account-Name des Mädchens gar nicht bekannt war, und ihre Hoffnung sank.

Auch Luther oder James, deren Account-Namen sie sich notiert hatte, waren nicht anwesend. Wahrscheinlich sitzen die beiden immer noch im *OpenNet Point* und fachsimpeln über die effektivste Methode, einen Ork umzuhauen, dachte Phoebe, und unwillkürlich huschte ein Grinsen über ihr Gesicht.

Daher schrieb sie: **Hat hier jemand zufällig Teddy gesehen? Sie spielt eine Zauberin namens ›Queenie‹!**

Eine Weile antwortete ihr niemand. Stattdessen liefen unaufhörlich Team-Anfragen sowie Tauschgesuche und -gebote im Hinblick auf besonders gefragte Items über den Bildschirm.

Frustriert wollte Phoebe schon den Chat verlassen, als jemand namens ›Quahodron‹ schrieb: **Wenn du ›Teddygirl‹ meinst ... Ja, die war vor einer halben Stunde kurz hier, weil sie jemanden suchte, der ihr mit ihrer Zauberin in Akt 6 hilft. Die Kleine hatte wohl ein bisschen Schiss, das letzte Kapitel alleine zu machen.**

Erleichtert seufzte Phoebe auf. Sie war sich ziemlich sicher, dass hier von Teddy Myers die Rede war. **Weißt du, ob sie ein offenes oder ein passwortgeschütztes Spiel aufgemacht hat?**, fragte sie.

Keine Ahnung, kam es zurück. **Aber ich kann mir nicht vorstellen, dass sie möchte, dass im letzten Kapi-**

tel Hinz und Kunz in ihr Spiel platzen. Sonst hätte sie ja nicht gezielt nach *einem* Mitspieler gesucht, sondern 'ne Einladung für alle Anwesenden in den Chat hinausposaunt, nicht wahr?

Diese Erklärung klang leider logisch, fand Phoebe. Insofern waren die Chancen, dass sie zu Teddys Spiel dazustoßen konnte, wirklich sehr gering. Davon abgesehen, fiel ihr plötzlich ein, wäre es ihrer Zauberin ›Phebes‹ gar nicht möglich, ein Akt-6-Game zu betreten, da sie selbst noch nicht einmal Akt 5 abgeschlossen hatte.

Sie verließ den Chat und ging wieder hinunter zu ihren Schwestern.

»Und? Hast du Teddy erreichen können?«, fragte Piper.

»Nein, aber vor einer halben Stunde schien sie noch wohlauf zu sein. Hab gerade mit jemandem gesprochen, der sie angeblich im ›Abaddon‹-Chat gesehen hat.«

»Tja, mehr können wir im Moment wohl nicht tun«, meinte Leo. »Ich schlage deshalb vor, wir gehen jetzt zu Bett und sehen morgen weiter.«

»Okay«, erwiderte Phoebe, doch sie war alles andere als beruhigt.

Man wünschte sich allseits eine gute Nacht, und dann suchte jeder sein Zimmer auf.

So auch Phoebe. Doch als sie ihren Raum betrat, lachte ihr immer noch das »Abaddon«-Startlogo von ihrem Laptop entgegen.

Sie war ziemlich erschöpft, aber irgendetwas zwang sie förmlich vor den Bildschirm, ließ sie das Spiel starten und schließlich Akt 5 betreten.

Doch schon kurz nachdem sie mit ihrer Zauberin

Thalija, die Stadt des vorletzten Kapitels, betreten hatte, war die Müdigkeit wie weggeblasen.

Und nachdem sie sich die letzten Lachs-Schnittchen und den Rest der Mousse aufs Zimmer geholt und sich daran gestärkt hatte, vibrierte sie schon wieder vor Spannung und Vorfreude.

Das Abenteuer konnte endlich weitergehen!

6

*D*IE SZENE, DIE SICH AM SONNTAGMORGEN im Haus der *Zauberhaften* abspielte, glich so sehr der vom Vortag, dass Piper für einen Moment glaubte, in eine Zeitschleife à la *Und täglich grüßt das Murmeltier* geraten zu sein.

Sie, Leo und Paige saßen bereits frisch und munter am Frühstückstisch, als Phoebe mit hängenden Schultern und grauem Gesicht das Esszimmer betrat. Schweigend nahm sie am Tisch Platz und schmierte sich wie abwesend eine dicke Schicht Marmelade auf ihren Donut.

»Auch dir einen wunderschönen guten Morgen, Phebes! Danke, der Nachfrage, aber uns geht's gut. Nein, keine Dämonenangriffe zu vermelden!«, posaunte ihr Paige spöttisch entgegen. Dann hielt sie ihr die Kaffeekanne hin. »Möchtest du?«

Erschrocken zuckte Phoebe zusammen. »Äh ... guten Morgen«, nuschelte sie in die Runde. Und zu Paige: »Ja, Kaffee wäre prima ...«

»Ich vermute, du hast zwar gut, aber wieder mal zu wenig geschlafen«, bemerkte Leo in Anspielung auf Phoebes gestrigen Kommentar zum Thema.

»Stimmt«, erwiderte Phoebe, nachdem sie ihre Tasse Kaffee in einem Zug heruntergeschüttet hatte. »Dafür habe ich aber das fünfte Kapitel fast geschafft. In diesem Akt steht mir jetzt nur noch Level-Boss Portis in der ›Gruft des Schreckens‹ bevor! Aber den kriege ich auch noch platt!«

»Das heißt, Akt 6 und der ultimative Endgegner sind nicht mehr fern?«, fragte Leo augenzwinkernd.

»So ist es«, bestätigte Phoebe und biss leidenschaftslos in ihren Donut.

»Gott sei Dank«, murmelte Paige, doch Phoebe hatte sie sehr wohl gehört und quittierte diese aus ihrer Sicht überflüssige Bemerkung, indem sie seufzend die Augen verdrehte.

»Schluss jetzt mit diesen Kindereien!«, meldete sich nun Piper zu Wort, die das Gezänk ihrer Schwestern langsam, aber sicher leid war und es zudem an der Zeit fand, dass sich die *Zauberhaften* wieder ihrer eigentlichen Bestimmung zuwandten. »Was unternehmen wir nun wegen deiner Vision, Phoebe?«

»Darüber habe ich schon nachgedacht«, meinte Phoebe kauend. »Teddy heißt Myers mit Nachnamen, und sie wohnt, wenn ich mich recht erinnere, in Russian Hill. Ich meine, sie hat es erwähnt, als wir im Café beieinander saßen und uns vorstellten. Ich werde mir ihre Nummer also einfach aus dem Telefonbuch heraussuchen, sie anrufen und mich mit ihr treffen. Vielleicht erfahre ich so mehr über sie und damit über das, was es mit meiner Vision auf sich hat.«

»Myers ist aber ein ziemlich häufiger Name«, wandte Piper ein. »Du wirst möglicherweise bei ziemlich vielen Leuten anklingeln müssen, bis du sie gefunden hast.«

»Und wenn schon«, erwiderte Phoebe leichthin. »Ist ja schließlich Sonntagmorgen, und ich habe Zeit.«

Leo war aufgestanden und hatte aus dem Flur bereits das Telefonbuch des Großraums San Francisco mit an den Tisch gebracht. »Wir könnten uns die Nummern ja aufteilen«, schlug er vor, während er in dem Wälzer die entsprechende Seite aufschlug. »Mal sehen«, murmelte er und überflog die betreffenden Spalten. »Ich zähle hier zirka fünfzig Einträge unter dem Namen Myers, davon etwa ... na ja, über den Daumen gepeilt vielleicht fünfundzwanzig im Innenstadtgebiet, wie ich an der Vorwahl ablese. Wenn jeder von uns sechs bis sieben Nummern anruft, sind wir in einer halben Stunde durch.«

»Okay«, rief Paige und warf ihre Serviette auf den Tisch. Sie stand auf, um von oben ihr Handy zu holen. Piper und Phoebe taten es ihr gleich.

Leo zog sich derweil ins Sonnenzimmer zurück und wählte auf dem Festnetztelefon der Schwestern die erste Nummer. Ein Mann meldete sich. »Guten Tag, ich bin ein Freund von Teddy. Könnte ich sie bitte mal sprechen?« Gespannt lauschte er der Antwort. »Oh ... tut mir Leid, da hab ich mich wohl verwählt. Schönen Sonntag noch!«

Er legte auf und strich die erste Nummer als erledigt durch.

Inzwischen waren die Schwestern wieder ins Esszimmer zurückgekehrt. Jede von ihnen schrieb sich eine Hand voll Nummern aus dem Telefonbuch heraus und verzog sich dann in eine ruhige Ecke des Hauses, damit sie einander nicht störten.

Die große Telefonaktion konnte beginnen, und schon bald herrschte in Halliwell Manor die Geschäftigkeit eines Callcenters.

Nachdem Leo bei der vierten von ihm angerufenen Nummer sein Sprüchlein hergesagt hatte, erlebte er jedoch eine böse Überraschung. Betroffen legte er nach dem Gespräch auf und rief die *Zauberhaften* zu sich ins Sonnenzimmer.

»Hast du sie erreicht?«, rief Phoebe, als sie und ihre Schwestern in den Wintergarten platzten.

»Nicht Teddy selbst, aber ihre Tante«, sagte Leo mit belegter Stimme.

»Und?«, riefen die drei wie aus einem Munde.

»Teddy ist vor etwa einer Stunde ins Krankenhaus eingeliefert worden.«

»Was?«, rief Phoebe entsetzt. »Was ist mit ihr geschehen?«

»Ihre Tante sagt, Teddys Mutter hätte ihre Tochter ohnmächtig auf dem Fußboden ihres Zimmers vorgefunden, als sie sie wecken wollte. Die Ärzte wüssten aber noch nicht, was ihr genau fehlt. Es sei aber wohl so eine Art Koma.«

»Du liebe Güte«, hauchte Piper und sank auf einen der Stühle. »Das ist ja schrecklich.«

»Ob dieser Zusammenbruch etwas mit Phoebes Vision zu tun hat?«, fragte Paige leise. »Vielleicht hätten wir doch schon gestern Abend was unternehmen sollen?«

»Das mag sein, es kann aber auch etwas völlig Normales sein, in dem Sinne, dass keine übernatürlichen Kräfte am Werke waren«, sagte Leo.

»Weißt du, in welchem Krankenhaus Teddy liegt?«, fragte Piper.

»St. Vincent Hospital in Russian Hill; es ist die Teddys Elternhaus am nächsten gelegene Klinik.«

»Ich schlage vor, wir versuchen, vor Ort mehr herauszufinden«, sagte Piper.

Alle nickten zustimmend, und so machten sie sich auf den Weg ins Krankenhaus.

Schluchzend barg Teddy ihren Kopf in den Armen, während Max tröstend einen Arm um sie gelegt hatte.

Seine Rüstung war ein wenig zerbeult, und sein linkes Bein blutete, dort, wo nun ein Teil der Schutzschiene fehlte.

Doch Teddy war bei dem Angriff Gott sei Dank nichts geschehen. Lediglich ihr stabiler Zauberstab war ein wenig in Mitleidenschaft gezogen worden, als sie sich damit gewehrt hatte wie eine Löwin.

Die Höhle, in die sie sich geflüchtet hatten, war dunkel, feucht und kalt, und beide zitterten am ganzen Leib. Die komplette Nacht hatten sie hier ausgeharrt.

Draußen dämmerte es bereits, aber es regnete immer noch. Der Wolkenbruch hatte eingesetzt, kurz nachdem sie den schrecklichen Wald verlassen und danach von dem Warg attackiert worden waren.

Und jeder Fantasy-Rollenspieler wusste, wo die Höllenhunde waren, da waren auch Orks nicht weit. Und Orks, das war ebenfalls bekannt, waren um ein Vielfaches Furcht erregender als ihre blutrünstigen Höllenhunde.

Grimmig umfasste der junge Mann mit den langen braunen Haaren sein blutverschmiertes Paladinschwert.

Er hatte keine Ahnung, wie und warum sie in diesen Albtraum hineingeraten waren, doch er wusste, wenn sie nicht schleunigst einen Weg aus diesem Dilemma fanden, dann starben sie einen entsetzlichen Tod.

Durch fette marodierende Waldschrate, Wargs, Orks oder etwas noch viel Grauenvolleres.

Das St. Vincent Hospital war eine alte ehemalige Klosteranlage, die erst Mitte des letzten Jahrhunderts zu einem modernen Krankenhaus umgewandelt worden war.

Entsprechend groß und wuchtig war das Gebäude mit seinen hohen Kuppeldecken, den langen gewundenen Fluren und den großen Flügeltüren im Empfangsbereich.

Nachdem die Schwestern und Leo nicht zur Familie gehörten, war es ihnen natürlich auch nicht möglich, vom Personal oder den behandelnden Ärzten eine sachkundige Auskunft zu Teddys Fall, geschweige denn – angesichts ihres kritischen Zustands – eine Besuchserlaubnis zu erhalten.

So fragten sie sich bei der Notaufnahme zur Abteilung für Intensivmedizin durch, nahmen den Aufzug und standen schon bald vor einer verschlossenen gläsernen Doppeltür. Zu allem, was dahinter lag, hatten nur Ärzte, das Stationspersonal und engste Familienmitglieder Zutritt.

In dem kleinen Vorraum, in dem die drei Hexen und Leo nun standen, hatte man einige harte Holzbänke aufgestellt, auf denen vermutlich schon viele besorgte Menschen Stunden zwischen Bangen und Hoffen zugebracht hatten. Bis auf Leo und die *Zauberhaften* war der Wartebereich zu dieser frühen Stunde jedoch leer.

In diesem Moment kam eine sichtlich fassungslose Frau in Begleitung eines Arztes aus einem der Zimmer auf der linken Seite. Die vollautomatische Glastür öffnete sich, und dann traten die beiden in den Vorraum. »Gehen Sie ruhig nach Hause, Mrs Myers«, sagte der Arzt. »Sie können im Moment ohnehin nichts für Ihre Tochter tun, und wir werden Sie sofort benachrichtigen, wenn sich etwas an ihrem Zustand ändern sollte.«

Teddys Mutter nickte schwach, und Tränen traten in ihre rot geweinten Augen. Der Arzt legte ihr beruhigend eine Hand auf die Schulter. Und dann verließen die beiden den Wartebereich, während sich die Flügeltür zur Intensivstation wieder hinter ihnen schloss.

»Die arme Frau.« Piper sah die anderen unglücklich an. »Sie macht vermutlich gerade die Hölle durch aus Sorge um ihre Tochter.«

»Was machen wir jetzt?«, fragte Phoebe und ließ sich müde auf eine der Bänke sinken. »Wir können uns ja schlecht mitten auf die Station orben?«

»Vielleicht nicht wir alle vier«, meinte Leo. »Aber du und Paige, ihr würdet schon zwei überzeugende Krankenschwestern abgeben«, setzte er hinzu. »Wartet hier und lasst mich mal kurz die Lage checken.«

Er wanderte den leeren Gang entlang, bis er an einer verschlossenen Metalltür vorbeikam, die aussah, als ob sie dem Personal des Krankenhauses vorbehalten war. Kurz sah er nach links und rechts und orbte sich dann in das dahinter liegende Zimmer.

»Was hat er vor?«, fragte Paige ihre Schwestern nervös, doch die zuckten nur ratlos die Schultern. »Hoffentlich erwischen sie ihn nicht bei dem, was auch immer er da drin tut!«

In diesem Moment nahm Leo auch schon wieder Gestalt im Krankenhausgang an. Er trug zwei weiße Pflegerinnenkittel über dem Arm, die er Phoebe und Paige in die Hand drückte. »Los, zieht die rasch über, und dann orbt ihr beide euch hinter die Glastür. Mit ein bisschen Glück schafft ihr es unbemerkt bis in Teddys Zimmer.«

Paige und Phoebe taten wie ihnen geheißen. Die gestärkten Uniformen saßen zwar nicht wie angegossen, doch sie würden ihren Zweck erfüllen, falls ein überarbeiteter Arzt oder ein Besucher ihren Weg kreuzte. Die beiden hofften nur, dass ihnen keine echte Krankenschwester über den Weg lief, da dieser zwei »Kolleginnen«, die nicht auf die Station gehörten, vermutlich sofort auffallen würden.

Eine Minute später hatte sich eine reichlich nervöse Paige zusammen mit einer nicht minder beunruhigten Phoebe hinter die gläserne Sicherheitstür georbt. Unschlüssig sahen sich die beiden Schwestern in dem nach Desinfektionsmitteln stinkenden Flur um.

Hinter der Scheibe gestikulierten Piper und Leo wild, um ihnen zu bedeuten, sich doch bitte zu beeilen.

Möglichst geschäftig schritten Phoebe und Paige schließlich den weiß gefliesten Gang entlang. Sie passierten zum Teil offen stehende Zimmer, in denen Patienten in kritischem Zustand mithilfe der Gerätemedizin am Leben erhalten wurden.

In einigen von ihnen waren Besucher oder Krankenschwestern zu sehen, doch ansonsten herrschte in diesem Trakt eine gespenstische Ruhe.

Phoebe lief beim Anblick der vielen Instrumente, Pumpen und Schläuche unwillkürlich ein Schauer über den Rücken. Wenn es erst mal so weit ist, dachte sie, dann kann Hexenwerk wohl nur noch wenig ausrichten. Was für ein Jammer, dass Leo nur Menschen heilen kann, die aufgrund eines übernatürlichen Angriffs zu Schaden gekommen sind.

Im vorletzten Raum entdeckte Phoebe schließlich einen roten Haarschopf in den Kissen. Tatsächlich, dort lag die arme Teddy, ebenfalls angeschlossen an alle möglichen Apparaturen und Überwachungsmonitore. Glücklicherweise waren weder ein Arzt noch jemand vom Pflegepersonal zu sehen. »Da ist sie«, flüsterte Phoebe ihrer Halbschwester zu.

»Geh hinein«, raunte Paige zurück. »Versuche sie zu berühren, vielleicht bewirkt ein Körperkontakt bei dir ja eine weitere Vision.«

Zweifelnd sah Phoebe ihre Schwester an, doch dann folgte sie ihrer Aufforderung und trat vorsichtig an Teddys Bett. Das Mädchen lag reglos da, ein kleiner Beatmungsschlauch führte in ihre Nase, doch ihr Gesichtsausdruck wirkte merkwürdig angespannt. Der Mund war wie unter Schmerzen leicht verzerrt, die Wangen waren hektisch gerötet, und die Lider zuckten unablässig. Ein Anblick, der Phoebe erschreckte, weil Teddy so anders aussah, als sie sich einen Menschen im Koma vorgestellt hatte.

Sie streckte ihre Hand aus und berührte sacht Teddys Oberarm.

Nichts geschah. Keine Vision oder ein anderer Hinweis auf das Vorhandensein eines magischen Hintergrunds. Zudem fühlte sich Teddys Haut merkwürdig klamm an.

Doch da warf das Mädchen plötzlich seinen Kopf hin und her und murmelte halblaut: »... müssen uns verstecken!«

Alarmiert wandte sich Phoebe zu ihrer Schwester um und bedeutete ihr mit einem Kopfnicken, neben sie zu treten.

Als Paige ebenfalls vor dem Krankenbett stand, drangen erneut Worte über Teddys Lippen, und diese ließen die beiden Schwestern vor Schreck schier erstarren:

»... weiß nicht, ob wir hier sicher sind, Max...

wenn Abaddons Schergen uns hier finden ... kaum eine Fluchtmöglichkeit ... alles verloren!«

Wieder auf der unbequemen Holzbank vor der Intensivstation sitzend, berieten Leo und die drei Schwestern, was sie von den Ereignissen im Krankenzimmer zu halten hatten.

Kurz nachdem Teddy die seltsamen Satzfetzen hervorgestoßen hatte, hatten sich Phoebe und Paige wieder zurück zu den anderen georbt und besorgt Bericht erstattet.

»Vielleicht hat sie nur schwer geträumt?«, überlegte Piper.

»In Anbetracht meiner Vision und den Worten, die über ihre Lippen kamen, glaube ich das kaum!«, sagte Phoebe. »Sie hat eindeutig von ›Abaddon‹ gesprochen!«

»Also, ich muss auch sagen, dass ich mir einen Menschen im Koma irgendwie anders vorgestellt habe«, bemerkte Paige. »Auf mich hat Teddy mehr so gewirkt, als ob sie einen ... schlimmen Albtraum durchlebt.«

»Ja, aber ein Albtraum, aus dem sie merkwürdigerweise nicht erwachen kann«, murmelte Phoebe.

»Was sagst *du* zu alldem, Leo?«, fragte Piper ihren Mann.

Doch Leo stand nur mit gerunzelter Stirn da und schien tief in Gedanken versunken. »Welches Zimmer ist es genau?«, murmelte er plötzlich.

»Das vorletzte auf der linken Seite«, antwortete Paige. »Aber warum –«

Doch schon war Leo in einer Wolke aus blauem Licht verschwunden.

»Was treibt er denn jetzt schon wieder?«, rief Piper

außer sich, denn eben trat ein Arzt, der in ein Krankenblatt vertieft war, aus einem der Überwachungsräume auf der rechten Seite und ging zielstrebig Richtung Teddys Krankenzimmer.

»O verdammt!«, presste Phoebe hervor, doch im gleichen Moment materialisierte Leo schon wieder diesseits der Glastür.

»Uff, das war knapp!«, Piper stieß erleichtert die Luft aus. »Was wolltest du denn in Teddys Zimmer?«

»Wie ihr wisst, war ich in meinem früheren Leben Arzt«, erklärte Leo. »Ich wollte mir daher Teddys Zustand persönlich ansehen, um mir selbst ein Bild zu machen, und ihr habt Recht, das ist kein herkömmliches Koma, in dem sie sich befindet.«

»Aber was fehlt ihr dann?«, fragte Phoebe.

»Das kann ich nicht mit Bestimmtheit sagen«, musste Leo zugeben. »Dazu reichte die Zeit nun wieder nicht.«

»Ist dir auch aufgefallen, dass sich Teddys Körper irgendwie seltsam anfühlt?«, fragte Phoebe. »So kalt, fast wie tot?«

»Allerdings«, gab Leo zurück.

»Konntest du sie nicht heilen?«, fragte Paige.

»Nein, auch das war nicht möglich, ich hätte auch gar nicht gewusst, wovon ich sie heilen sollte. Und zwar aus einem ganz einfachen Grund: weil Teddy nämlich gar nicht körperlich krank ist.«

»Was soll das heißen, sie ist nicht krank?«, platzte Piper heraus. »Findest du es etwa gesund, wenn ein Mensch völlig reglos und apathisch daliegt und dabei konfuses Zeug daherplappert wie im Fieberwahn?«

»Und doch ist sie nicht im klassischen Sinne krank oder verletzt«, insistierte Leo. »Aber als ich sie berührte, ist mir etwas Merkwürdiges aufgefallen. Etwas, das ich in dieser Form noch nie erlebt habe.«

»Was denn?«, fragte Piper ungeduldig, und auch ihre Schwestern rissen erwartungsvoll die Augen auf.

»Etwas fehlte«, sagte Leo nur.

Zurück in ihrem trauten Heim versammelten sich die *Zauberhaften* um den Küchentisch, während Leo rasch beim China-Bringdienst anrief, um ihr Mittagessen zu ordern.

Niemand im Hause Halliwell hatte heute die Lust und die Nerven, etwas zu kochen, nicht einmal Piper.

Als Leo in die Küche zurückkam, wurde er von den Schwestern schon ungeduldig erwartet.

»Los, sag schon! Was meintest du damit, dass ›etwas fehlt‹?«, wollte Piper wissen.

Der *Wächter des Lichts* ließ sich auf einen der Stühle sinken und verschränkte die Arme vor der Brust. »Ich kann es nicht genau sagen«, begann er, »aber jeder sterbliche Mensch ist bekanntlich eine Einheit aus Körper, Geist und dem, was landläufig als Seele oder das geistige, Leben spendende Prinzip bezeichnet wird.«

»Ja und?«, drängte Paige, die ahnte, dass der *Wächter des Lichts* im Begriff stand, ihnen wieder einmal einen Vortrag in Sachen höheres Wissen zu halten.

»Na ja, vom Vorhandensein von Teddys Körper konnten wir uns im Krankenhaus ja persönlich überzeugen«, fuhr Leo fort. »Mit ihrem Geist ist das allerdings schon etwas anderes. Ich spürte, dass dieser sich auf der Schwelle zwischen zwei Sphären befand – aber er war dennoch für mich greifbar.«

Er machte eine kurze Pause und sah ruhig in die

Runde, bevor er weitersprach: »Anders sieht es dagegen mit dem aus, was man in fast allen Kulturen die Seele nennt. Wie ihr wisst, ist die Seele keineswegs ständig mit dem zugehörigen Menschen verbunden. Ihr kennt ja alle die Berichte von Personen, die behaupten, dass sie sich im Schlaf oder in einem Zustand totaler Entspannung aus ihrem Körper lösen und andere Ort aufsuchen können.«

»Du meinst so was wie Astralprojektion?«, fragte Phoebe.

»Nein«, widersprach Leo. »Bei Astralprojektionen oder anderen Out-Of-Body-Phänomenen verlässt der *Geist* den Körper, nicht die *Seele*.«

»Was genau versteht man denn nun unter dem Begriff Seele?«, fragte Paige.

»Die Seele ist, vereinfacht ausgedrückt, dein nicht greifbares Ich, das unabhängig vom Körper funktionieren kann und von dem wir annehmen dürfen, dass es nach unserem körperlichen Tod in anderer Form weiterexistiert«, erklärte Leo.

»Und was hast du nun bei der Berührung von Teddys Körper gespürt?«, forschte Piper ungeduldig nach.

»Ich glaubte zu fühlen, dass Teddys Seele ihrem Körper nicht mehr innewohnt«, sagte Leo. »Allerdings scheint dieser Zustand nicht von ihr selbst herbeigeführt worden und auch nicht umkehrbar zu sein.«

»Willst du damit andeuten, die Seele wurde ihr gewaltsam entrissen?«, fragte Paige.

»Das weiß ich nicht. Es scheint jedoch so zu sein, dass Teddys Seele aus irgendeinem Grund nicht mehr ihren Weg in den Körper zurückfinden kann«, erwiderte Leo. »Oder anders gesagt: In ihrem Fall sind Körper und Geist offenbar nicht in der Lage, die Seele zurückzuholen und die für ein Leben in dieser Sphäre nötige Einheit wiederherzustellen.«

»Aber was kann diese merkwürdige, äh, Seelenwanderung nur ausgelöst haben?«, grübelte Phoebe.

»In Anbetracht deiner Vision von Teddy sicherlich nichts Gutes«, bemerkte Paige, und dann: »Könnte es nicht doch sein, dass das alles *unmittelbar* mit dem Spiel ›Abaddon‹ zusammenhängt?«

»Wenn man den Bildern meiner Vision und dem, was Teddy im Krankenhaus gesagt hat, glauben kann, dann scheint da allerdings ein Zusammenhang zu bestehen«, musste Phoebe zugeben. »Mir ist nur nicht klar, welcher. Zumal ein real existierender Dämon oder Warlock ja bisher überhaupt noch nicht in Erscheinung getreten ist.«

»Man liest doch gelegentlich, dass bei bestimmten Computerspielen vor Bewusstseinsstörungen oder epileptischen Anfällen gewarnt wird«, warf Piper ein, die anscheinend noch viel weniger glauben wollte, dass Teddys Zustand einen nicht natürlichen Grund hatte. »Es heißt, dass davon vor allem Menschen betroffen sein können, die bestimmte Lichteffekte oder Lichtblitze nicht vertragen. Könnte es bei Teddy nicht auch etwas in dieser Richtung sein?«

»Epilepsie ist eine rein körperliche Störung, eine zerebrale Dysfunktion des Gehirns, präzise ausgedrückt«, erklärte Leo. »In Teddys Fall scheint der Körper aber frei von jeglicher Funktionsstörung zu sein.« Er seufzte. »Epilepsie scheidet daher aus, doch ehrlich gesagt bin ich mit meinem Medizinerlatein damit auch am Ende.«

»Ich denke, wir sollten uns langsam, aber sicher mit der Vorstellung vertraut machen, dass hier dunkle

Mächte am Werk sind«, ließ sich nun wieder Paige vernehmen. »Phoebe hatte ihre Vision ja schließlich nicht ohne Grund.«

In diesem Moment klingelte es an der Haustür.

»Das wird das bestellte Essen sein!«, rief Phoebe und rannte durch den Flur, um zu öffnen.

Doch auf der Schwelle von Halliwell Manor stand nicht etwa der Auslieferer vom China-Bringdienst, sondern James in Begleitung seines Freundes Luther!

»Hi, Phoebe«, begrüßte der Student die junge Hexe verlegen, und als diese ihn fragend ansah, fuhr er fort: »Ähm, deine Adresse stand auf der Visitenkarte, die du mir gegeben hast, und irgendwie warst du so komisch gestern Abend im *OpenNet Point*, und da dachte ich –« Er brach ab, trat von einem Fuß auf den anderen, und Luther grinste.

»Kein Problem, kommt doch rein!«, rief Phoebe und erlöste James damit aus seiner Unbehaglichkeit.

Sie führte die beiden jungen Männer in die halliwellsche Küche und stellte sie Piper und Leo vor, die Phoebes neue Bekanntschaften ja noch nicht persönlich kennen gelernt hatten.

Nachdem die beiden Gamer Platz genommen hatten, sagte James: »Ich hoffe, wir stören nicht eure sonntägliche Mittagsruhe, aber –«

»Nein«, unterbrach ihn Phoebe. »Ihr stört ganz und gar nicht, James, doch ich muss euch leider mitteilen, dass ... etwas sehr Schlimmes geschehen ist ...« Und dann erzählte sie den beiden von Teddys Zusammenbruch, wobei sie natürlich ihre gestrige Vision und die ganz speziellen Schlussfolgerungen, die Leo und die *Zauberhaften* aus diesen Vorkommnissen gezogen hatten, unter den Tisch fallen ließ.

Als James die schreckliche Nachricht vernahm, wurde er für einen Moment sehr still.

Luther hingegen wurde blass unter seiner kaffeebraunen Haut. »Vor dem Computer kollabiert? Aber... das... ist ja... Mann, das gibt's doch gar nicht!«, stotterte er ungläubig. »Ich meine, was ganz Ähnliches ist einem gemeinsamen Spielerkumpel von uns passiert...«

»Was?«, riefen vier Menschen unisono.

»Ja«, bestätigte James, »Teddys bester Freund Eric ist vorgestern ebenfalls bewusstlos vor seinem Rechner zusammengebrochen. Allerdings ist er dann ... später im Krankenhaus ... gestorben.«

Diese Nachricht schlug bei Leo und den Schwestern ein wie eine Bombe. Ein ähnlicher Fall, zudem mit Todesfolge, im unmittelbaren Umfeld von Teddy und ihren Gamerkollegen! Das warf natürlich ein ganz neues Licht auf die Sache.

Als James in die schockierten Gesichter um sich herum blickte, musste er die Bestürzung der vier zwangsläufig falsch verstehen. Hastig fügte er daher hinzu: »Damit wollte ich natürlich nicht andeuten, dass Teddy ebenfalls sterben –« Er verstummte und senkte bestürzt den Blick.

»Nein, ist schon okay, James«, beeilte sich Leo ihm zu versichern. »Es ist gut, dass ihr uns davon berichtet habt, denn wie es aussieht, scheint es mit diesem Game, das ihr spielt, ein, ähm, bisher ungeklärtes Problem zu geben. Wir sind ehrlich gesagt gerade dabei, diese Sache zu untersuchen.«

Die Schwestern sahen den *Wächter des Lichts* erschrocken an. Wollte Leo den jungen Männern jetzt etwa von Phoebes Vision, den *Zauberhaften* und ihrem Verdacht, dass die Mächte der Finsternis hinter alldem steckten, berichten und damit einen Unschuldigen einweihen?

Doch Leo hatte nichts dergleichen vor. »Genauer gesagt vermuten wir ein medizinisches Problem, das durch dieses Spiel hervorgerufen werden kann«, setzte er erklärend hinzu und hob damit die beiden »Unfälle« auf eine rein wissenschaftliche Ebene.

»Was für ein Problem soll das sein?«, fragte James.

»Nun, für ›Abaddon‹ wurde ja eine ganz neue, bisher unerprobte Grafik-Engine entwickelt«, dozierte Leo, und er wunderte sich selbst darüber, dass ihm dieses von Phoebe erwähnte Detail auf die Schnelle eingefallen war. »Es ist daher möglich, dass das Programm bei bestimmten Spielern eine überaus heftige psychische und physische Reaktion auslöst – wie im Falle von Teddy –, die eventuell auch zum Tode führen kann, wie Erics Schicksal vermuten lässt. Und da ich zufällig wissenschaftlich tätiger Mediziner bin, haben meine Mitarbeiter und ich beschlossen, die Sache nun zu untersuchen.« Dass Leos »Mitarbeiter«-Stab aus dem wohl mächtigsten Hexentrio aller Zeiten bestand, erwähnte er natürlich nicht.

»Das gibt's doch gar nicht ...«, murmelte Luther.

»Aber dann muss das Game sofort aus dem Verkehr gezogen werden!«, rief James entsetzt. »Wir müssen die anderen Spieler umgehend warnen!« Schon war er aufgesprungen und machte Anstalten, in Richtung Haustür davonzueilen.

»Nicht so hastig, mein Freund!«, sagte Leo und drückte den dunkelhaarigen Studenten sanft zurück auf den Stuhl. »Bisher ist alles nur eine erste, wenn auch starke Vermutung, soll heißen, es ist noch nichts *bewiesen*.«

Der *Wächter des Lichts* setzte eine ernste Miene auf und legte seine ganze Autorität in die nachfolgenden Worte. »Wenn ihr also eine derartige Mutmaßung ohne stichhaltige Belege in die Welt hinausposaunt, dann kann das seitens des Spieleherstellers eine ganz üble Verleumdungs- oder saftige Schadensersatzklage nach sich ziehen. Vermutlich sogar beides. Wir sollten also nichts übereilen. Aber seid versichert, dass man sich von kompetenter Seite her bereits um dieses Problem kümmert.«

Diesem Argument konnten sich James und Luther nicht entziehen, und die drei Schwestern beglückwünschten Leo insgeheim einmal mehr für seine Besonnenheit und sein diplomatisches Geschick. Immerhin hatte er es geschafft, James für die Gefahr zu sensibilisieren, ohne dabei den vermuteten wahren Hintergrund der Geschehnisse und die Rolle der *Zauberhaften* offen zu legen.

In diesem Moment klingelte es erneut an der Haustür. Diesmal war es tatsächlich der gestresst wirkende Lieferant vom Asia-Lieferservice, der Piper eine Reihe von Schachteln und Plastikbehältern aushändigte, aus denen es verlockend duftete.

Die Schwestern luden ihre beiden Gäste ein, zum Essen zu bleiben; es war genug für alle da. Doch die Nachricht von Teddys »Unfall« war James offensichtlich auf den Magen geschlagen. Er lehnte dankend ab, erhob sich vom Tisch und verabschiedete sich hastig. Widerwillig stand auch Luther auf, obwohl er offenbar gern mitgegessen hätte, wie man seinem sehnsüchtigen Blick in Richtung der dampfenden Pappschachteln entnehmen konnte.

Phoebe begleitete die beiden zur Tür und sagte ernst: »Ich glaube, es ist angesichts der Vorkommnisse besser, wenn ihr bis auf weiteres nicht mehr ›Abaddon‹ spielt, solange wir nicht mehr herausgefunden haben. Und haltet, wenn möglich, auch eure Kumpel und alle anderen Gamer, die ihr persönlich kennt, unter irgendeinem Vorwand davon ab, ja? Aber vergesst nicht, es ist wichtig, dass wir keine Massenpanik unter den Spielern hervorrufen, nicht zuletzt auch aus dem Grund, den Leo euch genannt hat.«

»Okay«, meinte Luther, und James nickte schwach. Gleichwohl schien das Vertrauen, das man in ihn setzte, den Studenten sichtlich stolz zu machen. »Wahrscheinlich hast du Recht«, meinte er. »Aber ruf mich bitte sofort an, wenn ihr Näheres über dieses, äh, medizinische Phänomen wisst, okay? Und meldet euch auch, wenn ihr etwas Neues über Teddys Zustand in Erfahrung gebracht habt.«

»Versprochen!«, sagte Phoebe. »Also, dann bis später!«

»Bis später«, murmelte James. Mit hängendem Kopf ging er zu seinem Auto, während Luther die Achseln zuckte und ihm dann hinterhertrottete.

Erschöpft schleppte sich Will weiter.

Die Nacht in der alten Ruine, die irgendwo am Wegesrand gestanden hatte, war grauenvoll gewesen, und er hatte kaum ein Auge zugetan auf dem harten Lehmboden – eingezwängt zwischen alten Kisten, Jutesäcken und Gerümpel und zitternd vor Kälte.

Zudem hatte es bis in die frühen Morgenstunden

fürchterlich gewittert, sodass er immer wieder aufgeschreckt war. Und als Blitz und Donner und der Regen schließlich nachgelassen hatten, waren schnüffelnde und raschelnde Geräusche an sein Ohr gedrungen, wie wenn etwas suchend um das baufällige Gebäude geschlichen war, in dem er sich versteckt hielt.

Daher hatte er sich auch gleich wieder auf den Weg gemacht, nachdem die ersten Sonnenstrahlen des Tages den bleiernen Himmel durchbrochen hatten.

Mittlerweile hatte sich die schwere Wolkendecke ganz verzogen, und die Mittagssonne brannte heiß auf ihn herab.

Seine Wunden schmerzten, und er hatte schrecklichen Durst.

Der staubige Trampelpfad, auf dem er gestern wie heute dahingeschlichen war, hatte irgendwann einen ausgefahrenen Weg gekreuzt, was ihn wieder neue Hoffnung schöpfen ließ. Offenbar wurde diese Strecke von Fuhrwerken benutzt, und das war nun mal ein untrügliches Zeichen von Zivilisation!

Er sah nach dem Stand der Sonne, wandte sich nach Nordosten und folgte den Wagenspuren, bis er erneut eine Kreuzung erreichte, von der wiederum zwei Wege abgingen.

Na toll, dachte er, und wohin jetzt? Geradeaus, nach links oder nach rechts?

In diesem Moment erblickte er in der Ferne so etwas wie Rauch. Kein Rauch ohne Feuer, schoss es ihm überflüssigerweise durch den Kopf.

Andererseits war damit noch lange nicht gesagt, dass friedliebende Menschen dieses Feuer entfacht hatten! Was, wenn es wieder Orks waren?

Nachdem Will gestern mit Mühe und Not einen

Warg abgehängt hatte, wäre er kurz darauf fast in eine Gruppe Orks gestolpert, die unweit des Pfades an einer über eine Schlucht führenden Brücke herumhingen und diese offenbar besetzt hielten.

Er hatte sich gerade noch hinter der nächsten Biegung in Sicherheit bringen können, ohne dass die fürchterlichen Schlächter ihn bemerkt hatten.

Nach einer kurzen Diskussion mit sich selbst entschied sich Will, dem Rauch zu folgen.

Eine gute Entscheidung, wie sich eine halbe Stunde später herausstellte. Denn als er eine kleine Steigung überwunden hatte, erschien vor seinem Auge ein großes, stabil wirkendes Gebäude aus Fachwerk, über dem ein verwittertes Holzschild im Wind schaukelte.

Davor, auf einer groben Holzbank, saßen ein paar Männer und tranken Bier aus Tonkrügen.

Will konnte sein Glück kaum fassen, als ihm klar wurde, dass er einen Gasthof erreicht hatte.

Vorsichtig traten Max und Teddy aus der Höhle und lugten um die Ecke.

Das Unwetter war vorbei, die Nacht vorüber, und nun lag die hügelige, von unterschiedlich großen Waldgebieten durchzogene Landschaft wieder unter einem strahlend blauen Himmel.

Von den Wargs war weit und breit nichts mehr zu sehen. Die Zauberin und der Paladin standen unschlüssig da und blinzelten in die Morgensonne.

Die ganze Nacht hatten sie darüber diskutiert, wie und warum sie in dieses Spiel geraten waren, als sie – jeder vor seinem Rechner sitzend – Akt 6 betreten hatten. Sie hatten sich nach einem Gespräch im Chat für dieses letzte Kapitel zusammengetan und bis zu diesem Moment noch nie persönlich getroffen. Und sie vermochten auch nicht zu sagen, was sich in dieser verhängnisvollen Nacht von Samstag auf Sonntag in ihren Elternhäusern in San Francisco und Sausalito abgespielt hatte. Ziemlich schnell war ihnen jedoch klar geworden, dass sie keinen gemeinsamen Traum träumten, sondern dass hier etwas ganz Grauenvolles geschehen war, das unmittelbar mit dem Spiel »Abaddon« zusammenhängen musste.

»Was machen wir jetzt, und wohin in aller Welt sollen wir gehen?«, fragte Teddy, während sie ihren etwas ramponierten Zauberstab so fest umklammert hielt, dass die Fingerknöchel weiß hervortraten.

Max zuckte die Schultern und fuhr sich mit einer Hand durch sein langes braunes Haar. »Keine Ahnung. Am besten suchen wir uns erst mal ein sicheres Quartier, denn hier in dieser monsterverseuchten Gegend können wir auf keinen Fall bleiben.«

»Wir sollten versuchen, wieder auf diesen Pfad zurückzufinden, von dem wir durch die Wargs abgedrängt wurden«, schlug Teddy vor. »Der muss ja schließlich irgendwo hinführen ... Wenn ich nur wüsste, aus welcher Richtung wir hierher gerannt sind.«

Der schmächtige junge Mann deutete auf eine Anhöhe im Westen. »Ich glaube, wir sind von dort gekommen.«

Sie marschierten zügig los. Die Sonne ging gerade erst auf, doch ihnen war klar, dass sie sich beizeiten um ein festes Dach über dem Kopf kümmern mussten.

Über ihnen zogen zwei Geier ihre Kreise.

Teddy hob den Kopf und starrte die riesigen Vögel an.

Vögel?

Sie warf Max einen unbehaglichen Blick zu.

In der Ferne wurde ein infernalisches Kreischen laut. Teddy zuckte zusammen. Ob das wieder diese schrecklichen, halb nackten Gnome mit den Holzspeeren und Wurfpfeilen waren, die sie und Max gleich nach Betreten von Akt 6 durch den Wald gejagt hatten?

Schnaufend brachten sie die Anhöhe hinter sich und wollten sich schon an den Abstieg machen, als Teddy wie angewurzelt stehen blieb und Max an der Schulter zurückriss.

Dort unten, am Fuß des Hügels, plätscherte ein kleiner Fluss, über den sich eine feste Brücke aus Holz und Seilen spannte. Und vor eben dieser Brücke lungerten ein paar hünenhafte Gestalten herum.

Teddy erkannte sie sofort. Ihre kraftstrotzenden, massigen Körper, ihre brutalen, hässlichen Fratzen, ihre Rüstungen aus grünlichen Drachenschuppen ... Und mehr noch! Bei dem kleinen Lagerfeuer, das die grässlichen Schlächter neben der Brücke entzündet hatten, trieben sich schnüffelnd schwarze wolfsähnliche Kreaturen herum ...

»Orks!«, zischte Teddy und wich unwillkürlich einen Schritt zurück.

Max blieb wie erstarrt stehen. »Ach du Scheiße!«

»Nichts wie weg hier«, raunte Teddy und machte einen Schritt rückwärts. »Wenn deren Schoßhündchen«, sie deutete auf die Wargs, »unsere Witterung wieder aufnehmen, sind wir erledigt. Ein Ork allein ist so stark wie zwei Mann! Eine Horde Orks und eine Hand voll Wargs sind allerdings die Hölle!«

Mit weichen Knien rannten Teddy und Max den

Weg zurück, den sie gekommen waren. Am Fuß des Hügels wandten sie sich nach rechts, um die Anhöhe weiträumig zu umgehen und so den Orks am Ende nicht doch noch in die Hände zu laufen.

Die komischen Vögel kreisten noch immer am Himmel und schienen dem Boden stetig näher zu kommen.

Wieder und wieder sah Teddy nach oben, und dann rutschte ihr fast das Herz in die Hose.

Das waren keine Vögel!

Wie in einer albtraumhaften Diashow erfasste ihr Blick zunächst einen echsenförmigen schuppigen Leib, dann lederne Schwingen, gleich darauf ein zähnestarrendes Maul und schließlich einen durch die Luft peitschenden Schwanz. Im letzten Moment löste sie sich aus ihrer Erstarrung und riss Max mit sich zu Boden.

Der kleine Flugdrache stieß kreischend auf sie nieder und streifte mit seinen messerscharfen Klauen über Max' Brustpanzer. Es gab ein Geräusch, wie wenn Fingernägel über eine Schiefertafel kratzten. Dann drehte er ab und stieg wieder auf wie ein Kampfbomber.

Panisch rappelten sich der Magier und die Zauberin auf und starrten gen Himmel. Doch verdammt! Schon machte sich auch der zweite Mini-Drache zum Sturzflug bereit!

Entschlossen riss Max sein Schwert in die Höhe, und Teddy hob abwehrend ihren Zauberstab, da war die urzeitliche Flugechse auch schon bei ihnen.

Mit einem Aufschrei wirbelte Max seinen Zweihänder durch die Luft, und eine Sekunde später plumpste ein hässlicher, zähnebewehrter Kopf zu Boden. Der enthauptete Körper des Drachen schlug fast zeitgleich ein paar Meter entfernt auf dem weichen Untergrund auf.

Der zweite Drache über ihnen hielt in seinem Flug kurz inne, machte dann abrupt kehrt und suchte mit einem wütenden Aufschrei das Weite.

»Wow!«, entfuhr es Teddy, als Max mit einem zufriedenen Gesichtsausdruck sein Schwert sinken ließ, und zum ersten Mal, seit sie diesen verfluchten Akt 6 betreten hatten, lächelte sie. »Saubere Arbeit!«

Rauch, Stimmengewirr und ein ziemlich muffiger Gestank empfingen Will, als er das geräumige Gasthaus »Zur fröhlichen Einkehr« betrat.

An den grob zusammengezimmerten Holztischen saßen lachend und schwatzend Männer der unterschiedlichsten Herkunft. Will sah eine Gruppe dunkelhäutiger Reisender, die sich in Kleidung und Auftreten stark von den anderen, bäurischen Gestalten unterschied.

In einer anderen Ecke nahe der Feuerstelle kauerte ein Jäger oder Waldläufer, wie Will an dessen selbst gefertigter Fell- und Lederkleidung und der Armbrust erkannte, die er bei sich trug.

Will schleppte sich an einen der Tische und sank erschöpft auf die harte Holzbank. Ihm gegenüber saß ein alter, graubärtiger Mann, der verdrossen an einer fettigen Hammelkeule nagte. Neben ihm hockte ein zerlumpter junger Kerl, der schweigend ein Bier aus einem Tonkrug trank.

Eine dralle Bedienung in einem langen, tief ausgeschnittenen Kleid kam an den Tisch. »Was darf's sein, junger Mann?«

»Ein Bier und etwas zu essen«, gab Will zurück.

»Wir haben Brot und Schinken, Hammelbraten oder Mustik-Fleischeintopf«, leierte sie mit einem festgefrorenen Lächeln herunter.

Da Will nicht wusste, was ein Mustik war, und ihm die Fleischkeule seines Gegenübers auch nicht besonders appetitlich erschien, entschied er sich sicherheitshalber für Brot und Schinken.

Als die unaufhörlich grinsende Serviererin wieder fort war, ließ Will seinen Blick durch die Gaststube und über die NPCs schweifen, die hier höchstwahrscheinlich tagein, tagaus dem Programmablauf folgend herumsaßen und immer das Gleiche taten.

Plötzlich blieb sein Blick an einer Gestalt hängen, die im Schatten eines Holzbalkens mit dem Rücken zur Wand dasaß und ihn unverwandt ansah.

Es war ein junges Mädchen mit hellblondem Pferdeschwanz, großen braunen Augen und zarten, fast elfenhaften Gesichtszügen. Sie trug eine leichte, an ihre Formen perfekt angepasste Bänderrüstung mit dem Emblem der »Töchter der Hippolyte«, und neben ihr stand ein hölzerner Einhandspeer gegen die Wand gelehnt. Kein Zweifel, dort hinten saß eine Amazone.

Hübsch programmiert, dachte Will freudlos. Wer es bis hierher schafft, kriegt ja mal richtig was fürs Auge geboten ...

Ihre Blicke trafen sich, und das Mädchen nickte ihm unmerklich zu.

Will stutzte.

In diesem Moment kam die Bedienung zurück und stellte den Krug Dunkelbier so schwungvoll vor ihm ab, dass der karamellfarbene Schaum überschwappte.

Will nutzte die Gelegenheit, eine Frage loszuwerden: »Gibt es hier irgendwo einen Arzt?«

»Arzt?« Die Servieren verstand nicht.

»Na ja, einen Heiler oder Kräuterkundigen«, präzisierte Will sein Anliegen.

»Ach so, einen Heiler«, wiederholte die Frau lahm. »Ja, es gibt einen im Mondscheinwald«, erklärte sie. »Etwa eine Stunde Fußmarsch entfernt.«

»Kann ich hier ein Zimmer mieten?«, fragte Will weiter.

»Sicher, das kostet 2 Goldstücke die Nacht. Frühstück geht extra.«

In diesem Moment erschien der Wirt dieses Etablissements am Tisch und stellte ein Holzbrett mit einem Kanten Brot und einer dicken Scheibe salzigen Schinken vor Will ab. »Guten Appetit«, brummte der grobschlächtige Mann mit der schmutzigen Schürze. Dann verschwand er wieder im Bereich hinter der Theke.

Will nestelte an seinem Lederbeutel herum. »Was macht das?«, fragte er die stämmige Bedienung, die noch immer dümmlich grinsend vor ihm stand.

»Ein Goldstück, junger Mann«, kam es zurück.

Will bezahlte, und die Servieren wandte sich wieder ihren anderen Gästen zu.

Das Brot war überraschend frisch, und der Schinken schmeckte köstlich, wie Will erfreut feststellte. Auch das Bier war durchaus zu genießen, und er trank und aß mit großem Appetit.

Die blonde Amazone starrte ihn immer noch an, was Will inzwischen einigermaßen irritierte. Was wollte dieser weibliche NPC nur von ihm? Hatte das Mädchen womöglich eine Quest für ihn, die es ihm ermöglichte, hier irgendwie weiterzukommen? Er würde sie später danach fragen, nahm er sich vor.

Nachdem er sein Mahl beendet hatte, ging er für

einen Moment vor die Tür, um frische Luft zu schnappen, denn in der Kneipe war es wirklich ziemlich stickig.

Nachdem er sich vergewissert hatte, dass keine feindlichen Kreaturen vor dem Haus herumlungerten, setzte er sich auf einen der niedrigen Holzzäune, die den Gasthof umgaben, und hätte in diesem Moment alles für eine Zigarette gegeben.

Sein Blick schweifte über die trügerisch friedlich daliegende Landschaft. Wälder, Hügel, ein paar Felder, ein kleiner See zu seiner Linken – fast konnte man glauben, einen Urlaub in Schottland zu verbringen, wären da nicht die Monster, die sich überall und nirgendwo in den Schatten aufzuhalten schienen.

Die Tür der Gaststätte ging auf, und dann erschien die blonde Amazone auf der Schwelle. Schweigend trat sie näher und setzte sich ebenfalls auf den Zaun – direkt neben Will.

»Wer bist du?«, raunte sie ihm leise zu.

»Ich heiße Will«, gab Will zurück.

»Woher kommst du?«

Will straffte sich ein wenig. Keine Frage, dies war ein wichtiger NPC, denn zum ersten Mal wurde er aus freien Stücken angesprochen und ausgefragt.

»Aus dem Süden«, erwiderte Will vorsichtig.

»Warum bist du verletzt?«, fragte ihn das Mädchen und deutete auf Wills behelfsmäßig verbundene Wunden.

»Du kannst Fragen stellen!«, platzte Will heraus. »Diese ganze scheiß Gegend ist doch voll von Mistviechern, die einem ans Leder wollen! Ist ein verdammtes Wunder, dass ich nicht schon längst tot bin!«

In diesem Moment wandte ihm die Amazone ihr

Gesicht zu, und ein Leuchten erschien in ihren haselnussfarbenen Augen. Auch sah Will, dass sie eine blutige Schramme auf der Stirn hatte. »Du bist... ein Spieler?«, fragte sie leise.

Will glaubte seinen Ohren nicht zu trauen. »Allerdings!«, rief er halb verdutzt, halb aufgebracht aus. »Ich habe nichts ahnend Akt 6 betreten und mich dann in dieser... dieser Welt wieder gefunden!« Die Worte sprudelten förmlich aus ihm heraus, doch plötzlich hielt er abrupt inne. Konnte es denn möglich sein, dass...

Doch da war das Mädchen schon vom Zaun heruntergesprungen und fiel ihm einfach um den Hals. Und während sie ihr tränennasses Gesicht gegen seine Schulter presste, schluchzte sie: »Ich wusste es, gleich, als ich dich zum ersten Mal sah! Dem Himmel sei Dank, endlich bin ich nicht mehr allein hier!«

7

*E*S WAR EIN HERRLICHER MONTAGMORGEN, und wieder saßen Piper, Paige und Leo in aller Eintracht beim Frühstück.

Ein jeder von ihnen erwartete fast, dass Phoebe jeden Moment müde ins Esszimmer schlurfen und sich schweigend zu ihnen an den Tisch setzen würde. Denn niemand der Anwesenden mochte so recht glauben, dass die mittlere Schwester gestern Abend gleich zu Bett gegangen war.

Umso erstaunter waren die drei, als Phoebe plötzlich wie von der Tarantel gestochen die Treppe herunterpolterte, sich in der Küche das mobile Telefon schnappte und auf dem Weg in den Wintergarten hastig eine Nummer eintippte.

»Hallo, James!«, hörte man sie kurz darauf in den Hörer brüllen, und Piper, Paige und Leo sahen sich erstaunt an. »Jetzt hör mal genau zu«, sprach sie hektisch weiter. »Das, ähm, Problem hängt voraussichtlich mit Akt 6 zusammen!« Kurze Pause. »Ja, genau ... Also betritt dieses Kapitel nicht, bevor du nicht wieder von mir gehört hast!« Wieder eine kurze Pause. »Gut, und sag auch Luther Bescheid ... Bis später!« Sie trennte die Verbindung und trat mit hektisch geröteten Wangen an den Tisch.

»Wie ich sehe, hast du heute Nacht ein bisschen recherchiert, anstatt zu spielen?«, fragte Paige.

Ächzend ließ sich Phoebe auf einen der Stühle fallen. »Du wirst es vielleicht nicht glauben, aber ich habe beides getan.«

»Und du hast eine Entdeckung gemacht, wie wir vermuten?«, fragte Leo.

»So ist es. Die ganze Sache hat sehr wahrscheinlich mit Akt 6 zu tun.« Sie sah mit gewichtiger Miene in die Runde.

»Mit Akt 6?«, fragte Paige verständnislos.

Phoebe nickte geistesabwesend. »Ich weiß nur nicht, wie genau er es anstellt...«

»Herrgott, Phoebe, lass dir doch nicht jedes Wort aus der Nase ziehen. Was ist mit Akt 6?!«, rief Piper ungeduldig und setzte klirrend ihre Kaffeetasse ab.

»Ich erzähle am besten ganz von vorn und der Reihe nach«, meinte Phoebe.

Piper seufzte. »Wir bitten darum.«

»Ich muss dazu aber ein bisschen ausholen«, meinte Phoebe.

»Wir werden uns Mühe geben, dir zu folgen«, erwiderte Leo ironisch.

»Wie ihr euch vielleicht schon denken könnt, konnte ich gestern Abend nicht gleich einschlafen«, begann Phoebe, »also hab ich mich noch mal vor den Rechner gesetzt, mich auf dem Gameserver eingeloggt und ›Abaddon‹ gestartet.«

»So weit, so bekannt«, konnte sich Paige nicht verkneifen zu bemerken.

»Der langen Rede kurzer Sinn: Ich habe heute Nacht noch Akt 5 fertig gespielt, was leider bis in die frühen Morgenstunden gedauert hat.« Phoebe gähnte demonstrativ. »War echt 'ne harte Nuss, dieser Portis, und ich musste mir Hilfe in Form eines schlagkräftigen Mitspielers holen, aber egal ...

Als ich danach wieder alleine weiterspielen und Akt 6 starten wollte«, fuhr sie fort, »hatten wir hier im Haus einen Stromausfall, was zur Folge hatte, dass mein Laptop, der wegen des leeren Akkus am Netz hing, kurz vor dem Kapitelwechsel abstürzte und gleichzeitig die Verbindung zum Spiel-Server abbrach. Ich war natürlich erst ein bisschen sauer deswegen, aber, na ja, solche kleineren, äh, Betriebsstörungen sind ja hier in Halliwell Manor nichts Besonderes.«

Die anderen nickten. Es war wahrlich nichts Ungewöhnliches, dass in Grams altem Haus von Zeit zu Zeit das Dach leckte, die Rohre verstopft oder die Stromleitungen überlastet waren. Jeder von ihnen konnte ein Lied davon singen, doch für eine umfängliche Grundsanierung und Modernisierung fehlte den Schwestern nun einmal das nötige Kleingeld.

»Also musste ich erst mal mit der Taschenlampe in den Keller und eine neue Sicherung einsetzen«, fuhr Phoebe fort. »Als der Strom wieder da war und ich den Rechner danach wieder hochfahren wollte, stellte ich fest, dass das Spiel sich nicht mehr starten ließ. Irgendeine der ›Abaddon‹-Dateien war beim Absturz unwiderruflich zerstört worden – und das, ihr Lieben, war mein Glück!«

»Wieso denn das?«, fragte Piper.

»Weil ich dadurch gezwungen war, das Spiel auf meiner Platte noch mal neu zu installieren«, erklärte Phoebe. »Was aber kein Problem war, denn ich hatte ja immer noch James' CD.«

»Und dann?«, fragte Leo gespannt.

»Nun«, Phoebe holte tief Luft. »Wenn man Software

installiert – egal, ob nun ein Spiel oder eine beliebige andere Anwendung –, muss man sich zuvor mit allen möglichen Lizenz- und Nutzungsbedingungen einverstanden erklären. Neunundneunzig Prozent aller User klicken sich durch diesen Text einfach durch, ohne den Vertrag, den sie faktisch in dem Moment mit dem Softwarehersteller eingehen, auch nur ansatzweise durchzulesen.«

»Stimmt«, bestätigte Piper, die auf ihrem Notebook erst kürzlich eine Online-Banking-Software installiert hatte. »Ich kann mir nicht vorstellen, dass sich irgendein Computerbenutzer diesen ganzen Kram durchliest. Ist doch nichts weiter als ein Haufen unverständlicher Paragraphen und Vertragsklauseln, die man bestätigen muss, damit man die Software nutzen darf. Das versteht doch kein Mensch, es sei denn, er ist ein mit allen Wassern gewaschener Winkeladvokat.«

Phoebe warf Piper einen halb tadelnden Blick zu. Immerhin war auch Cole Anwalt gewesen.

»Wie dem auch sei«, führte Phoebe weiter aus, »angesichts meiner Vision und unserer Vermutungen habe *ich* mir das Zeug jedenfalls mal genauer durchgelesen!«

Sie fummelte ein gefaltetes Blatt Papier aus der Gesäßtasche ihrer Jeans. »Und stellt euch vor, was ich in dem Lizenzvertrag unter anderem entdeckt habe – Moment, ich hab's mir aufgeschrieben!«

Sie räusperte sich und las den Anwesenden laut von ihrem Zettel vor: »›Hiermit erklären Sie, als *Abaddon*-Nutzer, sich damit einverstanden, dass der von Ihnen generierte Spielcharakter für die Dauer der Betaphase auf dem Gameserver von *RS-Entertainment* gehostet wird‹ – jetzt kommt's! –

›nach Abschluss des letzten Kapitels wieder unwiderruflich in den Besitz von *RS-Entertainment* übergeht.‹«

Sie sah einen Moment bedeutungsvoll in die Runde und fuhr dann fort: »›Sämtliche Risiken, die aus der Verwendung des Programms entstehen können, trägt der Lizenznehmer. Bitte beachten Sie auch die Epilepsie-Warnungen ...‹ blablabla. ›Sie bestätigen hiermit, die vorstehende Lizenzvereinbarung gelesen, sie verstanden zu haben und damit einverstanden zu sein, dass die Aktion der Programminstallation eine Bestätigung Ihres Einverständnisses darstellt, an die Bedingungen gebunden zu sein, die in der Lizenzvereinbarung enthalten sind.‹ Uff...« Phoebe hielt inne und ließ den Zettel sinken.

»Na ja«, meinte Leo. »Das mit der Epilepsie-Warnung müssen sie ja schreiben, damit ihnen keine Klagen ins Haus flattern.«

»Klar«, sagte Phoebe, »diese Formulierung ist Standard. Aber der *erste* Absatz, den ich vorgelesen habe, klingt meines Erachtens fast wie ...«

»... ein Teufelspakt«, murmelte Piper.

»Vor allem, weil in dieser Klausel so explizit herausgestrichen wird, dass die Spielfigur am Ende wieder unwiderruflich in den Besitz von *RS-Entertainment* übergeht«, sagte Paige.

»Stimmt, es ist ja schließlich ein Online-RPG«, überlegte Leo. »Wenn also alle Spielfiguren ohnehin auf dem Server von *RS-Entertainment* liegen, dann sind die Besitzverhältnisse auch ohne diesen Zusatz sonnenklar: Die Spieler haben lediglich das Recht, sich auf diesem Server einen Charakter zu generieren, die Spielfigur selbst bleibt in einem solchen Fall stets

Eigentum des Spieleherstellers. Punkt, aus. Wozu also noch mal diese ausdrückliche Erwähnung?«

»Gute Frage, Leo! Aber das ist noch nicht alles, was ich herausgefunden habe«, ließ sich Phoebe wieder vernehmen.

»Ich hab mal ein bisschen im Netz recherchiert«, berichtete sie weiter. »Eine Softwareschmiede namens *RS-Entertainment* ist dort nirgendwo vertreten. Der FTP-Server, von dem sich die Spieler das Game heruntergeladen haben, gehört einem Anbieter, der kostenlosen Webspace anbietet. Das heißt, da kann sich *jedermann* unter einem x-beliebigen Namen anmelden und irgendwelche Programme oder Dateien hochladen.«

»Scheint, als ob da jemand bewusst in der Anonymität des Netzes unterzutauchen versucht«, murmelte Leo. »Kein seriöser Entwickler, der mit seinen Produkten Geld verdienen möchte, würde seine Arbeit auf dem Server eines popeligen Wald-und Wiesen-Freehoster ins Netz stellen. Für so was gibt's doch tausend professionellere Vertriebswege im Internet, und wenn man sich das nicht leisten kann oder will, dann sollte man als Verantwortlicher zumindest irgendwie erreichbar sein.«

Der *Wächter des Lichts* runzelte die Stirn. »Und überhaupt, auf welchem Server liegen dann eigentlich die umfänglichen Programmdaten für das Spiel selbst, die Software für den Chat-Server und die Daten der Spielcharaktere? Doch wohl kaum ebenfalls bei diesem Kostenlos-Provider? Könnte man das denn nicht zurückverfolgen?«

»Das könnte man schon«, sagte Phoebe. »Aber dazu bräuchten wir einen echten Computerexperten, den wir im Moment nicht haben ... Doch zurück zu meinen Recherchen«, fuhr sie fort. »Es gab und gibt im ganzen Netz auch keinen Shop oder Distributor, der Games mit dem Label *RS-Entertainment* vertreibt. Ich habe fast eine Stunde das gesamte Internet danach durchforstet. Mit anderen Worten: Diese Firma scheint wie aus dem Nichts gekommen zu sein.«

»Sehr dubios«, meinte Paige. »Klingt, als ob sich irgendein Informatik-Student einen schlechten Scherz erlaubt hat.«

»Das müsste in diesem Fall aber ein sehr begnadeter Informatik-Student mit sehr viel Zeit sein!«, stellte Leo fest. »Denn das Spieldesign wie auch das ganze Game scheinen ja ziemlich professionell, ja, geradezu innovativ zu sein. So was wie ›Abaddon‹ stellt man wohl kaum eben so auf die Beine, nur um sich einen schlechten Scherz zu erlauben.«

»Sehr richtig«, bestätigte Phoebe. »Aber mir ist noch was aufgefallen«, fuhr sie fort. »Nachdem ich das Spiel noch einmal installiert hatte, hab ich mir spaßeshalber die Dateistruktur des Games auf meinem Computer mal genauer angesehen. Ihr müsst dazu wissen, dass nur die wichtigsten Spiel- und Grafik-Dateien eines jeden ›Abaddon‹-Kapitels lokal auf der Festplatte des Users installiert werden. Die Daten für die Spielfigur des Gamers, die Monster, Objekte, NPCs und Landschaften der einzelnen Kapitel kommen dagegen immer online vom Server des Betreibers.«

»Ja, und?«, fragte Piper, der die ganze Technikfachsimpelei allmählich zu viel wurde.

»Nun«, erklärte Phoebe weiter, »es gibt für jedes Kapitel einen eigenen Ordner in meinem ›Abaddon‹-Spieleverzeichnis. Also einen für Akt 1, einen für Akt 2 und so weiter. Das Komische aber ist, dass es für Akt 6 ein solches Verzeichnis *nicht* gibt!«

»Das heißt, der gesamte sechste Akt mit allem, was darin passiert, kommt vollends vom *RS-Entertainment*-Server?«, hakte Leo nach. »Wo auch immer der stehen mag.«

»So sieht's aus, und das ist meiner Ansicht nach äußerst verdächtig!«, rief Phoebe. »Denn was immer in Akt 6 geschieht, nichts davon kann auf dem Rechner des Benutzers gefunden und nachvollzogen werden. Sobald die Verbindung zum Server getrennt ist, bleiben nur mehr die harmlosen Spieledaten von Kapitel eins bis sechs auf dem Rechner des Users zurück.«

»Ich verstehe.« Piper nickte. »Doch was macht dich darüber hinaus so sicher, dass Erics und Teddys Schicksale nun ausgerechnet mit Akt 6 zusammenhängen?«

»Tja, da wäre zum einen die Tatsache, dass in den ersten fünf Kapiteln nichts, aber auch gar nichts dazu angetan ist, den Spieler in ein seltsames Koma verfallen zu lassen, geschweige ihn zu töten – davon konnte ich mich schließlich persönlich überzeugen. Kurz: Bis zum Ende von Akt 5 ist ›Abaddon‹ ein ganz normales, wenn auch technisch und grafisch sehr ausgereiftes Computer-Rollenspiel. Das Problem *muss* also mit Akt 6 zusammenhängen.«

Zum ersten Mal an diesem Morgen trank Phoebe einen Schluck von ihrem Kaffee, dann fuhr sie fort: »Und zum anderen habe ich, ohne dem Ganzen allzu viel Bedeutung beizumessen, gestern zufällig erfahren, dass sowohl Eric als auch Teddy kurz davor standen, Akt 6 zu betreten – bevor sie dann vor ihren Rechnern zusammenbrachen! Das kann doch alles kein Zufall mehr sein!«

»Und vergiss nicht deine Vision, Süße«, fügte Paige hinzu. »Du hast Teddy in ihrem ›Abaddon‹-Zauberinnen-Outfit gesehen! Ich denke, du hast Recht, irgendwas ist oberfaul mit diesem Spiel! Und es würde mich schwer wundern, wenn hier nicht dunkle Mächte am Werke sind!«

»Es ist nun so«, informierte Phoebe die Anwesenden, »dass auch ich kurz davor stehe, Akt 6 zu betreten. Wir haben daher zwei Möglichkeiten: Entweder ich gehe rein, oder aber wir versuchen, dieser Firma oder demjenigen, der hier der Drahtzieher sein mag, auf andere Art das teuflische Handwerk zu legen.«

»Auf keinen Fall gehst du in Akt 6!«, platzte Piper heraus. »Falls es stimmt, was du vermutest, was sollen wir denn ohne dich machen, wenn du danach wie tot vor deinem Rechner liegst?«

»Piper hat Recht«, sagte Leo. »Das Risiko ist zu groß. Ihr könnt es euch nicht leisten, dass die *Macht der Drei* auf diese Weise zerschlagen wird. Zumal im Moment niemand wissen kann, was in Zusammenhang mit diesem Fall noch alles auf euch zukommen wird.«

»Aber *dass* etwas auf uns zukommen wird, ist so klar wie Kloßbrühe«, meinte Paige düster, »darauf deutet schon Phoebes Vision hin. Wenn man nur wüsste, was mit Eric und Teddy *wirklich* geschehen ist, wer dahinter steckt und welchem Zweck das Ganze dient.«

»Mit Sicherheit keinem guten«, knurrte Paige. »Das alles riecht mir sehr nach dem Plan eines ziemlich ausgefuchsten Schweinehundes.«

»Oder nach einem Dämon«, setzte Phoebe hinzu.

Das Gasthaus »Zur fröhlichen Einkehr« wirkte zu dieser frühen Morgenstunde wie ausgestorben.

Will trat aus seinem Zimmer im oberen Stock und ging die knarzende Treppe zum Schankraum hinunter. Lediglich der fette Wirt fegte hingebungsvoll den Holzboden seiner Schänke; von der walkürenhaften Bedienung war nichts zu sehen.

Will fröstelte, denn der Gastraum war noch nicht beheizt.

An einem der Tische saß einsam und allein die blonde Amazone, die im wirklichen Leben Michelle Parker, ein Highschool-Girl aus Palo Alto, war.

»Die haben hier nicht mal Kaffee!«, begrüßte sie Will mit empörter Stimme, als ob sie in einem All-Inclusive-Hotel abgestiegen wären.

Will nahm ihr gegenüber am Tisch Platz und sah das Mädchen schweigend an.

Noch gestern Abend hatten sie sich hier zwei Zimmer gemietet, dann aber doch die halbe Nacht geredet und darüber nachgegrübelt, wie und zu welchem Zweck sie in das Spiel »Abaddon« hineingeraten waren.

Will hatte Michelle von Erics Tod in San Francisco erzählt und auch davon, dass er die »Leiche« des Spielers in dessen Paladinrüstung in eben dieser Welt vorgefunden hatte. Von dem Gedanken, dass sie als Testpersonen in einem streng geheimen wissenschaftlichen Cyber-Experiment agierten, hatten sie sich daher schnell verabschiedet.

Vielmehr waren sie zu dem nahe liegenden Schluss gekommen, dass, wenn sie hier, in Akt 6, den Tod fanden, sie auch im wahren Leben starben. Etwas, das Will schon seit längerem vermutet hatte, und kein wirklich erbaulicher Gedanke war.

Insofern waren sich einig darüber, dass es ihnen

irgendwie gelingen musste, »Abaddon«, oder wer auch immer sich in Wahrheit dahinter verbarg, zu besiegen, um die Sache am Ende vielleicht doch noch zu überleben und in ihre Körper zurückzukehren.

Und in diesem Zusammenhang erzählte Will dem Mädchen nun, was der Holzfäller Havok zu ihm gesagt hatte.

»Das klingt, als ob dieser Abaddon mit uns eine Art ... Abkommen oder Vertrag geschlossen hat«, überlegte Michelle. »Wer das Spiel bis zum bitteren Ende spielen will, muss sich eben in Akt 6 *persönlich* beweisen, oder so ähnlich ...«

»Besonders fair ist so ein Deal aber nicht, wenn ich an die Shrieks, Orks, Wargs, Rieseninsekten und was weiß ich für Monster denke, die er uns auf den Hals hetzt«, bemerkte Will bitter. »Ich meine, was haben wir einem solchen Aufgebot schon groß entgegenzusetzen? Warum hat uns Abaddon nicht gleich, nachdem wir Akt 6 betreten haben, erledigt? Wozu schickt er uns erst noch durch diese Hölle?«

»Vielleicht muss ja immer eine Art Kampf vorausgehen«, mutmaßte Michelle. »Egal, wie gut oder schlecht die Chancen jedes einzelnen Spielers stehen. Und vielleicht *kann* man es ja schaffen, wenn man nur gut genug ist.«

»Oder jemand hat ganz einfach seinen perversen Spaß an der Sache und weidet sich daran mitzuverfolgen, wie es ist, wenn ahnungslose Computer-Rollenspieler *tatsächlich* auf mordlüsterne Kreaturen treffen.« Will drehte sich zu dem immer noch fegenden Wirt um und rief: »Kann ich ein Bier haben?«

»Kommt sofort«, rief der Dicke und stellte den Besen ab.

»Aber sind wir denn wirklich real?«, griff Michelle ihr Gespräch wieder auf. »Der Fall von Eric zeigt doch, dass er leibhaftig und de facto in San Francisco gestorben ist. Was stellen wir in dieser Welt eigentlich dar, und was von uns ist denn nun tatsächlich hier?«

»Was auch immer von uns jetzt hier ist«, sagte Will, »wenn *dieses Etwas* stirbt, dann wird auch der Rest unserer Existenz ausgelöscht, darauf kannst du einen lassen!«

Der Wirt brachte das Bier und verzog sich wieder.

»Was machen wir jetzt?«, fragte Michelle. Die Angst stand ihr förmlich ins Gesicht geschrieben.

»Wir müssen sehen, dass wir diesen Abaddon finden«, erwiderte Will, nachdem er einen kräftigen Schluck getrunken hatte. »Allerdings könnte ich eine bessere Waffe gebrauchen.« Er deutete auf das inzwischen schon arg ramponierte Kurzschwert, das an seinem Gürtel hing. »Und ein paar neue Klamotten wären auch nicht schlecht«, fügte er mit Blick auf seine in Fetzen hängende Lederhose hinzu. »Mal sehen, ob ich in den anderen Gästezimmern dieser Kaschemme was Passendes finde«, fügte er mit gedämpfter Stimme hinzu.

»Du willst die Typen hier einfach bestehlen?«, rief Michelle empört und sah sich unbehaglich um.

»Ja und?«, gab Will zurück. »Sind doch nur NPCs, und außerdem geht's schließlich darum, auf unserem Weg zu diesem Abaddon irgendwie zu überleben. Da ist mir jedes Mittel recht.«

»Wie du meinst...«, erwiderte Michelle, doch sie schien wenig überzeugt. Und zum ersten Mal seit ihrem Zusammentreffen fragte sich Will, ob es wirklich eine so gute Idee war, sich allen noch vor ihm liegenden Gefahren mit diesem völlig verschreckten Mädchen im Schlepptau zu stellen.

»Ich finde, wir sollten als Erstes diesen Heiler aufsuchen, der angeblich im Mondscheinwald haust«, plapperte Michelle in seine Gedanken hinein. »Deine Verletzungen müssen dringend versorgt werden.«

Will nickte. In diesem Punkt hatte Michelle Recht. Und auch wenn er es ihr gegenüber nicht zugeben wollte: Er hatte noch immer Schmerzen und befürchtete, dass die Wunden, die ihm das Rieseninsekt geschlagen hatte, sich am Ende böse entzündeten. In diesem Fall, das wusste er, hätte er verloren, noch bevor sie Abaddons Festung überhaupt erreicht hatten.

Nachdem sich Phoebe in der Redaktion des *Bay Mirror* krankgemeldet hatte, hängten sich die *Zauberhaften* an ihre Mobiltelefone und ließen alte Kontakte wieder aufleben.

Paige rief beim *South Bay Sozialdienst* an und informierte sich bei einer ehemaligen Kollegin darüber, ob in der Sozialstation während der letzten zwei Wochen – denn so lange lief die Betaphase von »Abaddon« inzwischen – Menschen Hilfe gesucht hatten, deren Angehörige ungewöhnliche, weil plötzliche »körperliche Zusammenbrüche« mit oder ohne Todesfolge erlebt hatten.

Piper kontaktierte Daryl Morris bei der Polizei von San Francisco und fragte ihn nach Personen, die in den letzten vierzehn Tagen von irgendwem als vermisst gemeldet worden waren. Immerhin war davon auszugehen, dass der eine oder andere allein stehende Spieler ohne Ausweispapiere eine LAN-Party oder ein Internet-Café besucht hatte und danach, nur weil er nichts ahnend Akt 6 betreten hatte, ins Krankenhaus eingeliefert worden war.

Danach rief sie unter einem Vorwand bei einer alten Schulfreundin an, die in der Telefonzentrale des städtischen Notrufs arbeitete, um sich nach ungewöhnlichen »Koma-Fällen« mit oder ohne Todesursache zu erkundigen. Das war schwieriger als gedacht, denn die ehemalige Klassenkameradin zierte sich und berief sich auf die Schweigepflicht, und Piper musste das Gespräch schließlich ohne Ergebnis beenden.

Leo telefonierte unterdessen mit der örtlichen Handelskammer und erbat eine Aufstellung aller nationalen Unterhaltungssoftwareunternehmen, die er sich ebenfalls zukommen ließ. Damit war das Faxgerät fast eine halbe Stunde lang blockiert.

Phoebe loggte sich derweil mit ihrem Zeitungsaccount im Presse-Zentralarchiv ein und durchforstete alle Meldungen, in denen die Worte »RS-Entertainment«, »Abaddon«, »Spieleentwickler«, »Rollenspiel« und ähnliche Schlüsselbegriffe vorkamen.

Nach zwei Stunden trafen sich alle mit ihren Recherche-Ergebnissen im Wohnzimmer wieder.

»So, und jetzt schön der Reihe nach«, sagte Leo. »Was habt ihr rausgefunden? Du zuerst, Paige.«

»Tja, besonders erfolgreich war ich nicht«, meinte Paige und machte ein enttäuschtes Gesicht. »Es gab in den letzten vierzehn Tagen hier in San Francisco zwar einige Unglücke, bei denen Kids und Jugendliche zu Schaden gekommen sind, aber nichts, was auch nur ansatzweise ins Bild passen würde. Also keine Zusammenbrüche vor dem Computer und auch keine Koma-Fälle in diesem Zusammenhang.«

»Und ich befürchte, wir werden mit den Softwarefirmen, um die ich mich kümmern sollte, auch nicht weiterkommen«, ergänzte Leo und deutete auf den dicken Fax-Stapel von der Handelskammer. »Es gibt einfach zu viele einschlägige Unternehmen hier in Kalifornien, als dass man in akzeptabler Zeit all deren Mitarbeiter unter die Lupe nehmen könnte. Aber okay, es war einen Versuch wert.« Er wandte sich an seine Frau. »Was kam denn bei dir heraus, Liebling?«

»Bis auf die üblichen Ausreißer, genervten Familienväter, frustrierten Ehefrauen oder verwirrten Altersheim-Flüchtlinge wird im Großraum San Francisco derzeit eigentlich niemand wirklich vermisst«, gab Piper frustriert zu Protokoll. »Und beim Notruf bin ich überhaupt nicht weitergekommen. In diesem Fall müssten wir wohl alle Krankenhäuser der Stadt persönlich abklappern. Nachdem die Zeit aber nicht unbedingt unser Verbündeter ist, können wir diesen Weg wohl getrost vergessen.«

»Tja, da kann man nichts machen«, sagte Leo. »Was ist mit dir, Phoebe?«

»Ich glaube, ich hab was«, meinte Phoebe und sah triumphierend von ihren Notizen auf. »Vor zwei Jahren ist ein ziemlich begnadeter junger Spieleprogrammierer namens Rick Santos bei einer Bergwanderung in Kanada ums Leben gekommen. Doch das Beste ist, Santos war eine Koryphäe auf dem Gebiet der 3-D-Rollenspiele, und, tata!, er lebte in San Francisco!« Sie sah hochzufrieden in die Runde. »Und die Initialen von Rick Santos lauten ›RS‹ – ergo steckt höchstwahrscheinlich er persönlich hinter *RS-Entertainment!*«

»Schön und gut, aber er ist doch tot«, bemerkte Paige irritiert. »Wie soll er da ein Spiel wie ›Abaddon‹ entwickelt und unter die Leute gebracht haben? Aus seinem Grab heraus, oder was?«

»Vielleicht nicht aus dem Grab«, ließ sich Leo mit leiser Stimme vernehmen. »Sondern aus der Hölle.«

»Aus der Hölle?«, riefen die drei Hexen im Chor.

»Du meinst, er operiert aus der Unterwelt heraus?«, hakte Phoebe nach, als Leo nicht sofort antwortete.

»Aus der Unterwelt oder vielleicht von einem anderen Ort aus, der für normale Menschen unerreichbar ist«, erwiderte Leo nachdenklich. »Wobei das, wenn ich's mir recht überlege, eigentlich gar nicht der Fall sein muss. Bekanntlich erhält ja jeder Feld-, Wald- und Wiesendämon genügend Gelegenheit, ganz normal in die Welt der Lebenden zurückzukehren, um hier Unheil zu stiften und Unschuldige aufs Korn zu nehmen.« Er sah die Mädchen triumphierend an, und die nickten beipflichtend. »Warum also nicht auch dieser Santos?«

Die Schwestern nickten abermals.

»Ich kam nur auf den Begriff ›Hölle‹,« fuhr der *Wächter des Lichts* fort, »weil mir einfiel, dass ›Abaddon‹ das hebräische Wort für Unterwelt ist – und gleichzeitig auch das Synonym für den Herrscher dieses finsteren Ortes.«

»In diesem Zusammenhang hätte die Wahl des Namens ›Abaddon‹ ja etwas geradezu Größenwahnsinniges«, meinte Paige.

»Dass sich gewisse dunkle Mächte bisweilen ein bisschen überschätzen, ist ja nichts Neues«, sagte Phoebe verächtlich.

»Tja, das sind schon eine ganze Menge Indizien, die wir da haben«, resümierte Piper. »Da wäre zum einen der geniale, wenngleich mausetote Programmierer

Santos aus San Francisco, dann der eitle Wink mit dem Zaunpfahl bezüglich des Namensspiels ›Abaddon‹ beziehungsweise ›Unterwelt‹, des Weiteren Phoebes Vision und ihre Entdeckungen hinsichtlich der Lizenzbedingungen, die sich wie ein Teufelspakt auslegen lassen, und last, but not least die armen Kids, die Akt 6 offenbar nur schwerlich überleben.« Sie atmete vernehmlich aus. »Doch was uns immer noch fehlt, sind handfeste *Beweise* und eine plausible Antwort auf die Frage nach dem Wie und Warum, oder?«

»Genau«, rief Paige. »Auf welche Weise trennt dieser Dämon die Seele der Spieler von deren Körpern, worauf es allem Anschein nach ja wohl hinausläuft, und wozu das alles?«

»Wegen des Warum vermute ich stark, dass er sich ihre Seelen einfach irgendwie *einverleiben* will«, sagte Leo, als sei dergleichen im San Francisco des 21. Jahrhunderts das Normalste überhaupt. »Es ist ja bekannt, dass es eine Menge Menschen gibt, die sich zu Lebzeiten mit den dunklen Mächten einlassen. Und viele von ihnen verschreiben sich der schwarzen Seite nur aus einem Grund: Damit sie nach ihrem Tod wieder in die Welt der Lebenden zurückkehren können. Ehrlich gesagt waren solche Deals bei den Mächten der Finsternis zu allen Zeiten nichts Ungewöhnliches. Und das erklärt zum Teil auch den steten Nachschub an niederen Dämonen, die zum Beispiel euch das Leben schwer machen.«

Gespannt lauschten die Schwestern den weiteren Ausführungen des *Wächter des Lichts*.

»Und wie ihr wisst, gibt es nicht nur eine Hierarchie im Reich der höhere Mächte, sondern auch eine unter Dämonen. Ein jeder von ihnen muss sich normalerweise erst einmal die Unterwelt-Karriereleiter hinaufdienen, um es mal etwas salopp auszudrücken.«

»Klar, Ordnung muss sein«, meinte Piper ironisch. »Wo kämen wir auch hin, wenn sich jeder neue Dämon gleich zum großen Höllen-Leithammel aufschwingen würde.«

Die Schwestern konnten sich ein Grinsen nicht verkneifen, doch Leo fuhr ernst fort:

»Tatsächlich sind nur die wenigsten Menschen zu Lebzeiten in der Lage, ihr schwarzmagisches Wissen und ihre finstere Macht derart zu manifestieren, dass sie nach ihrem Tod gleich als mächtige Vertreter des Bösen auf den Plan treten können. Mit anderen Worten: Die meisten frisch gebackenen Dämonen müssen sich erst mal verdient machen, zum Beispiel wichtige Vertreter des Lichts ausschalten oder aber menschliche Seelen für die schwarze Seite rekrutieren. Letzteres geschieht fast immer für die, ähm, nennen wir es mal ›Gemeinschaft‹.«

»Du meinst, dieser Santos ist ein dämonischer Seelenjäger?«, fragte Paige. »Oder besser gesagt, ein Seelen jagender Dämon?«

Leo nickte. »So in etwa könnte man es ausdrücken. Allerdings scheint er dazu eine Art Vertrag, einen Pakt, mit seinen Opfern einzugehen, mit dem sie sich – wenn auch, ohne sich des ganzen Ausmaßes der Konsequenzen bewusst zu sein – mehr oder weniger *freiwillig* in seine Hände begeben: Er schenkt ihnen das Spiel, sie ›vermachen‹ ihm im Gegenzug dazu ihre Seele.« Der *Wächter des Lichts* verzog angewidert das Gesicht. »Und das ist, soweit ich weiß, auch unter niederen Dämonen eigentlich unüblich.«

»Stimmt«, meinte Piper trocken. »Normalerweise

schließen die Jungs aus der Unterwelt mit ihren Opfern nicht erst einen Vertrag, bevor sie sie töten.«

»Wie dem auch sei«, meinte Phoebe mit düsterer Stimme, »Santos ist nach wie vor ein hoch begabter Spieleentwickler, dem es mithilfe dunkler Magie vermutlich möglich war, irgendwas in Akt 6 hineinzuprogrammieren, das dazu führt, dass ihm der Gamer, beziehungsweise dessen Seele, in die Hände fällt. Und diesem teuflischen Treiben müssen wir, die *Zauberhaften*, einen Riegel vorschieben! Nichts anderes hat meine Vision zu bedeuten gehabt, da bin ich mir sicher!«

»Okay«, sagte Paige, »aber was ich immer noch nicht kapiere, ist: Warum stirbt der eine in diesem letzten Kapitel, während die andere noch am Leben ist, wenn auch mehr schlecht als recht?«

»Es gibt nur einen Weg, das herauszufinden«, verkündete Phoebe mit fester Stimme. »Wir müssen Akt 6 betreten! Und zwar wir alle drei!«

8

»Kommt überhaupt nicht in Frage!«, protestierte Leo, nachdem Phoebe den Vorschlag gemacht hatte, dass alle drei Hexen in Akt 6 eintreten sollten, um das Rätsel von »Abaddon« zu lösen.

Die *Zauberhaften* und der *Wächter des Lichts* hatten sich ins Wohnzimmer zurückgezogen, um diese Möglichkeit zu erörtern, doch Leo wollte nichts davon hören.

»Aber es sind Unschuldige in Gefahr, und wenn nur eine von uns geht, steht uns die *Macht der Drei* weder hier noch dort zur Verfügung!«, hielt Phoebe dagegen.

»Und was, wenn ihr allesamt bei diesem Unternehmen den Tod findet?«, fragte Leo. »Oder auch nur eine von euch? Nein, ein solches Risiko kann ich auf keinen Fall verantworten!«

»Hast du denn einen anderen Vorschlag, wie wir diesem Santos das Handwerk legen können?«, ließ sich Paige vernehmen.

Der *Wächter des Lichts* legte die Stirn in Falten. »Nein«, musste er zugeben. »Die Suche nach diesem Dämon ist wie die Suche nach der Stecknadel im Heuhaufen.«

»Stimmt, er könnte überall stecken, und wir haben weder einen handfesten Anhaltspunkt, noch etwas anderes, um ihn – mit oder ohne Magie – ausfindig zu machen«, ergänzte Phoebe.

»Ich weiß«, knurrte Leo.

»Was schlägst du also vor, Schatz?«, fragte Piper. »Wir können schließlich nicht ewig hier rumsitzen, während dieses verfluchte Spiel einen Unschuldigen nach dem anderen tötet!«

Langsam hob Leo den Kopf. »Ich werde mich mit dem *Rat der Ältesten* besprechen«, sagte er. »Danach sehen wir weiter.« Er erhob sich, um »nach oben« zu orben.

»Aber beeil dich!«, rief ihm Phoebe nach. »Abaddon wartet nicht!«

Während Leo die höheren Mächte und deren umfängliche Archive konsultierte, hatte Phoebe nicht vor, bis zu seiner Rückkehr untätig herumzusitzen und auf eine Entscheidung zu warten.

Kurz nachdem der *Wächter des Lichts* verschwunden war, sprang sie auf und griff nach dem Telefon. »Ich rufe James an!«, verkündete sie.

»Warum?«, fragten Phoebe und Paige unisono, doch Phoebe bedeutete ihnen, sich noch einen Moment zu gedulden.

»Hi, James, hier ist Phoebe«, flötete sie in den Hörer, nachdem sie den jungen Mann auf seinem Handy erreicht hatte. »Hör mal zu, wir brauchen dringend deine Hilfe. Es geht um die Sache, über die wir gestern gesprochen haben ... Ja, genau, könntest du bitte sofort herkommen?« Kurze Pause, und dann: »Vielen Dank, du bist ein Schatz! Bis gleich!«

Nachdem sie das Gespräch mit dem Studenten beendet hatte, wandte sich Phoebe wieder an ihre Schwestern, die sie bereits erwartungsvoll ansahen. »Der Grund, warum ich James hergebeten habe, ist, dass er mir dabei helfen soll, in Windeseile zwei neue ›Abaddon‹-Zauberinnen durch die Kapitel 1 bis 5 zu bringen.«

Piper und Paige begriffen sofort. Nach allem, was Phoebe ihnen über das Spiel erzählt hatte, wussten selbst sie, dass ein Spieler erst einmal alle vorangehenden fünf Akte vollendet haben musste, bevor er Akt 6 überhaupt betreten konnte.

»Du willst die Sache mit uns dreien also tatsächlich durchziehen?«, fragte Paige. »Wir *Zauberhaften* sollen dieses letzte Kapitel gemeinsam spielen, stimmt's?«

»Wenn Leo von da oben«, Phoebe sah Richtung Zimmerdecke, »keinen besseren Vorschlag mitbringt, wird uns wohl nichts anderes übrig bleiben.«

»Aber wie willst du James die Sache erklären?«, fragte Piper skeptisch.

»Ich erzähle ihm einfach, wir benötigen zu Testzwecken ganz schnell noch zwei für Akt 6 fitte Charaktere. Vergesst nicht, James glaubt ja nach wie vor, dass wir mithelfen, das Spiel ›Abaddon‹ auf ein medizinisches Risiko hin unter die Lupe zu nehmen. Er wird froh sein, uns dabei irgendwie unterstützen zu können.«

Gesagt, getan.

Zehn Minuten später stand James mit einem Apple-Powerbook im halliwellschen Wohnzimmer, in dem Piper und Phoebe zwischenzeitlich ihre Laptops aufgebaut hatten. Bald darauf glich die Szenerie in Grams altmodischem Salon einer improvisierten LAN-Party, denn gleich drei tragbare Computer taten schließlich ihren Dienst zwischen Plüschsofas und antikem Mobiliar.

Nachdem James das Spiel auch auf Pipers Rechner

installiert hatte, half der Student der jungen Hexe dabei, sich eine neue Figur in ›Abaddon‹ zu erstellen.

Phoebe tat das Gleiche für Paige auf ihrem eigenen Notebook.

Bei Kaffee, Keksen und vielen »Aaahs« und »Ooohs« seitens Piper und Paige ging es sodann zügig daran, die beiden neu erstellten Spielfiguren durch den ersten Akt zu peitschen.

James hatte sich dazu mit seinem Macintosh auf dem »Abaddon«-Server eingeloggt, ein passwortgeschütztes Spiel eröffnet und mit seinem Level-10-Barbaren den ersten Akt betreten.

Paige stieß mit ihrer nigelnagelneuen Zauberin »PaigeM« zum Spiel dazu, und Piper schloss sich mit ihrer jungfräulichen Zauberin »HyperPiper« an.

Unter den wachsamen Augen von Phoebe hasteten die beiden im Gefolge von James' Barbar eine Weile durch die Welt des ersten Kapitels, damit die beiden frisch gebackenen Magierinnen ein paar Erfahrungspunkte und nützliche Ausrüstungsgegenstände sammeln konnten.

Und während James' martialischer Krieger Ghule, Dschinne, Skorpione und andere dämonische Kreaturen zur Hölle schickte, konnte Phoebe beobachten, wie ihre beiden Schwestern von Minute zu Minute mehr in den Bann von »Abaddon« gezogen wurden. Sie nahm diese Reaktion mit gemischten Gefühlen zur Kenntnis. Einerseits freute sie sich, dass nicht nur sie großen Gefallen an dieser Art von Spielen gefunden hatte, andererseits, so wusste sie, machten sie all dies weiß Gott nicht zu ihrem Privatvergnügen.

Was mochte sie im letzten Kapitel des Games erwarten, sofern Leo nicht mit einem Alternativvorschlag von »oben« zurückkam?

»Bin gespannt, ob ihr dem Problem mit Akt 6 auf die Spur kommen könnt«, sagte James plötzlich, als hätte er Phoebes trübe Gedanken gelesen, während sein Barbar durch ein Wüsten-Wurmloch marodierte – »PaigeM« und »HyperPiper« folgten ihm in sicherem Abstand. »Es darf auf keinen Fall noch mal jemand zu Schaden kommen«, fügte er grimmig hinzu.

»Was ist denn hier los?«, ertönte plötzlich eine Stimme aus dem Hintergrund.

Vier Menschen schraken auf und starrten Leo, der wie aus dem Nichts im Durchgang zum Wohnzimmer erschienen war, verwirrt entgegen.

»Hi, Doc!«, begrüßte James ihn.

»Hallo, Schatz!«, rief Piper hinter ihrem Laptop hervor, die gerade Gold und ein paar Items vom Boden aufgesammelt hatte. »Wir haben dich gar nicht kommen hören!«

Haha, sehr witzig!, dachte Phoebe und konnte sich ein Grinsen nicht verkneifen.

»James hilft uns gerade dabei, zwei weitere Zauberinnen für Akt 6 bereitzumachen!«, setzte Piper hastig hinzu und zwinkerte ihrem Ehemann bedeutungsvoll zu.

Phoebe, die hinter James stand, grimassierte nun ebenfalls in Richtung des *Wächter des Lichts*, während sie eindringlich hinzufügte: »Damit wir uns unter professioneller medizinischer Aufsicht in das womöglich kritische Kapitel begeben und dem, äh, gesundheitsschädlichen Problem mit ›Abaddon‹ auf die Spur kommen können.«

Leo nickte stumm. Er hatte kapiert.

»Warst *du* denn erfolgreich?«, fragte Paige, nachdem auch sie sich endlich von dem actiongeladenen Spektakel auf ihrem Monitor losgerissen hatte, und deutete mit dem Daumen kurz nach oben.

»Ja und nein«, sagte Leo gedehnt. »Aber erledigt erst mal eure Aufgabe hier, dann besprechen wir alles Weitere später«, fügte er hinzu. »Ich mache euch in der Zwischenzeit einen frischen Kaffee, okay?«

Für einen Außenstehenden wie James war diese Antwort denkbar nichts sagend – die *Zauberhaften* jedoch wussten, Leo hatte bei seinen »Chefs« und seinen Recherchen in den Archiven der Ältesten keinen brauchbaren Alternativweg gefunden, die Gefahr, die von Rick Santos und dem Spiel ausging, zu bannen.

Sie würden Akt 6 betreten müssen, so viel war nun klar.

Aber das war auch schon alles, was die drei Hexen über ihr bevorstehendes Schicksal wussten.

»Ich hab Hunger!«, quengelte Michelle, und Will ächzte.

Seit Stunden schon irrten sie zwischen Feldern, Wiesen und Flussläufen hin und her, ohne den in der Schänke erwähnten Heiler oder auch nur eine bewohnte oder unbewohnte Hütte gefunden zu haben.

Und seit Stunden schon nervte ihn Michelle mit immer neuen Klagen über dies und das. Mal war sie müde, dann hatte sie sich eine Blase gelaufen, oder aber sie erging sich in langen, gereizten Vorträgen darüber, wie gefährlich das alles hier war. Als ob Will das nicht schon längst klar war!

Er langte in seinen Lederbeutel und reichte dem Mädchen ein Stück von dem Brot, das sie dem Wirt des Gasthauses als Proviant abgekauft hatten.

»Der Kanten ist ja total trocken!«, beschwerte sich Michelle, doch als Will ihr einen vernichtenden Blick zuwarf, verputzte sie das karge Mahl ohne jeden weiteren Kommentar, während sie weitergingen.

Noch im Gasthaus »Zur fröhlichen Einkehr« hatte es vor ihrem Aufbruch eine Auseinandersetzung zwischen ihnen gegeben, als Will wie angekündigt die Zimmer der anderen Gäste nach Geld und brauchbaren Gegenständen durchstöbern wollte, während diese sich inzwischen wieder im Schankraum eingefunden hatten. Zwar hatte er keine bessere Waffe als sein Kurzschwert aufgetrieben, dafür in einer der Kisten jedoch ein Paar grüne Wildlederhosen gefunden, das offenbar einem der Waldläufer gehörte. So hatte er sich zumindest seiner zerrissenen Beinkleider entledigen können, wenngleich Michelle seinen Diebstahl auf das Schärfste missbilligt hatte.

»Wie wäre es, wenn wir mal 'ne Pause machten«, stöhnte Michelle nach einer Weile. »Ich bin solch lange Strecken einfach nicht gewöhnt ...«

»Wie wäre es, wenn du mal aufhören würdest, mir auf den Sack zu gehen?«, gab Will gereizt zurück.

Der Systemadministrator fragte sich allmählich, wie Michelle es mit dieser jammerlappigen Einstellung überhaupt gelungen war, mit ihrer Amazone fünf Level in »Abaddon« zu überstehen.

Und als ob Michelle seine Gedanken gelesen hätte, kam die ungebetene Antwort darauf prompt. »Hätte ich doch bloß nie dieses verdammte Game gestartet und unter dem Account meiner Schwester diesen verfluchten Akt 6 betreten!«, rief sie mit weinerlicher Stimme.

Will blieb abrupt stehen, weil er glaubte, sich verhört zu haben. »Dann ist das also gar nicht *deine* Amazone, in deren Outfit du hier, ähm, gelandet bist?«, fragte er fassungslos.

»Nee, die gehört Liz, meiner älteren Schwester, mit der ich in Palo Alto zusammenwohne. Sie hat immer so von ›Abaddon‹ geschwärmt, und da hab ich mir das Spiel mal ansehen wollen, wo Liz doch für eine Woche nach L.A. gefahren war und dann –« Sie brach ab und begann zu weinen.

Ach, du liebe Güte, dachte Will, jetzt geht das Geflenne wieder los! Er trat auf sie zu und legte ihr linkisch einen Arm um die Schulter. Sogleich warf sich Michelle ihm um den Hals und heulte an seiner Druidenbrust wie ein Schlosshund. »Ich bin ja so froh, dass ich dich hier getroffen habe ... *buhuhu* ...«

Wills Herz sank. Nicht nur, dass er hier versuchen musste zu überleben und nicht umhinkam, sich fortwährend gegen irgendwelche Monster zu verteidigen, jetzt hatte er auch noch ein völlig verängstigtes Girlie am Hals, das mehr eine Belastung als eine wirkliche Hilfe darstellte.

Und nicht zum ersten Mal, seit er Akt 6 betreten hatte, fragte sich Will, was zum Teufel er eigentlich verbrochen hatte, dass man ihn derart bestrafte?

Zügig, und doch stets auf der Hut, gingen Max und Teddy am Ufer des ausgetrockneten Flussbettes entlang.

Sie hatten die letzte Nacht in einem leer stehenden Haus verbracht, das wohl einmal einem Fischer als Unterkunft gedient haben musste.

Es war keine ruhige Nacht gewesen, denn mehr als einmal waren sie von ihrem unbequemen Lager aus schmutzigen Decken und Fischernetzen aufgeschreckt, weil von draußen merkwürdige Geräusche an ihr Ohr gedrungen waren. Das war umso beunruhigender gewesen, als die morsche Tür der Hütte sich nicht ordentlich hatte schließen lassen.

Und tatsächlich wäre einmal fast ein wütender Keiler in ihre Behausung eingedrungen, als Max nach draußen hatte treten wollen, um einem menschlichen Bedürfnis nachzugehen.

Fast wäre er von den gefährlich spitzen Stoßzähnen des wilden Ebers aufgespießt worden, doch er hatte das Vieh mit viel Geschrei und Gefuchtel in die Flucht schlagen können. Danach hatte er sich geschworen, keinen Schritt mehr ohne seinen Zweihänder zu tun.

Zwar waren sie in den folgenden Stunden von weiteren unliebsamen Besuchern verschont geblieben, doch hatten er und Teddy von diesem Moment an kein Auge mehr zugemacht.

Also hatten sie die ganze Nacht geredet und beschlossen, sich einen wie auch immer gearteten Ausgang aus dieser Welt zu suchen. Immerhin waren sie irgendwie hierher gelangt, also musste es doch auch einen Weg zurück geben? Ein Portal, ein Tor oder einen Teleporter.

In jedem Computer-Rollenspiel fanden sich solche Möglichkeiten des Übertritts in ein anderes Level. Warum also nicht auch hier?

Es war Teddys Vorschlag gewesen, nun gezielt danach zu suchen, doch Max hatte das dumpfe Gefühl, dass der einzige Ausweg aus diesem perversen Spiel darin bestand, dass man hier früher oder später einfach starb.

Es war spät in der Nacht, als sich Piper ausgiebig vor ihrem Laptop streckte. »Puuh, es ist vollbracht!«

Auch Phoebe, Paige und James sahen erschöpft von ihren Rechnern auf. Level-Boss Portis war mit vereinten Kräften geschlagen, und Akt 5 war Geschichte! »Yeah«, rief der Student und reckte eine Faust in die Luft. »Das war's, meine Damen!«

In einer wahren Gewalttour hatten die vier es mithilfe von James' Barbar tatsächlich geschafft, Pipers und Paiges Zauberinnen in nur einem Tag bis zum Ende des vorletzten Kapitels zu begleiten. Ein absoluter Rekord, wie der junge Student stolz bemerkte.

Damit waren alle drei Spielcharaktere, mit denen die Schwestern das letzte Kapitel des Games zu betreten gedachten, bereit und gut gerüstet für Akt 6.

Mit schmerzendem Rücken und roten Augen erhoben sich die *Zauberhaften* und ihr Gast, um sich im Erdgeschoss des Hauses ein wenig die Beine zu vertreten. Phoebe benutzte die Gelegenheit, James das Sonnenzimmer mit den besonders schönen Buntglasfenstern und den schmiedeeisernen Möbeln zu zeigen. Und auch diesmal verfehlte Grams idyllischer Wintergarten seine Wirkung nicht. »Halliwell Manor ist wirklich ein traumhaftes Haus«, bemerkte James anerkennend. »Hier lässt sich's leben.«

Leo hatte für die tapferen Kämpfer unterdessen in der Küche einen kleinen Imbiss und erfrischende Getränke vorbereitet.

Als alle um den Tisch versammelt waren, fragte

James: »Und wie geht's jetzt weiter? Wann startet denn die, ähm, große medizinische Testreihe?«

Leo sah auf die Uhr. »Es ist zu spät, um heute Nacht noch etwas Konkretes hinsichtlich des letzten Aktes zu unternehmen. Ich schlage daher vor, dass ihr«, er sah die *Zauberhaften* an, »euch jetzt ein paar Stunden hinlegt, damit ihr morgen früh frisch und ausgeruht seid.«

»Ist es bei allem, was ihr vermutet, nicht reichlich riskant, wenn ihr morgen so einfach den sechsten Akt betretet?«, fragte James besorgt.

»Vertrau mir«, beruhigte ihn Leo, »ich bin Arzt und weiß, was ich tue. Es werden alle nötigen medizinischen Vorsichtsmaßnahmen ergriffen, damit Piper, Phoebe und Paige nichts passiert.«

Doch insgeheim war der *Wächter des Lichts* keineswegs so zuversichtlich, wie er sich dem Studenten gegenüber gab. Und dies teilte er auch seinen drei Schutzbefohlenen mit, nachdem James schließlich nach Hause gefahren war.

»Ihr wisst, wenn ihr diesen Akt betretet und danach zusammenbrecht, kann ich als *Wächter des Lichts* zwar dafür sorgen, dass ihr nicht sterbt, indem ich eure lebenswichtigen Körperfunktionen aufrechterhalte, aber...« Leo hielt inne.

»Was aber?«, fragte Piper.

»Aber ich kann euch, beziehungsweise eure Seelen, nun mal nicht zurückholen, wenn's für euch ernst werden sollte«, fuhr Leo eindringlich fort. »Wo immer ihr dann auch seid, ihr seid auf euch allein gestellt.«

»Ja, das ist uns klar, Schatz«, sagte Piper. »Aber du hast noch gar nicht berichtet, was du beim *Rat der Ältesten* herausgefunden hast.«

»Nun, in den Archiven ist tatsächlich etwas verzeichnet, das ein wenig Licht ins Dunkel bringen könnte«, begann Leo. »Um es kurz zu machen: Es gab hier in San Francisco vor etwa zweihundert Jahren einen Hexenmeister und Dämonenbeschwörer namens Alan Proctor, der eine schwarze Bruderschaft begründete: Sie nannten sich die ›Jünger Faustus‹. Offensichtlich eine Hommage an den berühmten gleichnamigen Schwarzkünstler, der im 13. Jahrhundert gelebt haben und in seinem Hunger nach Wissen und Weisheit einen Pakt mit Mephistopheles geschlossen haben soll.«

»Aha!«, rief Phoebe. »Da haben wir ihn also wieder, den Teufelspakt!«

»In der Tat«, bestätigte Leo. »Doch das Entscheidende ist: Die Anhänger dieser Bruderschaft verschafften sich unschuldige Seelen, indem sie eine Art Vertrag mit ihren zukünftigen Opfern schlossen.«

»Und was geschah mit diesen Seelen?«, fragte Paige.

»In den alten Aufzeichnungen steht, dass Alan Proctor vorhatte, sich mit ihrer Hilfe zur Unsterblichkeit zu verhelfen. Doch daraus wurde leider nichts, denn Proctor wurde im Jahre 1814 von einer aufgebrachten Menge gelyncht. Und zwar direkt auf seinem Anwesen, das er, wie passend, Abaddon nannte.«

»Heißt das etwa, dass dieser Santos gar nicht tot ist, sondern irgendwo als neuer ›Jünger Faustus‹ für den Geist von Alan Proctor tätig ist, indem er unschuldige Spieler um ihre Seelen bringt?«, fragte Piper irritiert.

»Ja, so scheint es«, erwiderte Leo.

»Dann ist Santos also gar kein Dämon, sondern nur ein ziemlich cleverer Zeitgenosse mit großen Ambitionen, der in die Fußstapfen Proctors getreten ist?«, hakte Paige nach.

»Davon ist auszugehen«, meinte Leo. »Und so erklärt sich auch das umständliche Verfahren mit dem Vertrag, den seine Opfer mit ihm schließen müssen. Ein Vorgehen, das mir gleich komisch vorgekommen ist. Ein Dämon hätte solche Winkelzüge gar nicht nötig, um sich arme Seelen zu beschaffen. Ein Mensch, der für den Geist eines verstorbenen Dämonenbeschwörers agiert, dagegen schon.«

»Das heißt, Santos hat vor Jahren seinen eigenen Tod inszeniert, um sich dann ganz auf seine zukünftige Rolle als Seelenräuber zu konzentrieren und dafür dieses Spiel zu programmieren?«, murmelte Phoebe. »Scheint ein ziemlich zielstrebiges Bürschchen zu sein.«

»Aber offenbar niemand, dem man nicht mit der *Macht der Drei* das Handwerk legen könnte«, überlegte Piper. »Scheint er doch nur ein Werkzeug dieses toten Schwarzmagiers zu sein. Und offensichtlich kann der Geist Alan Proctors, dem er dient, nicht selbst in Aktion treten. Wenn wir also diesen Santos vernichten, dann dürfte der ›Abaddon‹-Spuk doch damit vorbei sein, oder nicht?«

»Es scheint so«, räumte Leo ein, »doch ich muss euch nochmals darauf hinweisen: Wo immer ihr nach Betreten des letzten Kapitels auch sein werdet, ihr seid ganz und gar auf euch allein gestellt. Ich kann euch als *Wächter des Lichts* nicht auf diese Reise begleiten, mich lediglich hier an Ort und Stelle um euer *leibliches* Wohlergehen kümmern, und ich habe keinen Einfluss auf das Schicksal eurer vom Körper losgelösten Seelen.«

»Und deshalb ist es wichtig, dass wir uns nicht unvorbereitet auf dieses Abenteuer einlassen«, ergänzte Phoebe.

»Und wie sollen wir uns bitteschön darauf vorbereiten?«, fragte Paige kopfschüttelnd. »Wir wissen doch gar nicht, was genau uns beim Betreten von Akt 6 erwartet.«

Die drei Schwestern sahen sich ratlos an. Was Paige sagte, entbehrte nicht einer gewissen Logik: Sie hatten keinen blassen Dunst, was ihnen bevorstand und ob ihnen ihre magischen Hexenfähigkeiten im letzten Kapitel überhaupt von Nutzen sein konnten.

»Dann müssen wir uns eben auf das verlassen, was wir uns im Laufe unseres *Zauberhaften*-Daseins an Sprüchen, Kampfstrategien und Erfahrung angeeignet haben«, meinte Phoebe leichthin.

»Du redest, als ob wir dort, wo wir sein werden, *körperlich* präsent wären«, bemerkte Piper. »Du scheinst zu vergessen, dass es bei diesem Kampf allein auf die Stärke unserer Psyche ankommt. Deshalb müssen wir es irgendwie schaffen, eine geistige Verbindung untereinander aufrechtzuerhalten, damit die *Macht der Drei* dort überhaupt funktionieren kann.«

»Das ist ein ganz wichtiger Aspekt«, stellte Leo fest. »Eure Körper bleiben bekanntlich an Ort und Stelle, also hier in Halliwell Manor. Und deshalb gilt: Nur wenn ihr im Geiste stark und fest miteinander verbunden bleibt, habt ihr eine Chance, euren Widersacher mit der *Macht der Drei* zu schlagen – und damit den Bann des Spiels zu brechen.«

»Aber wie sollen wir diese psychische Verbindung herstellen und halten?«, fragte Paige.

»Sind wir nun liebende Schwestern oder nicht?«, rief Phoebe emphatisch. »Und weil Blut nun mal dicker ist als Wasser, sind wir einander schon aus diesem Grund *sehr* verbunden.« Sie zwinkerte den anderen verschwörerisch zu. »Soll er ruhig kommen, dieser Seelen fressende Geist von einem Hexenmeister! Ich bin bereit, wenn ihr es seid!«

In diesem Moment wurde Piper von einer Welle aus tiefer Liebe zu ihrer jüngeren Schwester erfasst. Egal wie ungewiss unser Schicksal auch sein mag, Phoebe ist durch nichts zu erschüttern, dachte sie.

Und auch Paige schenkte ihrer quirligen Halbschwester ein dankbares Lächeln. Wo wären wir nur ohne Phoebes Optimismus und ihren Mut?, fragte sie sich im Stillen, und sie wünschte sich plötzlich, sie selbst hätte ein bisschen mehr von beidem.

9

*I*n San Francisco dämmerte gerade der Morgen, als Paige, noch im Morgenmantel und reichlich verschlafen, das verdunkelte Wohnzimmer von Halliwell Manor betrat.

Leo hatte die Vorhänge gar nicht erst wieder aufgezogen und auf dem Teppich eine Reihe von Kissen und Decken ausgebreitet. Davor waren bereits die beiden Laptops der Schwestern aufgebaut. Auch James' Macintosh, den der Student den drei Schwestern gestern freundlicherweise für ihre »Testzwecke« überlassen hatte, stand betriebsbereit am Boden.

»Was soll das denn werden?«, Paige rieb sich die Augen und deutete auf das Lager am Boden. »Das fröhliche Hexen-Feriencamp?«

»Ich möchte nur, dass ihr es bequem habt, wenn ihr den sechsten Akt betretet«, meinte der *Wächter des Lichts*, »und verhindern, dass ihr nach eurem körperlichen Knockout von irgendwelchen hohen Stühlen auf den Boden plumpst.«

Paige schluckte.

In diesem Moment trat Phoebe in den Raum. Sie trug bequeme Jeans, ein Kapuzenshirt und flache Sneakers, als ginge es zu einer Rave-Party. »Guten Morgen«, rief sie fröhlich. »Zeit für ein stärkendes Frühstück! Oder wie ich immer sage: Leerer Bauch kämpft nicht gern!«

Paige schüttelte nur grinsend den Kopf. Wie es aussah, schien Phoebe die ganze bevorstehende Aktion immer noch als Spiel zu begreifen.

Von nebenan war das Geklapper von Geschirr zu vernehmen, während der Duft von frischen Brötchen und Eiern mit Speck durchs Haus zog. Auch Piper war offenbar schon eine Weile wach und deckte den Frühstückstisch.

Eine halbe Stunde und etliche Tassen Kaffee später erhoben sich die Schwestern und Leo von ihren Stühlen im Esszimmer. Niemand von ihnen hatte viel oder gar mit Appetit gegessen, und eine fast mit Händen zu greifende Spannung lag in der Luft.

»Es wird Zeit«, sagte Phoebe und ging hinüber ins Wohnzimmer. Die anderen folgten ihr schweigend.

Die drei Hexen setzten sich so nahe wie möglich auf dem Lager aus Kissen und Decken zurecht und schoben ihre Laptops vor sich in Position.

Danach loggten sie sich auf dem »Abaddon«-Gameserver ein und luden ihre Spielcharaktere auf den Schirm.

Sogleich war auf allen drei Monitoren Folgendes zu lesen:

Du hast soeben Level 5 geschafft und bist in Level 6 aufgestiegen.
Abaddon erwartet dich bereits!
Möchtest du nun Level 6 betreten?
Ja/Nein.

»So weit, so gut«, sagte der *Wächter des Lichts*. »Ihr wisst, ihr solltet den Akt möglichst gleichzeitig betreten. Ich werde also später bis drei zählen, und dann bestätigt ihr den Dialog mit ›ja‹, okay?«

»Okay!«, riefen Piper, Phoebe und Paige wie aus einem Munde.

»Dann schließt jetzt die Augen und konzentriert euch aufeinander, so stark es geht«, befahl Leo.

Die *Zauberhaften* taten, wie ihnen geheißen, und Leo berührte seine Schutzbefohlenen sodann der Reihe nach, indem er ihnen sacht die Hände auf die Schultern legte.

Und dann, nach etwa einer Minute, spürten die Schwestern, dass die Bande, die zwischen ihnen bestanden, sich noch zu verstärken schienen und eine wohlige Wärme ihre Körper durchströmte.

»Und nun der ›Spruch des Blutes‹, Phoebe«, sagte Leo.

Mit weiterhin geschlossenen Augen hob Phoebe an:

Wohin ich geh, wo immer du bist,
mein Herz wird dich finden,
mich stets an dich binden,
weil Blut die Essenz unseres Lebens ist.

Phoebe, Piper und Paige wiederholten die magischen Worte dreimal, und dann wurden sie unvermittelt in eine Wolke aus reinster Innigkeit gehüllt. Es war genau, wie Leo es vorhergesagt hatte: Ihre Seelen schienen nun miteinander verbunden zu sein, was wichtig war, falls sie dort, wo immer sie bald sein würden, aus irgendeinem Grund getrennt werden sollten.

»Das schwesterliche Band ist nun sehr stark«, sagte Leo zufrieden, »ich zähle jetzt bis drei, und dann geht's los. Seid ihr bereit?«

Die *Zauberhaften* nickten stumm, während sich ihre Fingerspitzen behutsam auf die »Return«-Taste ihrer Keyboards schoben.

»Eins, zwei und ... drei«, gab der *Wächter des Lichts* das Kommando.

Alle drei Schwestern bestätigten gleichzeitig den Dialog auf ihren Bildschirmen mit »ja«.

Leo, den Blick unverwandt auf die Monitore gerichtet, sah, wie die drei Laptops plötzlich zu arbeiten begannen. Die Bildschirme, auf denen eben noch die Gratulationsnachrichten vom »Abaddon«-Server zu lesen gewesen waren, wurden plötzlich schwarz.

Im nächsten Moment erschien eine rein textbasierte Deinstallationsroutine auf den Monitoren, aus der hervorging, dass das Computerspiel gerade von den Festplatten gelöscht wurde. »Du Schweinehund von einem teuflischen Programmierer«, stieß Leo wütend hervor. »Willst wohl auf Nummer sicher gehen und keine Spuren hinterlassen, wie?«

Software »Abaddon« erfolgreich deinstalliert, stand schließlich auf allen drei Bildschirmen.

Gleichzeitig sanken Paige, Piper und Phoebe auf ihrem weichen Lager aus Kissen und Decken nach hinten und fielen in eine tiefe Bewusstlosigkeit. Und im selben Augenblick verlor der *Wächter des Lichts* auch jeglichen Kontakt zu seinen Schützlingen, und er konnte ihre Auren nicht mehr erspüren.

Besorgt beugte sich Leo über die reglosen Körper der Schwestern, bettete sie bequem, deckte sie zu, fühlte nacheinander ihren Puls und vergewisserte sich, dass sie normal atmeten.

Rein körperlich schien es den dreien an nichts zu fehlen, doch der *Wächter des Lichts* wusste, er würde ununterbrochen über sie und jede noch so kleine physische Reaktion wachen müssen.

Erics Schicksal hatte ihnen schließlich bewiesen, dass der Tod eine durchaus realistische Option in diesem Spiel war.

Will und Michelle waren übereingekommen, nun auf direktem Wege und so schnell wie möglich in Richtung Norden zu gehen, wo Abaddons Festung liegen sollte.

Das heißt, Will hatte dies beschlossen, und Michelle hatte sich schmollend gebeugt, denn er hatte dem Mädchen unmissverständlich klargemacht, dass »so schnell wie möglich« ohne weitere Diskussionen bedeutete. Auch hatte er ihr gegenüber ziemlich energisch zum Ausdruck gebracht, dass sich ihre Wege unwiderruflich trennen würden, sollte Michelle ihm mit ihrem Gequengel weiterhin auf die Nerven fallen.

Sie hatten die letzte Nacht in einer Höhle verbracht, die erst von fetten, wenngleich ungiftigen Riesenspinnen hatte gesäubert werden müssen. Keine sonderlich herausfordernde, wiewohl ziemlich eklige Angelegenheit. Zumal Michelle die ganze Zeit nur daneben gestanden und enervierend gekreischt hatte, während Will die Biester mit seinem Kurzschwert alleine hatte erledigen müssen.

Und zu allem Überfluss hatte Michelle dann auch noch an der Höhlendecke einige schlafende Fledermäuse ausgemacht, doch Will hatte sich unter lautstarkem Protest geweigert, diese harmlosen Tiere ebenfalls »in Stücke zu hacken«.

Als das Fledermaus-Problem endlich ausdiskutiert war, hatte sich jeder in eine Ecke der Kaverne zurückgezogen, doch von Ruhe und Entspannung konnte auch dann keine Rede sein. Alle halbe Stunde hatte Michelle ihren Begleiter wachgerüttelt, weil sie vor dem Eingang der Höhle Geräusche gehört haben wollte oder weil sie wünschte, dass er in der Nähe Wache schob, während sie draußen hinter einem Felsen »Pipi« machte. Die permanente Angst war ihr wohl auf die Blase geschlagen ...

Und so hatten sich der genervte Systemadministrator und die blonde Schülerin bei Tagesanbruch wieder auf den Weg gemacht und trotteten nun schweigend durch die heideartige Landschaft, in die sie nach einer guten Stunde strammen Fußmarsches gelangt waren. Der Untergrund hier war teils weich, teils sandig, und nur vereinzelt wuchs bodennahes Gesträuch wie Heidekraut, Strandhafer, Wacholder oder Silbergras. Nichts indes, was essbar gewesen wäre.

Als passionierter Naturwissenschaftler orientierte sich Will nach wie vor am Stand der Sonne, die ja bekanntlich im Osten aufging, aber das war auch schon alles, das ihnen den ungefähren Weg weisen konnte. Seit geraumer Zeit waren sie weder auf einen hilfreichen NPC noch auf feindselige Gestalten gestoßen. Zumindest was Letzteres betraf, war Will keineswegs böse über diese Entwicklung.

»Ich muss mal«, kam es da mit leiser Stimme von rechts.

Will seufzte und sah sich um. Kein größeres Gebüsch, geschweige denn ein Baum weit und breit.

»Also gut, hock dich hin«, sagte er mit einem Achselzucken zu Michelle. »Ich gucke auch nicht.«

»Hier? Also, ich weiß nicht ...« Unschlüssig trat das Mädchen von einem Bein aufs andere. Die Situation war ihr sichtlich peinlich.

»Herrgott, nun hab dich nicht so!«, meinte Will. »Mach hin, wir haben schließlich nicht den ganzen Tag Zeit, um über deine Pinkelpause zu debattieren!«

Endlich lockerte Michelle die Lederriemen ihrer leichten Bänderrüstung und nestelte umständlich am Bund ihrer Beinkleider aus Echsenhaut.

Will drehte sich diskret zur Seite.

Als auch dies erledigt war, setzten sie wortlos ihren Weg fort.

Sie erreichten ein moorartiges Gelände und, welche Freude, einen Bachlauf, der herrlich kühles Wasser führte und an dem sie sich erfrischten.

Doch als Will sich das Gesicht benetzte und einen kräftigen Schluck aus der hohlen Hand trank, wurde er plötzlich von einem merkwürdigen Schwindel erfasst.

Einen Moment lang dachte er, das Wasser des Bachs sei womöglich vergiftet oder mit irgendeinem perversen Fluch belegt. Doch als er sah, dass Michelle nach der Labsal wieder einigermaßen frisch und munter wirkte, wusste Will, dass er ein Problem hatte: Er baute langsam, aber sicher ab. Und das hatte nichts mit seinen noch immer unbehandelten Verletzungen zu tun, wie er argwöhnte, denn die spürte er seit geraumer Zeit kaum noch.

Es fühlte sich eher an, als ob alles, was er in den letzten Stunden gegessen oder getrunken hatte, überhaupt keine positive Wirkung auf ihn zu haben schien. Und die Schlussfolgerungen, die er daraus zog, ließen ihn noch einen Schritt zulegen, als sie wieder weitergingen.

»Warum rennst du denn auf einmal so?«, fragte Michelle auf ihre gewohnt missbilligende Art.

»Weil ich nicht mehr viel Zeit hab«, gab Will zurück.

Das Bild, das sich einem unabhängigen Beobachter bot, hätte das romantische Werk eines Landschaftsmalers aus dem 19. Jahrhundert sein können mit dem Titel »Drei Mädchen auf Waldlichtung«.

Staunend standen Piper, Phoebe und Paige da und sahen an den mächtigen rauschenden Tannen auf, in deren Mitte sie sich urplötzlich wieder gefunden hatten.

Die Morgensonne brach schwach durch die Zweige, Vögel zwitscherten über ihren Köpfen, ein Eichhörnchen kletterte an einem der mächtigen Baumstämme Richtung Wipfel – kein Zweifel, sie standen mitten in einem beschaulichen Nadelwald.

Es roch nach Tannengrün, Moos und taunassem Gras, und fast erwarteten die drei Hexen, dass jeden Augenblick Hänsel und Gretel durchs Unterholz brachen, um sie in diesem Märchenwald herzlich willkommen zu heißen.

»Wo sind wir?«, fragte Phoebe schließlich in die atemlose Stille hinein.

»Viel interessanter erscheint mir die Frage: *Wer* sind wir?«, bemerkte Piper und sah staunend an sich herunter. Sie trug einen leichten Harnisch aus schwarzem Edelmetall zu ledernen Beinkleidern und einen Umhang aus violettem Tuch. In der rechten Hand hielt sie einen bleichen Knochenstab mit silberner Spitze.

Phoebe hingegen stand in Beinschienen und einem goldenen Brustpanzer da, der einen angenehmen Glanz verströmte, und Paige schließlich trug eine dunkelbraune taillierte Rüstung aus gewachstem Leder, die anlag wie eine zweite Haut, sowie einen langen Knorrenstab aus Eiche.

»Ich fasse es nicht!«, rief Paige. »Das sind tatsächlich unsere Zauberinnen-Outfits aus ›Abaddon‹!« Sie hob den glänzenden gewundenen Stab vor ihr Gesicht. »Sogar die Waffen sind identisch!«

»Das ist also des Rätsels Lösung?«, fragte Phoebe stirnrunzelnd. »Wir müssen als unsere ›Abaddon‹-Charaktere Akt 6 *persönlich* bewältigen?«

Piper ging ein paar Schritte auf der Lichtung auf und ab. Plötzlich nahm sie aus den Augenwinkeln einen Schatten wahr, der durch die Bäume huschte. Ihr Kopf ruckte herum, und da fiel ihr Blick auf eine zwergenhafte Kreatur, die an Hässlichkeit kaum mehr zu überbieten war.

Das Wesen war bärtig und gedrungen, wirkte dabei jedoch erstaunlich drahtig und war kaum größer als einen halben Meter. Der nackte braune Oberkörper war mit einer plumpen Bemalung verunziert, der lederne Lendenschurz wirkte speckig, und in dem verfilzten braunen Haar steckten Knochen, Federn und Zweige.

»Wir haben Besuch!«, rief sie ihren Schwestern zu. »Und glaubt mir, es ist nicht Rübe*zaaaaah*-!«

Phoebe und Paige wandten sich um und sahen gerade noch, wie Piper einem Geschoss auswich, das daraufhin zischend im Dickicht hinter ihr verschwand. Und dann preschte mit einem kreischenden Schrei ein Gnom hinter einem der Bäume hervor und wollte sich mit hoch erhobenem Speer auf Piper stürzen.

»Kleine Mistkröte!«, rief die älteste der Schwestern und hob die Hand. Der Zeitfluss gefror, und der Angreifer kam mit wutverzerrten Zügen nur wenige Zentimeter vor Piper zum Stehen.

Phoebe und Paige eilten herbei, um sich den reglosen Wicht aus der Nähe anzusehen. »Wow, der ist aber hübsch hässlich ... Sieht aus wie 'ne Kreuzung aus Gimli und einem Waldschrat«, meinte Phoebe und verzog das Gesicht. »Und stinken tut er auch!«

»Vor allem hat er eindeutig keine guten Absichten«, stellte Paige mit Blick auf den mit Wurfpfeilen gefüllten Köcher und den feindselig erhobenen Speer der Kreatur fest. »Sieht nicht so aus, als ob er uns lediglich einen warmen Empfang in Akt 6 bereiten wollte.«

»Nachdem dein Timefreeze hier zu funktionieren scheint, schlage ich vor, du setzt noch eins drauf und zerlegst den Burschen in seine Bestandteile«, sagte Phoebe zu Piper.

»Na, dann wollen wir mal«, erwiderte Piper. Erneut hob sie die Hand, und gleich darauf zerbarst der Gnom in einer kleinen, effektvollen Partikelwolke. »Man kann nur hoffen, der kleine Stinker wird von seinen Leuten nicht allzu bald vermisst.«

Phoebe trat einen Schritt zurück und erhob sich ein paar Meter in die Luft. »Prima!«, rief sie über die Köpfe ihrer Schwestern hinweg, »Levitation funktioniert hier also auch.«

»Komm wieder runter, Phebes!«, meinte Piper. »Wir müssen uns eine Strategie überlegen, wie wir diesen Santos austricksen, den Bann von ›Abaddon‹ brechen und damit alle hier möglicherweise eingeschlossenen Unschuldigen retten können. Wir haben schließlich nicht den ganzen Tag Zeit!«

Phoebe landete wieder sicher neben ihren Schwestern auf dem weichen Waldboden, während Paige zu Testzwecken ihren Zauberstab fallen ließ und ihn per Telekinese wieder zurück in ihre Hand beförderte. »Gut zu wissen, dass uns hier alle Fähigkeiten zur Verfügung stehen, die wir auch im richtigen Leben besitzen.« Sie nickte zufrieden.

Sie drangen tiefer in den Wald ein, dessen Ende nicht abzusehen war. Ab und zu war hinter ihnen ein Rascheln und Schnüffeln zu hören, doch jedes Mal, wenn sich die drei abrupt umdrehten, war nichts zu sehen außer Bäumen, Bäumen und nochmals Bäumen.

Zu allem Überfluss drangen aus der Ferne ab und zu Laute an ihr Ohr, die die Schwestern verdächtig an das Gekreische des hässlichen Gnoms erinnerten, der sie eben attackiert hatte.

Schritt für Schritt schlichen sie weiter, bis sie erneut eine Lichtung erreichten. Schon von ferne sahen sie, dass dort etwas am Boden lag, das einem menschlichen Körper erschreckend ähnlich sah.

Beklommen traten die drei Hexen näher, und ihr Verdacht wurde zur grausigen Gewissheit. Vor ihnen lag die fliegenumschwirrte Leiche eines blonden jungen Mannes in einer silbernen Rüstung. Das Blut um ihn herum war eingetrocknet und hatte die Farbe von altem Rost angenommen. Ein Zweihänder, dessen Spitze abgebrochen war, lag neben ihm, so auch sein arg ramponierter Knochenhelm.

Der Körper des Toten wies zahlreiche kleine Stichwunden auf, aber auch tiefer gehende Verletzungen, die nur von einem wilden Tier stammen konnten. Seine leeren Augenhöhlen schienen die Schwestern vorwurfsvoll anzustarren.

Unwillkürlich traten die *Zauberhaften* einen Schritt zurück. Der Anblick und auch der Geruch, der von der Leiche ausging, waren einfach schrecklich.

»Der liegt wohl schon länger hier«, bemerkte Phoebe daher auch treffend.

»Wer mag das sein?«, krächzte Paige, die ein Würgen unterdrücken musste.

»Der arme Kerl sieht mir irgendwie nicht nach einem Dekorationsobjekt aus, das sich Santos ausgedacht hat, um das Ganze hier atmosphärischer und realistischer zu gestalten«, meinte Piper. Sie trat widerwillig näher, beugte sich über den Toten und griff beherzt unter seinen Brustpanzer. Mit einem harten Ruck entfernte sie etwas, das der Verstorbene offenbar um seinen Hals getragen hatte.

Es war ein schwerer goldener Anhänger, der eine Fassung aus Rubinen und einen in allen Regenbogenfarben schimmernden, sternförmigen Stein im Zentrum trug, den sie ihren Schwestern nun entgegenhielt.

Phoebe stockte der Atem. »Das sieht aus ... wie ein personalisiertes Prisma-Amulett!«, stieß sie hervor. »Soviel ich weiß, fertigt Thorben, der Waffenschmied in Akt 5, solche Amulette individuell für jeden ›Abaddon‹-Spieler an, der ihm zwölf Rubine und einen Mondstein bringt. Ich habe diese Nebenquest übrigens nie geschafft ...«

»Verdammt«, entfuhr es Piper. »Dann ist der Tote höchstwahrscheinlich einer der unglücklichen Spieler, die es in Akt 6 verschlagen hat! Vielleicht sogar dieser Eric?«

»Aber wieso liegt dann seine, ähm, Leiche *hier*?«, fragte Paige. »Ich meine, sterben tut man als ›Abaddon‹-Spieler doch bekanntlich vor seinem Computer, wenn ich das richtig verstanden habe.«

»Wahrscheinlich ist Akt 6 viel weniger virtuell, als wir angenommen haben«, sagte Piper nachdenklich. »Ich vermute, es wird mit Betreten dieses Kapitels eine

Art Klon des Spielers im Outfit des von ihm erstellten Charakters kreiert. Eine Eins-zu-eins-Kopie also, in welche die Seele des Betreffenden beim Wechsel in diese Sphäre eintritt.« Piper dachte einige Sekunden über diese Theorie nach und nickte dann entschlossen.

»Dieser Ersatzkörper ist wohl wichtig«, fuhr sie fort, »damit der User in dieser Welt überhaupt agieren kann. Stirbt nun dieser Klon, geht die darin gefangene Seele schnurstracks in Santos' Besitz über, und gleichzeitig stirbt der echte Körper des Spielers, wo immer er sich zu diesem Zeitpunkt befinden mag. Ob im Krankenhaus oder vor seinem Rechner, je nachdem, wie schnell er nach seinem Zusammenbruch gefunden wurde.«

»Dann war und ist dieser Santos nicht nur ein genialer Programmierer, sondern er verfügt inzwischen auch über Wissen, das man sich auf Erden nur schwer anzueignen vermag, egal, wie sehr man sich der dunklen Seite verschrieben hat«, überlegte Phoebe.

»Stimmt«, sagte Paige. »Selbst ein Bill Gates würde es vermutlich nie hinkriegen, die Kopie eines Menschen zu erstellen, diese in eine von ihm geschaffene Gegenwelt zu verpflanzen und diesen Menschen dann auch noch um seine Seele zu bringen.«

»Was Letzteres betrifft, so gibt es da durchaus unterschiedliche Auffassungen«, meinte Phoebe trocken.

»Wie dem auch sei«, sagte Piper, »wir müssen diesen größenwahnsinnigen Santos finden, bevor er noch mehr arglose Spieler in ihr Verderben schickt.«

Keine Frage: Gemütlich war die Gegend nicht, durch die er und Michelle nun schon seit Stunden liefen.

Die Boden wurde immer morastiger. Ausgedehnte

Tümpel mit brackigem Wasser, kleine mit Röhricht bestandene Inseln und Schlammlöcher wechselten einander ab – und bald bestand für Will kein Zweifel mehr daran, dass sie immer weiter in ein Gebiet vordrangen, das den Namen Hochmoor mit Fug und Recht verdiente.

Glücklicherweise war weit und breit kein Monster zu sehen, bis auf einige Tentakelbestien, schlangenartige amphibische Reptilien mit Fangarmen, die träge in den stehenden Gewässern ihre Kreise zogen und keine Gefahr zu sein schienen, solange man ihnen nicht zu nahe kam.

Von überall und nirgendwo drang das Quaken von Fröschen an ihr Ohr, Libellen surrten, Leuchtkäfer tanzten umher – und doch haftete der Gegend etwas zutiefst Widernatürliches an.

Die Luft war klamm, es roch durchdringend nach Moder, und hier und da lagen Nebelschwaden über dem Boden. Fröstelnd gingen sie weiter.

Die Sonne sank bereits, und das Moor lag in einem dämmrigen Zwielicht, das die Orientierung deutlich erschwerte.

Und so war sich Will keineswegs mehr sicher, ob er und Michelle noch auf dem richtigen Weg waren.

Doch das war nicht ihr einziges Problem. Wo sollten sie hier, in diesem Sumpf, Schutz suchen und die hereinbrechende Nacht verbringen? Wie und wo Nahrung auftreiben? Und das, wo er von Stunde zu Stunde schwächer wurde?

»Haben wir noch was zu essen?«, fragte Michelle in diesem Moment, als hätte sie Wills Gedanken gelesen.

»Nein«, erwiderte der junge Mann. »Und deshalb müssen wir sehen, dass wir schleunigst hier herauskommen«, setzte er angespannt hinzu. Er blieb stehen und drehte sich einmal um seine eigene Achse, wie wenn er nach einem rettenden Ausgang suchte. Sie standen auf einem schmalen Trampelpfad aus festgetretener Erde, der durchs Moor verlief, doch links und rechts dieses Weges fanden sich nur mit stinkendem Wasser und Schlick gefüllte Senken unbekannter Tiefe.

Er wusste nicht, ob Michelle es auch spürte, aber er war sicher: Irgendetwas stimmte hier nicht. Eine unheimliche, fast feindselige Atmosphäre lag in der Luft.

Plötzlich machte Will in der Ferne einen dunklen Schatten aus, und als er die Augen zusammenkniff, sah er, dass es sich um die Silhouette einer auf Pfählen stehenden Hütte handelte.

»Da lang«, sagte er zu dem Mädchen und marschierte los. Michelle folgte ihm.

Die Hütte war mitten im Sumpf errichtet worden und mit dem Hauptweg, auf dem sie liefen, durch eine Art Steg verbunden. Allerdings verdiente sie den Namen »Hütte« eigentlich nicht mehr. Das Holz der Wände war morsch, das Dach fehlte zu großen Teilen wie auch eine Tür, die man hätte hinter sich schließen können.

»Wie gemütlich«, knurrte Michelle. »Mir ist kalt!«

»Besser als nichts, oder?«, gab Will gereizt zurück. Michelle war nach wie vor wahrlich keine moralische Stütze.

Sie betraten die Hütte, in der in einer Ecke eine strohgefüllte Matratze und eine alte Decke lagen. Alles war klamm und roch muffig.

Widerwillig setzte sich Michelle auf den Strohsack,

riss sich sogleich die schmutzige Decke unter den Nagel und warf sie sich über.

Frustriert über so viel Egoismus, kauerte sich Will in einer der anderen Ecken auf dem verrotteten Holzboden zusammen und versuchte, ein wenig zu schlafen.

Doch es fiel ihm schwer. Immer wieder wanderte sein Blick hinüber zu Michelle, und eine tiefe Abneigung, die sich sekündlich zu einem handfesten Groll gegen sie steigerte, fraß sich durch sein Herz.

Am liebsten wäre er aufgesprungen und hätte diese alberne, selbstsüchtige Gans gepackt und langsam zu Tode gewürgt ... oder noch besser, den Tentakelbestien zum Fraß vorgeworfen ...

Du liebe Güte, bändige deinen Hass, Alter, schoss es ihm durch den Kopf, als ihm klar wurde, dass er kurz davor war, komplett auszurasten.

»Was starrst du mich so an?«, fragte Michelle in einer Mischung aus Empörung und Argwohn, und ihre Augen blitzten wütend auf, während sie sich noch fester in die mottenzerfressene Decke wickelte. Und dann: »Denk noch nicht mal dran, dich an mich ranzumachen, Blödmann!«

Will verdrehte die Augen. »Ach, rutsch mir doch den Buckel runter«, murmelte er. Dann umschlang er seine Beine und legte seinen Kopf auf die Knie.

Der Wald schien einfach kein Ende nehmen zu wollen.

Schweigend schlugen sich Piper, Phoebe und Paige durchs Unterholz, immer damit rechnend, dass jeden Moment ein Wurfpfeil auf sie zusauste oder einer der hässlichen Gnome ihnen hinter einem der Bäume auflauerte. Doch nichts dergleichen geschah.

»Wir haben uns bestimmt verlaufen«, ließ sich Phoebe nach einer Weile vernehmen. »Das kann doch gar nicht sein, dass hier nichts, aber auch gar nichts mehr passiert?«

»Du scheinst ja ziemlich scharf auf Ärger zu sein«, erwiderte Paige mürrisch, nachdem ihr schon wieder ein dünner Ast ins Gesicht geschlagen war. »Wenn man nur wüsste, wohin man gehen muss, dann könnte man wenigsten orben, anstatt sich hier durch den –«

»Ich glaube, da hinten lichtet sich der Wald!«, rief Piper plötzlich, und tatsächlich, in nordöstlicher Richtung schimmerte eine helle braune Freifläche durch die Bäume.

Gespannt gingen die Schwestern darauf zu. Wie sich herausstellte, endete der Forst hier tatsächlich, und dahinter erstreckte sich eine Art unbestellter Acker. Auch war in der Ferne ein niedriges Bauernhaus zu erkennen. Doch die ganze Szenerie wirkte seltsam unbelebt.

»Sollen wir uns mal das Haus näher ansehen?«, fragte Piper ihre Schwestern.

»Klar«, meinte Phoebe. »Vielleicht kann man uns dort ja den Weg zu Abaddon zeigen.«

»Aber Vorsicht!«, mahnte Paige, »vielleicht ist das ja auch nur eine Falle!«

Sie stolperten über den steinharten Acker, und als sie dem Haus näher kamen, sahen sie, dass die Tür schief in den Angeln hing. Weit und breit war niemand zu sehen.

»Irgendwas stimmt da nicht!«, flüsterte Piper den anderen zu.

Sie machte einige zögernde Schritte auf den Hauseingang zu und hob eine Hand, um sofort zaubern zu können, falls dies nötig sein sollte. »Hallo? Jemand zu Hause?«

In diesem Moment schoss knurrend etwas Schwarzes aus dem Inneren des Gebäudes an ihr vorbei und sprang direkt auf Phoebe zu.

Paige schrie erschrocken auf und riss reflexartig ihren Zauberstab in die Höhe. Piper wirbelte herum, und was sie sah, ließ sie erschaudern. Die Kreatur, die Phoebe im wahrsten Sinne des Wortes umgeworfen hatte und soeben im Begriff war, sich im Hals ihrer Schwester festzubeißen, schien eine Kreuzung aus Höllenhund und Wolf zu sein. Sie hatte feuerrote Augen, ein riesiges, mit nadelspitzen Zähnen bewehrtes Maul und schwarzes verfilztes Fell.

In letzter Sekunde hielt Piper die Zeit an. Das Ding erstarrte und hing reglos in der Luft wie eine ausgestopfte Jagdtrophäe.

Für einen Moment blieb Phoebe einfach am Boden liegen. »Das ist ... das war ...«, stammelte sie und deutete auf den Höllenhund über sich, »genau die Kreatur, die ich in meiner Vision gesehen habe!«

Mit vor Ekel verzerrten Zügen rappelte sie sich wieder auf und wischte sich den klebrigen Geifer vom Hals, der bei dem Angriff aus dem Maul der Kreatur getropft war. »Du liebe Güte, das war knapp! Ich konnte schon seinen heißen, stinkenden Atem in meinem Gesicht spüren!« Sie wollte sich ihre verschmierten Finger gerade am Gras abwischen, als sie feststellte, dass Blut an ihnen klebte. Instinktiv fuhr ihre Hand erneut zu ihrem Hals, und diesmal zuckte sie vor Schmerz zusammen. »Verdammt, das Vieh hat mich doch erwischt!«

Besorgt eilte Piper zu ihr, und tatsächlich: An Phoebes Hals waren zwei tiefe stecknadelgroße Löcher zu sehen, aus denen das Blut hervorquoll. »Das sieht aber gar nicht gut aus«, murmelte sie. »Könnte 'ne böse Infektion nach sich ziehen. Wer weiß, was der Speichel der Bestie anrichtet, wenn er in die Wunde gelangt –«

Sie brach ab, denn im selben Moment verschlossen sich die beiden Bisswunden an Phoebes Hals wie von selbst, und von der bösen Verletzung war nichts mehr zu sehen.

»Entwarnung. Du bist geheilt, Süße!«, rief Piper, und dann schickte sie einen erleichterten Blick nach oben. »Dem Himmel sei Dank für Leo!«

Phoebe stieß erleichtert die Luft aus. »Und ich dachte schon, ich müsste elendig an Tollwut verenden ... Leo macht wirklich einen guten Job!«

Tatsächlich hatten sie verabredet, dass der *Wächter des Lichts* in Halliwell Manor seinen bewusstlosen Schützlingen in regelmäßigen Intervallen seine heilenden Hände auflegen sollte.

»Gut zu wissen, dass er da ist!« Endlich trat auch Paige heran und betrachtete die Bestie aus der Nähe. Sie war nicht viel größer als eine Dogge, dafür aber doppelt so schwer. Ein Kleinkind hätte mühelos auf ihr reiten können! Das bedrohlich aufgerissene Maul und die blutunterlaufenen Augen jagten Paige einen Schauer über den Rücken. »Was zum Teufel ist das für ein Monster?«

»Keine Ahnung«, rief Piper, die noch immer ein wenig geschockt war. »Was dagegen, wenn ich diesen Mistköter jetzt, ähm, einschläfere?«

Niemand protestierte, und so zerlegte Piper die noch immer erstarrte Kreatur in ihre Einzelteile.

Als das erledigt war, betraten sie zögernd das Haus,

während parallel dazu die Zeit wieder zu laufen begann.

Und der Anblick, der sich ihnen beim Eintreten bot, war erschütternd.

Das meiste des durchweg ländlichen Mobiliars war umgestürzt oder zu Bruch gegangen, und zwischen den umgekippten Stühlen, Tischen und Kommoden entdeckten sie schließlich die Bewohner der Kate. Es waren ein Mann und eine Frau, deren Körper schrecklich zugerichtet waren und in ihrem eigenen Blut lagen.

»So sieht das also aus, wenn die schwarze Bestie den Kampf gewinnt«, sagte Paige in die bedrückende Stille hinein. »Aber wie es aussieht, scheinen diese Leute hier keine Rollenspieler zu sein.«

Das stimmte. Das Paar, das dort zerfetzt am Boden lag, wirkte in der Tat nicht wie die Charaktere, die man aus »Abaddon« gewohnt war. Soweit noch zu erkennen, trugen sie eher schlichte Bauernkleidung, ja, neben dem Mann lag sogar eine Sense am Boden, mit der sich der Farmer vermutlich gegen die wolfsähnliche Kreatur hatte zur Wehr setzen wollen.

»Scheint, als ob dieses teuflische Spiel auch vor NPCs nicht Halt macht«, stellte Phoebe nüchtern fest. »Womit wohl bewiesen wäre, dass dieser Santos offenbar tatsächlich imstande ist, *lebensechte* ›Hüllen‹ zu erschaffen, die er mal mit Programmcodes und mal mit menschlichen Seelen belebt.«

»Nur mit dem Unterschied, dass er mit diesen Cyberprotagonisten keinen Vertrag schließen musste, der es ihm gestattet, sie über die Klinge springen zu lassen, wann immer es ihm beliebt«, gab Paige bitter zurück.

Piper hatte sich unterdessen ein wenig im Haus umgesehen. In der dem Wohnraum angeschlossenen kleinen Küche mit dem alten Holzofen hatte sie in einem Schrank ein paar Lebensmittel entdeckt: Brot, ein Stück Käse in Wachspapier, einen Räucherschinken und einige Feldrüben. »Ich stecke die Sachen mal als Proviant für uns ein«, verkündete sie den anderen. »Mir scheint, es ist nicht verkehrt, wenn wir diese Körper, in denen unsere Seelen nun stecken, bestmöglich am Leben erhalten.«

»Gute Idee«, meinte Phoebe, während Piper die Lebensmittel in ihrem Ledertornister verstaute, den sie über der Schulter trug.

Ein paar Minuten später standen sie wieder vor dem Haus und sahen sich unschlüssig um.

»Wohin jetzt?«, fragte Phoebe. »Wieder zurück in den anheimelnden Forst oder vielleicht doch lieber ein Spaziergang über die idyllischen Fluren und Auen?« Sie grinste und deutete mit großer Geste auf die sie umgebende Landschaft wie ein eifriger Fremdenführer.

Am Horizont vor ihnen lag der dunkle Nadelwald, aus dem sie gerade gekommen waren, während sich hinter der windschiefen Bauernkate ein sattgrüner Landstrich aus saftigen Wiesen, Hügeln und Feldern erhob.

»Ich schlage vor, wir gehen weiter in Richtung der grünen Anhöhen und damit über freies Feld«, sagte Paige. »Ich für meinen Teil hab wenig Lust, noch mal in diesen düsteren Wald einzutauchen.«

Die anderen waren ganz ihrer Meinung, und so machten sich die *Zauberhaften* erneut auf, unbekanntes Terrain zu erkunden, um vielleicht dort einen Hinweis auf den Aufenthaltsort von Abaddon zu finden.

Wie gebannt starrte Rick Santos auf den Monitor vor sich, auf dem sich die letzten Ereignisse in Akt 6 in kryptischen Programmzeilen widerspiegelten. Und er fluchte.

Wie hatte er doch triumphiert, als gleich drei Spielerinnen im Begriff gestanden hatten, den sechsten Akt zu betreten. Und nun das!

Schon zum zweiten Mal hatten sich diese drei »Zauberinnen« mit unlauteren Mitteln gegen die von ihm geschaffenen Kreaturen zur Wehr gesetzt. Und das offenbar mit größter Leichtigkeit!

Wie konnte das sein? Was ging hier vor? Wie und warum war es dem Trio möglich gewesen, den Shriek und sogar den Warg so einfach außer Gefecht zu setzen?

Hatte er doch aus gutem Grund dafür gesorgt, dass alle Gamer, die Akt 6 betraten, hier nur über jene Fähigkeiten verfügten, die sie auch im wahren Leben besaßen.

Insofern musste es sich bei den drei jungen Frauen um ... äußerst begabte, wenn nicht gar *magie*begabte Personen handeln. Und dass sie nicht mit ihm, dem ehrgeizigen »Jünger Faustus«, auf einer Seite zu stehen gedachten, war mithin ebenfalls klar.

Der Programmierer schnaubte. Keine Frage, hier war etwas fürchterlich schief gelaufen, und es bestand die Gefahr, dass ihm die drei Spielerinnen nachhaltig in die Parade fuhren. Der Meister wäre nicht amüsiert, wenn es dazu käme, so viel war sicher.

Mit fliegenden Fingern gab er einige Zeilen Code auf seiner Tastatur ein und schloss sich an den Realm-Connector an.

10

Max und Teddy wussten nicht mehr weiter.

Seit einer Stunde schon waren sie auf dem gewundenen Pfad dahingeschlichen, und noch immer hatten sie kein Haus, geschweige denn eine von Menschen bewohnte Ansiedlung angetroffen.

Kein Vogel, kein Insekt, nichts schien hier zu leben.

Von Wargs, Orks und Flugdrachen war glücklicherweise ebenfalls weit und breit nichts zu sehen. Fast schien es, als ob sie sich in einen von Monstern und NPCs gänzlich unbelebten Teil der »Landkarte« verirrt hatten.

»Ob wir uns verlaufen haben?«, fragte Teddy schließlich. Sie blieb stehen und stützte sich einen Moment auf ihrem Zauberstab auf.

»Das würde voraussetzen, dass wir ein ganz bestimmtes Ziel haben«, gab Max zurück.

»Haben wir nicht?«, fragte Teddy. »Ich dachte, wir suchen einen Weg hier raus?«

»Ich glaube, so einfach ist das nicht«, sagte der Junge ernst. »Ich vermute, es bringt gar nichts, bis zum Sankt-Nimmerleins-Tag durch diese Welt zu irren in der Hoffnung, dass wir irgendwann so was wie einen ›Ausgang‹ finden. Ich befürchte, die Lösung dieses, ähm, Problems sieht ganz anders aus; ich weiß nur noch nicht wie ...«

Natürlich hatten auch Teddy und Max immer wieder

über das Wie und Warum ihres Hierseins spekuliert, doch zu einer befriedigenden Erklärung waren sie dabei nicht gelangt.

Alles, was sie wussten, war, dass man hier, in Akt 6, sterben konnte. Ob nun durch einen Monsterangriff oder dadurch, dass man einfach verhungerte oder verdurstete.

Seit vielen, vielen Stunden schon hatten sie weder gegessen noch getrunken, und es wurde langsam Zeit, dass sie ihren Körpern wieder Energie zuführten.

Aber waren das überhaupt ihre Körper, in denen sie derzeit steckten? Teddy hatte langsam, aber sicher ihre Zweifel daran und äußerte diese nun Max gegenüber.

»Mag sein, dass das nicht unsere richtigen Körper sind«, meinte dieser, »aber Tatsache ist, mir knurrt der Magen, und meine Kehle ist staubtrocken. Außerdem fühle ich mich von Stunde zu Stunde erschöpfter. Kurz: Auch dieser Körper hier braucht Nahrung, muss ausruhen und schlafen, sonst geht er vor die Hunde.«

Teddy wusste, was er meinte. Auch sie war ziemlich fertig, und sie hätte alles gegeben für einen Schluck Wasser. Am frühen Morgen, nach einer schrecklichen Nacht unter freiem Himmel, hatten sie in ihrer Not sogar schon den Tau von den Blättern geleckt.

»Was machen wir also?«, fragte sie ihren Begleiter. »Gehen wir weiter den Pfad entlang, kehren wir um, oder versuchen wir es zur Abwechslung mal abseits des Weges?«

Max dachte einen Moment lang über die Alternativen nach und ließ den Blick über die Umgebung schweifen. Linker Hand erhoben sich ausgedörrte Hügel und Senken, während am Horizont zu ihrer

Rechten wieder ein Waldsaum auszumachen war. Plötzlich hellte sich sein schmales ernstes Gesicht ein wenig auf. »Ich würde sagen, wir schlagen uns in den Wald dort hinten. Vielleicht finden wir da ja ein paar Beeren, Pilze, einen Bach oder –«

»Oder ein paar Killergnome?«, vollendete Teddy seinen Satz mit bebender Stimme. »Oder eine Truppe Orks, oder ein Rudel Wargs, oder Flugdrachen –« Sie brach ab und musste ein Schluchzen unterdrücken.

Max seufzte. Die erwähnten Monster waren hier weiß Gott nicht ihr größtes Problem, doch er schwieg, um Teddy nicht noch mehr zu beunruhigen.

Doch das Mädchen schien sich schon wieder im Griff zu haben und legte ihm zuversichtlich eine Hand auf den Arm. »Ich denke, wir haben keine andere Wahl«, sagte sie. »Lass uns den Wald da hinten aufmischen.« Sie versuchte ein schiefes Grinsen, doch Max spürte deutlich, dass sie Todesangst hatte.

Das war, noch bevor hinter ihnen plötzlich Schritte laut wurden ...

In San Francisco wachte Leo über die reglosen Körper seiner drei Schützlinge, während ihm von den Monitoren ihrer Laptops seit geraumer Zeit die Meldung: *Software ›Abaddon‹ erfolgreich deinstalliert* entgegenblinkte.

Der *Wächter des Lichts* verstand nicht mehr und nicht weniger von Computertechnik als jeder andere durchschnittliche PC-Anwender der westlichen Hemisphäre, und dennoch bereitete ihm diese Meldung Sorgen. Das Spiel war von den Rechnern der drei Hexen gelöscht worden, und doch waren die Seelen der *Zauberhaften* gefangen in dem Programm, befanden sich an einem gänzlich anderen Ort. Einem Ort, der nicht von dieser Welt zu sein schien.

Demzufolge war das Vorhandensein des Games auf der Festplatte des Users gar nicht mehr vonnöten für Santos' teuflischen Plan, sobald der Betreffende Akt 6 erst einmal betreten hatte, überlegte Leo.

Eine Verbindung zwischen der geraubten Seele dort und dem Körper des Opfers hier musste demnach gar nicht aufrechterhalten werden. Das bedeutete nichts anderes, als dass Santos die Kontrolle über die Psyche eines Spielers in dem Moment übernahm, da dieser das letzte Kapitel betreten hatte.

Und plötzlich wurde dem *Wächter des Lichts* klar, dass, wenn es hart auf hart kam, Santos einfach nur den Stecker seines Servers zu ziehen brauchte, um die Sache zu beenden. Und in diesem Fall, so erkannte Leo, wären die entführten Seelen und auch die *Zauberhaften* unwiederbringlich verloren!

Die Schritte wurden lauter, und Max und Teddy fuhren erschrocken herum.

Ihr Blick fiel auf einen Kämpfer in vollem Ornat. Er trug eine schwarze Rüstung mit einem stilisierten Totenkopf auf der Brust sowie einen prächtigen Zweihänder, gegen den sich Max' Waffe ausnahm wie ein Brotmesser.

Unwillkürlich wichen die beiden jungen Leute ein paar Schritte zurück, als der Ritter langsam näher kam und schließlich vor ihnen stehen blieb.

Das Visier seines dunklen Vollhelms war hochgeklappt, und darunter war ein Paar dunkler, eingesunkener Augen zu erkennen, die sie feindselig anstarrten.

»Hallo«, sagte Teddy mit belegter Stimme.

Keine Antwort.

»Auch verlaufen?«, fragte Max, während seine Hand langsam zum Knauf seines Schwertes wanderte.

Der schwarze Ritter schwieg. Doch plötzlich hob er den Kopf und stieß einen gedämpften Pfiff aus.

Max und Teddy sahen sich verwirrt an.

In diesem Moment erschienen weitere Gestalten hinter der Wegbiegung. Es waren ebenfalls Kämpfer, und sie glichen dem Ritter, der vor ihnen stand, bis aufs Haar.

Genauer gesagt, es war eine kleine Armee, die nun ihre Waffen zückte und auf die beiden verdutzten Kids zumarschierte.

»Lauf!«, schrie Max, und dann war der schmächtige Junge auch schon losgerannt.

Teddy ließ sich das nicht zweimal sagen und stürmte hinter ihrem Begleiter her.

Das Heer der schwarzen Ritter folgte ihnen zügig, doch ohne besondere Eile, sodass die beiden flüchtenden Jugendlichen schon nach einer Minute einen passablen Vorsprung gewonnen hatten.

»Was wollen die von uns?«, fragte Teddy im Laufen.

»Woher soll ich das wissen?«, gab Max keuchend zurück. »Ich glaube aber irgendwie nicht, dass die uns für ihre Truppe rekrutieren wollen.«

Sie stürmten einen kahlen Hügel hinauf und verschnauften dort einen Moment. Unten kam die schwarze Armee langsam, aber sicher immer näher.

»Wollen die uns jetzt etwa durch den ganzen sechsten Akt verfolgen?«, fragte Teddy und sah sich gehetzt um.

»Sieht fast so aus.«

Die Ritter hatten begonnen, ebenfalls den Hügel zu erklimmen.

Max und Teddy setzten sich erneut in Bewegung und rannten auf der anderen Seite der Anhöhe wieder hinunter.

Hier wurde die Gegend abermals grüner, und in der Ferne waren so etwas wie Felder und Weiden zu erkennen.

Als Max einen Blick über die Schulter warf, sah er, dass die Schwertkämpfer die Verfolgung noch immer nicht aufgegeben hatten.

»Verdammt!«, stieß er hervor und deutete auf ein in der Ferne auszumachendes Gebäude, das wie ein Gehöft aussah. »Da lang!«

Die beiden Gejagten preschten wieder los, während ihnen die Männer in unvermindertem Tempo folgten.

Max und Teddy stolperten über abgeerntete Äcker und eine Wiese, auf der friedlich Schafe grasten. Der Bauernhof kam deutlicher in Sicht – es war ein reetgedecktes großes Haus mit Scheunen, Stallungen und Wirtschaftsgebäuden –, doch plötzlich blieb Max wie angewurzelt stehen. Neben dem Hauptgebäude stand ebenfalls eine Hand voll schwarzer Totenkopf-Ritter!

Und die setzten sich nun ihrerseits entschlossen in Bewegung.

Hektisch flogen die Blicke der beiden Kids umher. Wohin jetzt? Vor und hinter ihnen rückten die unheimlichen Kämpfer mit gezückten Schwertern näher und näher. Linker Hand lag das Gehöft und dahinter ein unüberwindliches Felsplateau. Rechts erhoben sich Hügel und grüne Wiesen bis zum Horizont.

Ohne viele Worte zu machen, beschlossen Max und Teddy, über das freie Areal zu fliehen, und rannten wieder los. Die beiden Truppen folgten ihnen, und sie schienen alle Zeit der Welt zu haben.

Die Gejagten erklommen einen weiteren Hügel, und allmählich forderte die Tatsache, dass sie seit geraumer Zeit weder gegessen noch getrunken hatten, ihren Tribut. Jeder Schritt kostete sie nun erhebliche Mühe, und Teddy merkte, wie ihre Knie weich wurden, als sie die Kuppe endlich erreicht hatten.

Von hier hatten sie einen guten Überblick über die Umgebung, doch was sie sahen, ließ ihnen das Blut in den Adern gefrieren. Von allen vier Seiten stiegen nun schwarze Ritter zu ihnen herauf. Hinter dem Hügel mussten weitere Kämpfertrupps stationiert gewesen sein. Mit anderen Worten: Sie saßen in der Falle!

»Was machen wir jetzt?«, fragte Teddy mit bebender Stimme.

Max fuhr sich hektisch durch sein schulterlanges Haar.

Schon tauchte der erste Ritter auf der Anhöhe auf und kam langsam näher. Fast schien es, als genösse er die Situation, die beiden in die Enge getrieben zu haben wie zwei verschreckte Kaninchen. Seine Augen glitzerten tückisch.

Weitere Kämpfer in schwarzen Rüstungen mit weißem Totenkopf-Emblem hatten die Anhöhe erklommen, und schon bald darauf waren Max und Teddy von ihnen umzingelt.

Einer von ihnen – vermutlich der Anführer, denn der Totenkopf auf seinem Brustpanzer war blutrot – trat auf den Jungen zu und drückte ihn wortlos mit der flachen Klinge seines Schwertes zu Boden, sodass Max schließlich vor ihm knien musste.

Und wie es schien, sollte der Junge nicht etwa zum Ritter geschlagen, sondern kaltblütig exekutiert werden.

Der Anführer hob sein Schwert und zielte damit genau auf Max' Nacken.

Teddy schrie auf und wollte instinktiv vorpreschen, um diese grauenvolle Tat zu verhindern. Sofort trat einer der schwarzen Kerle drohend auf sie zu und hielt sie mit seinem Zweihänder davon ab, sich auch nur zu bewegen.

Der Anführer holte langsam aus und ließ sein Schwert auf Max niedersausen. Mit Grausen wandte Teddy den Blick ab. Doch kurz bevor die Klinge den Kopf vom Rumpf trennen konnte, erstarrte der Schlächter mitten in der Bewegung.

Wie auch alle anderen Ritter plötzlich herumstanden wie festgefroren.

»Was ... ist passiert?«, stotterte Teddy in die eintretende Stille hinein. Verdutzt sah sie sich um. Die Szenerie glich einer Momentaufnahme aus einem archaischen Mittelalter-Epos.

Auch Max hob den Blick und schaute sich zögernd um. Er sah Teddy, die zitterte wie Espenlaub, während die schwarzen Krieger wie angewurzelt dastanden.

»Vielleicht ein Fehler im Programm?«, meinte Max. Unsicher kam er wieder auf die Beine und stieß erleichtert die Luft aus. »Heilige Scheiße, das war knapp!«

In diesem Moment erschienen drei Gestalten auf der Anhöhe und eilten auf sie zu. Es war ein Magierinnen-Trio, wie Teddy sofort an deren typischen »Abaddon«-Zauberinnen-Outfit erkannte, und die offensichtlich Älteste rief ihnen noch im Laufen zu: »Alles in Ordnung, Leute! Wir sind Freunde!«

Mit diesen Worten hob sie eine Hand, und dann explodierten die schwarzen Ritter einer nach dem anderen wie Schokoküsse in der Mikrowelle. Nur mit dem Unterschied, dass nach dieser »Behandlung« nichts, aber auch rein gar nichts mehr übrig war von der dunklen Armee.

Unsicher kam Max wieder auf die Beine, und Teddy stürzte sogleich auf ihn zu. »Alles in Ordnung mit dir?«

»Ja«, sagte der schmächtige Junge tonlos, doch er war noch immer blass vor Schreck. Dann wandte er sich zu den drei jungen Frauen um. »Wer ... seid ihr?«

In diesem Moment trat grenzenloses Erstaunen in Teddys Blick. »Aber das sind ja ... Phoebe! Paige! Wie ... kommt ihr denn hierher?«

Stimmengewirr erfüllte das alte Bauernhaus, nachdem sich Max, Teddy und die *Zauberhaften* in dem offenbar erst kürzlich verlassenen Gebäude eingefunden und auf dem schmutzigen Fußboden niedergelassen hatten.

Nachdem Phoebe den beiden Kids ihre älteste Schwester Piper vorgestellt hatte, die Teddy ja noch nicht kannte, war schließlich die Stunde der Wahrheit gekommen.

»Wie seid ihr hierher gekommen?«, wollte Max wissen.

»Genauso wie ihr«, sagte Phoebe. »Wir haben den sechsten Akt betreten, allerdings wohl wissend, dass dies mit einem Risiko verbunden sein würde.«

Die drei Hexen erzählten den beiden Jugendlichen von ihrem Verdacht, dass mit dem Spiel etwas nicht stimmte, und davon, wie sie beschlossen hatten, das letzte Kapitel gemeinsam zu spielen. Gott sei Dank fragte niemand nach, aufgrund welcher Ereignisse denn die Schwestern überhaupt zu diesem Verdacht gekommen waren.

»Aber wieso könnt ihr zaubern und ich nicht?«, fragte Teddy stattdessen. »Ich hab doch in ›Abaddon‹ auch eine Magierin gespielt?«

»Tja«, log Piper. »Das ist den Programmierkenntnissen meines Mannes Leo zu verdanken. Er hat einen Weg gefunden, das Game zu hacken, damit wir hier mit den Zauberkräften unserer Spielcharaktere ausgestattet sein können.«

Das war, so wussten die *Zauberhaften*, eine ziemlich lahme Erklärung, doch Max und Teddy schienen sie ihnen abzunehmen. Zu tief saß offenbar noch der Schock, den die Beinaheexekution durch die schwarzen Ritter bei ihnen ausgelöst hatte.

»Was ich allerdings nicht verstehe«, sagte Teddy, »sind wir denn nur, ähm, im Geiste hier, oder sind das unsere richtigen Körper?«

»Wir, das heißt unsere Psychen, befinden sich hier in virtuellen Körpern«, erklärte Phoebe. »Und so wie im Fall von Eric, werden auch wir, wenn unsere virtuellen Körper in dieser Welt zu Tode kommen, im wahren Leben sterben.«

»Eric war auch hier?«, fragte Teddy und riss entsetzt die Augen auf.

»Ja«, sagte Paige traurig. »Wir fanden seinen virtuellen Körper nahe unseres Eintrittpunktes im Wald. In dem Moment, da er hier getötet wurde, starb er auch in San Francisco, wie wir vermuten.«

»Und wieso verspüren wir in diesen virtuellen Leibern überhaupt so etwas wie Schmerz, Hunger oder Durst?«, wollte Max wissen.

»Wir vermuten, weil unser Geist, der sich höchstwahrscheinlich genau auf der Schwelle zwischen den beiden Körpern befindet, uns all diese physischen Empfindungen suggeriert«, erwiderte Paige. »Wir empfinden diese Dinge somit quasi aus der Erinnerung heraus«, setzte sie erklärend hinzu.

Sodann berichteten die drei Schwestern von ihren bisherigen Erlebnissen, von den seltsamen Gnomen im Wald, der reißenden Bestie, die sie in einem der umliegenden Gehöfte angetroffen hatten, den getöteten NPCs und schließlich von ihrem Vorhaben, einen Weg zu Abaddon zu finden.

»Heißt das, dieser Abaddon existiert wirklich?«, fragte Max ungläubig.

»Nun, zumindest gibt es jemanden, der über große programmiertechnische Fähigkeiten verfügt und dem es gelungen ist, diese virtuelle Welt zu erschaffen, in der wir uns nun befinden«, erklärte Phoebe behutsam. Es fiel ihr nicht leicht, den beiden Kids die Sachlage zu erläutern und ihnen dabei gleichzeitig den wahren Hintergrund des ganzen Dilemmas zu verschweigen: schwarze Magie und Seelenhandel auf Geheiß des Geistes von Alan Proctor.

»Und es scheint, dass es diesem Jemand aufgrund ziemlich genialer Programmierleistung möglich ist, die, ähm, Psyche der Spieler, die Akt 6 betreten, hinüber in diese von ihm kreierte Welt zu ziehen«, erläuterte Phoebe weiter.

Weder Teddy noch Max hinterfragten diese abenteuerliche Erklärung.

»Und diesen Jemand, der sich Rick Santos nennt, gilt es zu ver-, ähm, auszuschalten«, setzte Paige hinzu. »Es ist daher gut, dass wir euch getroffen haben. So können wir diesen Kampf gemeinsam bestreiten.«

Natürlich war ihr klar, dass Max und Teddy keine wirkliche Hilfe waren, wenn es darum ging, Santos zur Hölle zu schicken, aber auch sie musste den beiden gegenüber gute Miene zum bösen Spiel machen.

»Aber wozu das alles?«, wollte Teddy wissen. »Ich meine, was hat dieser Typ davon, uns hier festzuhalten und ... zu töten?«

»Es bereitet ihm einfach ein perverses, sadistisches Vergnügen«, erwiderte Phoebe rasch, als sei damit alles erklärt. »Mit anderen Worten: Santos ist ein sehr, sehr schlechter Mensch.«

»Der, anders als andere Killer, über eine äußerst ausgefeilte Technik verfügt, seine Opfer zu jagen, zu quälen und am Ende zu ermorden«, ergänzte Piper. »Er für seinen Teil bedient sich der Hilfe der neuen Medien und seiner exorbitanten Programmierkenntnisse.«

»Und wie geht's jetzt weiter?«, wollte Max wissen. »Wie kommen wir wieder hier raus? Wenn das nämlich stimmt, was ihr sagt, dann liegt mein richtiger Körper in diesem Moment schon seit zwei Tagen mutterseelenallein in meiner Wohnung vor dem Schreibtisch.« Er schauderte bei der Vorstellung, und nun wunderte er sich auch nicht mehr darüber, dass er von Stunde zu Stunde schlapper wurde. »Was können wir also tun?«

»Wir nehmen an, dass Santos in diesem Akt eine *theoretische* Möglichkeit geschaffen hat, diesen auch wieder zu verlassen, und zwar, ganz nach Rollenspiel-Manier, nach Bestehen eines großen Endkampfes«, erklärte Paige. »Theoretisch deshalb, weil er bekanntlich dafür gesorgt hat, dass *praktisch* keinem Spieler ein Sieg über ihn möglich sein wird. Es sei denn, dieser Spieler wäre im realen Leben ein Superheld.«

Teddy und Max nickten verbittert. »Scheint ja ein Ausbund an Fairness zu sein, dieser Santos«, sagte der Junge, und das rothaarige Mädchen fügte hinzu: »Ein Sadist mit Sinn für Humor, würde ich sagen. Ich meine, nur die wenigsten werden es überhaupt schaffen, bis zu ihm vorzudringen, geschweige denn ihn zu besiegen.« Ihre Stimme wurde leise, als sie ihren Blick auf die *Zauberhaften* heftete. »Und ohne euch wären wir jetzt sowieso schon längst tot.«

»Santos konnte natürlich nicht wissen, dass wir drei mit den Fähigkeiten unserer Spielcharaktere in dieses Kapitel einsteigen würden«, fuhr Piper fort. »Und das ist unsere einzige Chance, hier wieder wegzukommen: Wenn wir Santos, beziehungsweise sein Alter Ego, in diesem Akt besiegen, dann dürfte das unser Ticket zurück in die wirkliche Welt sein.«

»Mal was anderes«, sagte Max, dem von Minute zu Minute schwindeliger wurde, zu den drei Schwestern. »Habt ihr zufällig was zu essen dabei?«

»Ja«, sagte Piper und kramte in ihrem Lederbeutel herum. »Wir haben die Bauernkate geplündert, von der wir euch berichtet haben.« Sie förderte ein Stück Käse und zwei Äpfel zu Tage und reichte sie den beiden Kids. »Es ist auch noch ein bisschen Brot und Schinken da.«

Gierig verschlangen Max und Teddy die dargebotenen Nahrungsmittel, doch im Gegensatz zu Teddy fühlte sich Max nach dem kleinen Mahl keineswegs gestärkt. Mit zittrigen Beinen erhob er sich vom Boden der Hütte und wäre fast auf der Stelle zusammengebrochen, hätte Teddy ihn nicht im letzten Moment gestützt.

»Ich weiß auch nicht, was mit mir los ist«, sagte er,

als die anderen ihn fragend ansahen. »Ich bin schon den ganzen Tag ziemlich fertig.«

Die Schwestern wechselten einen besorgten Blick. »Das liegt vermutlich daran«, sagte Piper ehrlich, »dass deinem realen Körper zurzeit keinerlei medizinische Versorgung zuteil wird. Es fehlt ihm einfach an Nahrung und Flüssigkeit.«

»Ich denke, meine Mutter wird mich nach meinem Kollaps gleich ins Krankenhaus gebracht haben«, überlegte Teddy. »Deswegen geht's mir wahrscheinlich auch noch so gut.«

Die *Zauberhaften* schwiegen, obwohl sie ja durchaus hätten bestätigen können, was Teddy nur vermutete. Doch hätten sie dem Mädchen gegenüber ihr Wissen nicht preisgeben können, ohne gleichzeitig auch auf Phoebes Vision zu sprechen zu kommen und damit ihre wahre Identität zu offenbaren.

Der Mann vor dem Monitor runzelte die Stirn.

Die drei Frauen waren auf die beiden anderen Spieler getroffen und hatten ihnen geholfen, die schwarze Horde auszuschalten – seine Elitetruppe!

Das ging keinesfalls mehr mit rechten Dingen zu. Er musste schleunigst handeln, bevor es zu spät war.

11

Die *Zauberhaften*, Max und Teddy verbrachten die Nacht in dem leer stehenden Bauernhaus, wobei sie reihum Wache schoben, während die anderen in dieser Zeit versuchten, ein bisschen zu schlafen.

Als der Morgen dämmerte, verteilte Piper den letzten Proviant unter den Anwesenden, und dann beschloss man aufzubrechen, um Abaddon zu suchen.

Es war gar nicht nötig, dass die drei Schwestern ihr *gesamtes* Wissen mit Max und Teddy teilten, um sie zu dieser Entscheidung gelangen zu lassen: Wenn es einen Weg aus Akt 6 gab, dann führte dieser höchstwahrscheinlich über den mächtigen Endgegner, so viel war auch den beiden Jugendlichen klar geworden.

Sie verließen die Hütte und machten sich auf in Richtung Norden.

Will wusste nicht, wie lange er in der morschen Hütte vor sich hin gedöst hatte, aber plötzlich schreckte ihn ein raschelndes Geräusch aus seinem Schlummer.

Er hatte gerade davon geträumt, wie er sich an einem von Sonnenlicht überfluteten Frühstückstisch eine Scheibe warmen Weißbrotes dick mit Nuss-Nougat-Creme bestrich, während ein großes Glas frischer Milch und ein Schüsselchen Erdbeeren nur darauf warteten, die leckere Mahlzeit perfekt zu machen – so wie man es halt ständig in der Werbung sah.

Verärgert, aus diesem schönen Traum gerissen worden zu sein, richtete Will sich ruckartig auf. Er sah, dass Michelle nicht mehr an ihrem Platz auf der Strohmatratze saß.

Er erhob sich und trat aus der Hütte.

Draußen war es mittlerweile stockdunkel, und hätte der Mond nicht sein fahles Licht auf den Schauplatz der Ereignisse geworfen, hätte Will sich nur schwer orientieren können. Hier und da tanzten ein paar Glühwürmchen durch die Luft, über den brackigen Tümpeln lag Dunst, und die ganze Szenerie wirkte ziemlich unheimlich.

Vorsichtig ging er über den kleinen Steg ein paar Schritte ins Moor hinein und umrundete langsam das Haus. An der Hinterseite des baufälligen Gebäudes entdeckte er schließlich Michelle, die über einer alten Holzkiste gebeugt dastand, darin herumkramte und sich immer wieder etwas in den Mund stopfte.

»Was hast du denn da gefunden?«, fragte Will das Mädchen, das daraufhin schuldbewusst zusammenzuckte. »Ach nichts«, meinte es kauend, »nur ein paar ziemlich gammelige Vorräte.« Sie trat hastig einen Schritt zurück, und Will sah, dass sie etwas in der linken Hand hielt, das sie hinter ihrem Rücken vor ihm zu verbergen suchte.

Will kam näher und warf einen Blick in die Kiste. Sie war leer, doch auf dem Boden entdeckte er einige harte Brösel, die wie Zwiebackkrumen aussahen. In diesem Moment flammte in ihm die unterschwellige, mühsam unterdrückte Wut auf das Mädchen wieder auf wie ein bohrender Zahnschmerz. Grob griff er nach Michelles Arm und zwang sie, ihre Hand zu öffnen. Darin lag ein Apfel. Grün und knackig.

»Bist du nicht der Meinung, dass wir alle gefundenen Nahrungsmittel miteinander teilen sollten?«, fragte Will so ruhig wie möglich. »Immerhin habe ich meine Vorräte auch mit dir geteilt.«

Michelle schwieg und schluckte hart an dem letzten Bissen dessen, was auch immer sie heimlich verzehrt hatte, bevor sie von Will überrascht worden war.

»Rück den Apfel raus, damit ich ihn gerecht zerteilen kann«, sagte er mit bebender Stimme.

Michelle entwand sich seinem Griff, trat einen Schritt zurück und schüttelte den Kopf. »Nein. Ich hab ihn gefunden, also gehört er mir ganz allein!«

Will ballte die Fäuste und rang mühsam um Beherrschung. »Michelle, ich bitte dich, sei vernünftig. Es ist wichtig, dass wir *beide* bei Kräften bleiben, um hier zu überleben!«

Das Mädchen presste die Lippen aufeinander und wich vor Will zurück. »Lass mich in Ruhe, Arschloch«, fauchte es.

»Zum letzten Mal«, stieß Will wütend hervor. »Gib mir den Apfel, du verdammtes Miststück!«

Da zuckte Michelles rechte Hand zu ihrem hölzernen Kurzspeer, den sie stets unter dem Gürtel trug, und noch ehe Will sich versah, bohrte sich die Spitze der Waffe in seine linke Schulter.

Der junge Mann schrie vor Schmerz gellend auf und sackte auf die Knie.

Michelle drehte sich auf dem Absatz herum und rannte, die Waffe hoch erhoben, hinaus in die Dunkelheit.

Doch weit kam sie nicht, denn plötzlich rutschte sie auf dem glitschigen Untergrund aus und war schon im nächsten Moment bis zur Hüfte im Moor versunken.

»Hilfe!«, schrie sie, während sie versuchte, sich aus ihrer misslichen Lage zu befreien. Doch je mehr sie zappelte und mit den Armen ruderte, desto tiefer versank sie im Sumpf. »So hilf mir doch!«

Mühsam kam Will wieder auf die Beine und eilte zu der Stelle, an der Michelle in einem Sumpfloch feststeckte, das ringsum von fauligem Wasser umgeben war. Er trat so nahe an die Stelle heran, wie er konnte, ohne sich selbst in Gefahr zu begeben. Die linke Hand des Mädchens hielt noch immer den Apfel fest umklammert, während ihre Rechte mit dem Speer durch die Luft fuchtelte.

Wortlos zielte sie mit der Waffe in Wills Richtung, damit er sie daran aus dem Moor ziehen konnte. Will packte das hölzerne Ende des Stabs, an dem immer noch sein Blut klebte, und zog, so fest er konnte, doch er rutschte immer wieder an dem glatten Holz ab.

»Du ungeschickter Idiot!« Mit einem wütenden Aufschrei schleuderte Michelle die Waffe von sich, doch die Aktion hatte zur Folge, dass sie noch ein Stück tiefer in den Sumpf einsank. Panik machte sich auf ihrem Gesicht breit. »Zieh mich endlich raus, du Arsch!«

»Lass den Apfel los, und reich mir deine beiden Hände«, rief Will ihr zu, doch Michelle schüttelte nur den Kopf. »Er gehört mir«, stieß sie grimmig hervor, während sie Zentimeter um Zentimeter unterging.

»Herrgott, ich scheiß auf den verdammten Apfel!«, schrie Will außer sich. »Lass das Ding los, und gib mir endlich deine Hände!«

»Niemals!«, stieß sie bockig hervor. Inzwischen steckte sie schon bis zu den Oberarmen im Sumpf.

Will legte sich flach auf den Boden, was ihm aufgrund seiner verletzten Schulter große Schmerzen bereitete, und langte nach dem Mädchen, um es an seiner Bänderrüstung aus dem Morast zu ziehen, doch ohne Erfolg. Es war, als ob unbekannte Mächte sie festhielten und immer weiter nach unten zogen. Er erwischte ihren rechten Arm, doch seine Kraft reichte nicht aus, sie auf diese Weise aus ihrer misslichen Lage zu befreien. Die Sogkraft des Sumpfes war einfach stärker.

Wenn Michelle doch nur diesen verdammten Apfel loslassen würde und er sie an beiden Händen packen und herausziehen könnte!

»Zum letzten Mal«, presste er hervor. »Lass ... den ... verflixten ... Apfel ... los!«

Doch was immer in Michelle gefahren war, es schien stärker zu sein als ihr gesunder Menschenverstand. Erneut schüttelte sie verbissen den Kopf, und sie ließ den Apfel auch nicht los, selbst als ihr der zähe Schlamm im wahrsten Sinne des Wortes bis zum Hals stand. »Eher sterbe ich«, presste sie hervor.

Sie hatte die letzten Worte kaum ausgesprochen, da schnellte ein grüner Tentakel aus dem brackigen Wasser hinter dem Sumpfloch und legte sich blitzschnell um Michelles Hals.

Michelle schrie auf, ging gurgelnd unter, der Apfel flog durch die Luft, Michelle tauchte schreiend wieder auf und wurde erneut ins schlammige Wasser gezerrt.

Erschrocken sprang Will auf die Beine und wich einige Schritte zurück. Doch die Tentakelbestie war voll und ganz mit ihrem neuesten Spielzeug beschäftigt. Will zückte sein Schwert, trat wieder vor und wollte nach dem Wasserreptil schlagen, doch der Abstand zwischen ihm und der abscheulichen Kreatur war einfach zu groß.

Und so musste Will fassungslos mit ansehen, wie Michelle zum Opfer ihrer eigenen Gier wurde und nach einem quälend langen Kampf mit der Tentakelbestie schließlich mit einem dumpfen *Blubb* für immer im Sumpf versank.

Noch eine ganze Weile stiegen schlammige Luftblasen an die Oberfläche, doch schon bald legte sich wieder die Stille über das nasse Grab wie ein Leichentuch, und dann war nur noch das Quaken der Kröten zu hören.

Wie betäubt stand Will am Rand des Sumpfes, und er stand noch immer dort, als die Sonne langsam wieder aufging.

Nach einem ausgedehnten Fußmarsch über Wiesen, Felder und Weiden wurde die Gegend immer bergiger. Auch die Luft um sie herum kühlte merklich ab, und die Vegetation wurde allmählich alpin.

Schließlich erreichten die *Zauberhaften*, Max und Teddy eine Hochebene, die ihnen einen beeindruckenden Anblick bot.

Zu ihren Füßen erstreckte sich ein weites Gebirgsplateau von atemberaubender Schönheit, das ganz von mächtigen Bergen eingerahmt war. Auf den Gipfeln waren Gletscher zu erkennen, die von der Sonne in ein pastellfarbenes Licht getaucht wurden.

Für einen winzigen, fast kostbaren Moment ließ die Gruppe das Bild einfach nur auf sich wirken.

Dann begannen sie mit dem Abstieg. Sie überquerten die Ebene, erfrischten sich an einem kleinen Gebirgsbach, der eiskaltes Wasser führte, und liefen schließlich suchend an der schiefergrauen Felswand entlang, die den Talkessel umschloss. Doch kein Pfad führte hier weiter nach Norden. Konnte es sein, dass sie in einer Sackgasse gelandet waren?

»Hier ist ein Durchgang!«, rief Max plötzlich. Die anderen eilten zu ihm, und tatsächlich, mitten im Gestein befand sich eine türgroße Öffnung, die man allerdings nur ausmachen konnte, wenn man direkt davor stand, und die in ein Höhlensystem mitten ins Gebirge zu führen schien.

»Jetzt auch noch ein Dungeon?«, Teddy verzog verdrießlich das Gesicht, als sie in den dunklen Eingang blickte. Sie hatte unterirdische Gänge und Kanäle noch nie ausstehen können, weder im Rollenspiel noch im richtigen Leben. »Hat jemand zufällig 'ne Fackel im Gepäck?«

Alle verneinten.

Da trat Phoebe vor und ging ein paar Schritte in den Gang hinein. Sofort erstrahlte die kleine Höhle in einem schwachen Licht. Verantwortlich dafür war die goldene magische Rüstung, die sie trug. »Lasst mich euer Licht am Ende des Tunnels sein!«, rief sie grinsend. »Folgt mir!«

Will war kurz davor, einfach aufzugeben. Er war erschöpft, hungrig, und er hatte es gründlich satt, in diesem perversen Spiel herumzuirren.

Er blieb stehen und fuhr sich mit einer Hand durch das zerraufte Haar. Wie verlockend war plötzlich der Gedanke, sich hier im Sumpf einfach hinzusetzen, seinem Schicksal zu ergeben und zu warten, bis der Hungertod oder eine der Tentakelbestien ihn erlöste... Reiß dich zusammen, Alter, dachte er und stapfte weiter.

Seit über einer Stunde schon irrte er im Hochmoor

umher. Den halbwegs sicheren Trampelpfad, der ihn und Michelle gestern bis zur Hütte geleitet hatte, hatte er längst hinter sich gelassen, und so bewegte er sich tastend und hüpfend von einem trockenen Fleck zum anderen voran. Zu allem Überfluss wurde er immer wieder von riesigen Moskitos angegriffen, die sich aber mit ein paar Schwerthieben erledigen ließen. Bei allem Frust musste Will zugeben, dass er in den letzten Tagen erheblich geschickter im Kampf geworden war, was ihm in diesem verfluchten Moor allerdings wenig weiterhalf.

Vor allem musste er höllisch aufpassen, nicht im Morast stecken zu bleiben, und einmal hätte er Michelles grausames Schicksal beinahe geteilt. Er war auf einer glitschigen Luftwurzel ausgerutscht und hatte sich plötzlich knietief im Schlick feststeckend wieder gefunden. Doch mithilfe ebendieser Wurzel war es ihm schließlich gelungen, sich wieder auf trockenen Boden zu ziehen, bevor ihn eine der Tentakelbestien hatte unter Wasser ziehen können.

Will hatte gar nicht bemerkt, dass die Luft um ihn herum immer kühler wurde, bis es ihn plötzlich durch und durch fröstelte. Und das lag nicht allein daran, dass der Schlamm an seinen grünen Waldläufer-Hosen langsam zu trocknen begann.

So stolperte er weiter durch den lebensfeindlichen Sumpf, bis er in der Ferne eine tundraartige Hochebene ausmachte. Hoffnung keimte in ihm auf – endlich hatte er einen Weg heraus aus diesem Moor gefunden, und er trieb sich zum Weitergehen an.

Nach einer knappen halben Stunde stand Will schließlich im ersehnten Hochland inmitten einer Gruppe knorriger, blattloser Bäume, doch beschaulicher als im Sumpf war es auch hier nicht. Kalter Wind pfiff ihm um die Ohren, und er fror erbärmlich in seinem Lederwams, unter dem er nichts weiter trug als ein leinenes, ärmelloses Hemd. Zu allem Überfluss hatte es zu schneien begonnen.

Der Schlamm an seinen Hosen war erstarrt, und Will bückte sich, um die braune Schicht abzuklopfen, als er plötzlich ein verärgertes Grunzen hinter sich vernahm.

Er fuhr herum und fand sich Aug in Aug mit einem Untier, das eine Mischung aus Bär, Yeti und Bigfoot zu sein schien. Es war zwar kaum größer als Will, dafür jedoch doppelt so breit und schwer. Der massige Körper schien übergangslos im Kopf zu münden, der ebenfalls merkwürdig formlos wirkte. Was vielleicht auch daran lag, dass das ganze Wesen mit dichtem braunen Fell bedeckt war.

Das Ungetüm hob eine klauenbewehrte Tatze und grunzte erneut.

Wills Hand zuckte zu seinem Schwert, doch da holte das Monster aus und versetzte ihm einen schweren Schlag vor die Brust. Will wurde gut zwei Meter zurückgeschleudert und landete hart auf seinem Hinterteil. Eilends rappelte er sich wieder auf, ließ das Schwert im Gürtel und trat langsam einen Schritt zurück. Dann einen weiteren, gefolgt von einem dritten ...

Und dann rannte er!

Hinter sich hörte er, dass die Bestie stampfend die Verfolgung aufnahm.

Will hetzte über das halb verschneite Plateau auf eine Reihe Felsen zu, die sich terrassenförmig an den Bergkamm schmiegten. Er hegte die Hoffnung, einen der Vorsprünge rechtzeitig erklettern zu können, um sich vor dem Verfolger in Sicherheit zu bringen. Was natürlich voraussetzte, dass das plumpe Yeti-Monster zu derlei akrobatischen Übungen nicht imstande war.

Der erste Felsvorsprung, den er in Angriff nahm, war schön flach und nicht sonderlich hoch, sodass Will ihn mit einem beherzten Klimmzug erreichen könnte ...

Doch das Yeti-Monster erwischte ihn noch während des Absprungs mit seiner Pranke am Rücken, und Will schlug vor dem Felsen der Länge nach hin, was ihm für einen schmerzhaften Moment die Luft aus den Lungen presste. Schon wurde er an einem seiner Beine gepackt und von dem Bergkamm weggezerrt. Will wälzte sich herum, strampelte und trat wie ein Verrückter, und tatsächlich traf er die Kreatur mitten in ihr pelziges Gesicht.

Das Untier jaulte auf, ließ Wills Bein los und hob beide Pranken zu seinem Kopf, wie wenn es überprüfen wollte, ob dieser noch auf den Schultern saß.

Will nutzte die Gelegenheit, sprang auf und versuchte, den Felsvorsprung erneut zu erklimmen. Das gelang ihm auch, doch das Monster erwies sich als ein im wahrsten Sinne des Wortes sportlicher Gegner.

Es machte ebenfalls Anstalten, sich auf den Vorsprung zu hangeln, und es sah ganz danach aus, als würde es das gesteckte Ziel auch erreichen, weshalb Will gezwungen war, noch weiter nach oben zu klettern.

Der nächste Felsvorsprung war schon schwieriger zu nehmen, weil er höher und unzugänglicher war. Will hatte Disziplinen wie Bergsteigen und Freeclimbing immer gehasst, und er war schon beim Schulsport weiß Gott nie der Gelenkigste gewesen, doch er schaffte es mit Mühe und Not!

Keuchend und zitternd stand er auf einem an der Gebirgswand frei schwebenden »Balkon« aus Felsgestein, doch von hier schien es keine Möglichkeit zu geben, den Berg noch höher zu erklimmen. Seine Hände waren aufgeschürft, die Hosenbeine an den Knien zerrissen, sein Körper schmerzte durch den Schlag und die unsanfte Bauchlandung, und noch immer war die Gefahr nicht gebannt.

Eine »Etage« unter ihm brüllte das Untier und startete bereits den Versuch, auch die nächste Etappe zu nehmen. Und ganz offensichtlich erneut mit Erfolg! Schon erschienen die haarigen Pranken und der massige Kopf am Rand des Vorsprungs, auf dem Will sich befand. Dann folgte der Körper, und plötzlich stand das grunzende Monster wieder in Augenhöhe vor ihm.

»Lieber Gott, hilf mir«, murmelte Will. Schritt für Schritt wich er auf dem schmalen Grat zurück und sah sich hilflos um. Das Schneegestöber, das nun einsetzte, behinderte ihm zusätzlich die Sicht. Doch als ob der Allmächtige sein Stoßgebet erhört hätte, entdeckte er in der Felswand hinter sich einen schmalen Spalt. Gerade breit genug, dass er hindurchpasste, doch zu eng für seinen Verfolger. So hoffte er zumindest!

Er hastete auf die Kluft zu und versuchte, sich hindurchzuquetschen. Das ging schwieriger als erwartet, selbst als er den Bauch einzog, und er drohte, sich in dem engen Durchgang zu verkeilen. Will fluchte und schwor sich, sollte er dieses Abenteuer überleben, ein paar Kilo abzunehmen.

Das Untier brüllte fast triumphierend und setzte ihm

nach. Und dann schlug es nach ihm in dem Moment, da Will sich schon fast durch den Spalt gezwängt hatte.

Hart wurde er am Kopf und an der Schulter getroffen. Die Wucht des letzten Schlages war einerseits insofern nützlich, als das Monster ihn damit unfreiwillig ganz durch den Engpass katapultierte, und verheerend, weil Will sogleich auf der anderen Seite zusammenbrach wie ein gefällter Baum.

Und noch während die Welt, die nicht mehr als eine feuchte, kalte Höhle war, um ihn herum in Dunkelheit versank, hörte Will, wie der Monster-Yeti jenseits der Felsspalte infernalisch brüllte und tobte.

Er schien ein wirklich schlechter Verlierer zu sein ...

Zögernd betraten die *Zauberhaften*, Max und Teddy das düstere Gängesystem im Berg.

Und obwohl Piper glücklicherweise mit den wahrlich wirkungsvollen Zauberinnen-Skills »Freeze« und »Explode« ausgestattet war, hielten Max und Teddy ihre Waffen – Schwert und Stab – griffbereit. Sicher war sicher.

Phoebe in ihrer leuchtenden Rüstung ging in dem dunklen Tunnel voran, dicht gefolgt von ihren Schwestern, während die beiden Jugendlichen die Nachhut bildeten.

Schon bald teilte sich der Gang, und sie hatten nun die Wahl zwischen zwei Richtungen. Die neue Abzweigung führte nach links und war ziemlich beengt, der andere geräumigere Durchgang verlief weiterhin geradeaus.

»Wohin jetzt?«, fragte Phoebe.

»Ja, also, spontan würde ich sagen, wir folgen dem

Hauptgang«, schlug Max vor. »Wäre das nicht irgendwie logisch?«

Die anderen nickten, doch Piper meinte: »Was, wenn Santos genau diese Entscheidung von den Spielern erwartet hat?«

»Da ist was dran«, murmelte Teddy. »Womöglich laufen wir dem Typen so direkt ins offene Messer?«

»Vielleicht sollten wir uns aufteilen«, überlegte Max, »und jede Gruppe nimmt sich einen der Gänge vor?«

»Das wäre das Dümmste, was wir tun könnten!«, rief Phoebe. »Piper kann schließlich nicht überall sein, um mögliche Gegner im Handumdrehen zu pulverisieren.«

»Stimmt auch wieder«, musste der Junge zugeben. »Meine Vorschläge taugen wohl nur für ein Computer-Rollenspiel ...«

»Also, wohin jetzt?«, fragte Paige, die sich in dem dunklen muffigen Dungeon sichtlich unwohl fühlte.

»Nun gut, dann nehmen wir uns den kleinen Gang zuerst vor«, beschloss Piper. »Phoebe, geh voran.«

»Okay, mir nach!« Die mittlere Schwester bog in den neuen Tunnel ein, und die anderen folgten ihrer Lichtaura.

Dieser Stollen war nicht nur enger und niedriger als der Hauptgang, auch roch es hier ausgesprochen muffig, je weiter sie vordrangen. Was vielleicht nicht zuletzt daran lag, dass von den Wänden eine undefinierbare Flüssigkeit tropfte. Von irgendwoher war das Getrippel und Gequieke von Ratten zu hören.

Plötzlich blieb Phoebe wie angewurzelt stehen, sodass Piper und Paige gegen sie prallten.

»Was ist los?«, fragten Teddy und Max wie aus einem Munde.

»Da hinten scheint so was wie eine Tropfsteinhöhle

zu sein«, flüsterte Phoebe. »Ich sehe Stalagmiten ... oder sind das Stalaktiten? Und einen schwachen Lichtschimmer, und ... etwas bewegt sich dort ...«

Die anderen traten neben sie und starrten angestrengt in den finsteren Gang. Und tatsächlich, in einiger Entfernung war vor einem schmalen Streifen Licht ein seltsamer Schemen auszumachen, der mehr und mehr Gestalt annahm, je länger sie ihn fixierten.

»Sieht aus wie ...«, begann Piper.

Doch in diesem Moment löste sich die Gestalt aus der Dunkelheit und kam wankend auf die Gruppe zu. Die *Zauberhaften*, Teddy und Max wichen erschrocken zurück, und Piper hob ruckartig die Hand, um, wenn nötig, die Zeit einzufrieren.

»Helft mir«, stöhnte da der Schemen, dann brach er nur wenige Meter vor ihnen zusammen.

Es war Teddy, in die als Erste wieder Bewegung kam. Sie trat näher und beugte sich über die reglos am Boden liegende Gestalt. Es war ein junger Bursche um die Zwanzig mit angenehmen Gesichtszügen, zerzaustem Haar und einem Mehrtagebart. An seiner Schläfe prangte eine große Platzwunde, und er sah auch sonst reichlich lädiert aus. Hände und Knie waren zerschunden, die nackten Oberarme voller Bisswunden und Prellungen, und auf seiner grünen Wildlederhose bildete sich in Wadenhöhe langsam ein dunkler, feuchter Fleck, als ob eine ältere Verletzung wieder zu bluten begonnen hatte.

»Hey, das ist ja ein ›Abaddon‹-Spieler! Seht nur, er trägt die Lederrüstung der Artemis-Druiden«, rief Teddy, als ihr Blick auf das verzierte Wams des Geschundenen fiel. »Und er ist schwer verletzt!«

Die Schwestern eilten neben das Mädchen und beugten sich über den halb toten Druiden. Besorgt tastete Piper nach seiner Halsschlagader – glücklicherweise konnte sie seinen Puls noch fühlen! –, doch in diesem Moment spürte sie eine angenehme Wärme, die durch sie hindurch und in den Körper des Bewusstlosen strömte. Und dann geschah das nahezu Unfassbare: Die Wunden des Verletzten heilten wie von Zauberhand, und der junge Mann schlug verwirrt die Augen auf.

Fünf gleichermaßen erschöpfte wie verblüffte Gesichter starrten auf ihn herab, als er flüsterte: »Hi, Leute, Mann bin ich froh, euch zu treffen.«

Es war ein seltsames Zusammentreffen dort unten in der rattenverseuchten Tropfsteinhöhle des Dungeon.

Vier »Zauberinnen« und ein »Paladin«, die sein Schicksal offensichtlich teilten, bestürmten Will mit tausend Fragen, sodass der junge Systemadministrator Mühe hatte, seine Geschichte von Anfang an und in der richtigen Reihenfolge zu erzählen.

Als er schließlich geendet und auch die traumatische Begebenheit mit Michelle nicht unerwähnt gelassen hatte, war es an den Schwestern, Teddy und Max, den Fremden darüber ins Bild zu setzen, was sie bisher über Akt 6 herausgefunden hatten. Phoebe, Piper und Paige mussten auch in diesem Fall mit ihrem *gesamten* Wissen hinterm Berg halten und erzählten Will daher ebenfalls die Geschichte von ihrem Verdacht, dass mit dem Spiel »etwas nicht stimmte«, woraufhin sie beschlossen hatten, Akt 6 gemeinsam zu betreten, um der Sache auf den Grund zu gehen. Auch erwähnten sie Leo in seiner Rolle als Computerexperte, der es ihnen ermöglicht hätte, ihre Spielfigurskills mit in Akt 6 zu nehmen.

»Dann ist das Ganze also doch das Werk eines durchgeknallten Game-Entwicklers?«, fragte Will fassungslos. »Aber warum das alles? Was haben wir ihm denn nur getan?«

»Wir vermuten, er ist einfach ein größenwahnsinniger Sadist«, erwiderte die niedliche Rothaarige, die sich ihm als Teddy vorgestellt hatte, und schenkte ihm ein halbherziges Lächeln.

Will wirkte nicht sonderlich überzeugt von dieser Erklärung, sodass Phoebe hinzusetzte: »Dass Santos im Stande ist, ein Spiel wie ›Abaddon‹, dazu eine solche Welt und diese virtuellen Körper zu erschaffen, zeigt doch, welche Möglichkeiten und wie viel Macht er besitzt. Und zu viel Macht ist ja bekanntlich schon einigen zu Kopf gestiegen.«

»Apropos Macht«, ließ sich nun Max vernehmen, der sich direkt an Piper wandte. »Wie hast du es eigentlich geschafft, Will zu heilen?«

Die drei Schwestern wechselten einen kurzen Blick. Sie allein wussten, dass dieses »Wunder« darauf zurückzuführen war, dass Leo daheim regelmäßig ihre reglosen Körper mit seinen heilenden Händen berührte. Und dass offenbar genau in dem Moment, da Piper Hand an den Verletzten gelegt hatte. Die spontane Heilung war also von Leo über Piper auf Will übergegangen, doch wie sollten sie den anderen diese Sache nur erklären?

»Keine Ahnung«, log Piper. »Vielleicht wieder einer von Santos' Tricks, um das Gameplay noch ein bisschen dramatischer zu –« Ihre Worte gingen in einem lautstarken Gerumpel unter, und unter ihren Füßen erzitterte der Boden.

»Großer Gott, was ist das?«, rief plötzlich Phoebe

und deutete in den Gang, aus dem die Gruppe gekommen war.

Alle fuhren herum und rissen ungläubig die Augen auf. Der Tunnel veränderte sein Aussehen geradezu bühnenmäßig. Die ehemals engen Wände trieben auseinander, die Decke sank noch ein Stück tiefer, und gleichzeitig brach der Boden donnernd auf und gab den Blick frei auf eine riesige abwärts führende Treppe. Eine Treppe, die in die Hölle selbst zu führen schien, denn von unten strahlte ein unwirkliches, rötliches Licht in die Kaverne, und die Temperatur in der klammen Höhle stieg merklich an.

»So viel zum Thema ›dramatisches Gameplay‹«, bemerkte Will trocken. »Wie es scheint, geht's jetzt endgültig abwärts.«

Das stimmte, denn die sechs sahen nun, nachdem der Rückzug in den Haupttunnel durch die Treppe versperrt war, keine andere Möglichkeit, die Höhle wieder zu verlassen, als den Abstieg in den gähnenden Untergrund zu beginnen, und offensichtlich war dies auch genau das, was man von ihnen erwartete.

»Was ist mit dem Spalt, durch den du in diese Kaverne gelangt bist, Will?«, fragte Teddy und deutete auf den länglichen Riss in der Höhlenwand, durch den das Sonnenlicht fiel. »Sollten wir nicht lieber durch den von hier verschwinden?«

»Wenn ich Will richtig verstanden habe«, meinte Max, »dann wartet jenseits dieser Felsspalte ein ziemlich saurer Yeti auf sein Mittagessen.«

»Der wäre für Piper doch kein Problem«, bemerkte Phoebe und blickte ihre Schwestern fragend an.

»Mir scheint, Abaddon alias Santos wünscht, dass

die Sache allmählich zum Abschluss gebracht wird«, sagte Piper langsam und deutete auf die Treppe. »Und ich hab ehrlich gesagt auch keine Lust mehr, mich noch länger von Wargs, Killerzwergen, Yetis und schwarzen Rittern durch den sechsten Akt scheuchen zu lassen.«

»Dann bringen wir's also hinter uns?«, fragte Paige. »Hier und jetzt?«

»Ja!«, sagte Piper entschlossen, und Paige und Phoebe nickten zustimmend.

Max und Teddy sahen sich zweifelnd an, doch sie hatten keine Wahl. Die Entscheidung war getroffen. Sie würden den drei Frauen folgen und sich alle zusammen dem großen Endgegner stellen müssen, um hier herauszukommen – und im Grunde ihres Herzens war ihnen das schon lange klar gewesen.

In Halliwell Manor erhob sich Leo vom Boden im Wohnzimmer, streckte sich und ging ein bisschen hin und her, um sich die Beine zu vertreten. Er war müde, hungrig und sehr besorgt. Die ganze Sache dauerte ihm eindeutig zu lange.

Ohne den Blick von den *Zauberhaften* abzuwenden, begab er sich zum Fenster, schob den Vorhang ein Stück zur Seite und öffnete es, um ein wenig frische Luft hereinzulassen. Da sah er aus den Augenwinkeln heraus, wie vor dem Haus ein Auto vorfuhr.

Der *Wächter des Lichts* riss sich kurz von seinen Schützlingen los und blickte hinaus.

Soeben kletterte James Sherman aus dem Wagen und blieb unschlüssig auf dem Gehweg stehen.

Der hat mir gerade noch gefehlt, dachte Leo.

Langsam stiegen die *Zauberhaften*, Max, Teddy und Will hinab in den Höllenpfuhl.

Wer immer für diesen Ort verantwortlich zeichnete, er hatte sich große Mühe gegeben, das Ganze bedrohlich zu gestalten, und das mit großem Erfolg.

Feuer, Schlacke und Lavaströme, so weit das Auge reichte, und linker Hand war sogar ein aktiver Vulkan in der Ferne zu erkennen, der Magma und Asche spuckte.

Selbst die in »Unterweltdingen« sehr erfahrenen Hexen konnten ein Schaudern nicht unterdrücken, als ihr Blick umherschweifte: Überall lagen bleiche Knochen- und Schädelhaufen herum, sie sahen archaische Marterpfähle, an denen leblose Körper hingen, und überall gähnten brodelnde Feuergruben im Boden, denen man besser nicht zu nahe kam.

Links und rechts der Treppe standen zu Stein erstarrte Gestalten mit schmerzverzerrten Gesichtern, offensichtlich im Schmelzfluss gefangene gequälte Seelen. Keine Frage, Santos hatte sich sehr um höllisches Lokalkolorit bemüht. Und wenn es in diesem Kapitel einen Ort gab, der Abaddon, die biblische Unterwelt, perfekt verkörperte, dann dieser.

Kurz hinter dem Treppenabsatz blieb die Gruppe einen Moment lang zögernd stehen, um sich zu orientieren. Das war nicht einfach, denn von überall drangen klagende Laute an ihr Ohr, während die Naturgewalten um sie herum tobten und brodelten.

In den nachtschwarzen Boden vor ihnen war eine Reihe großer anthrazitfarbener Quader eingelassen, die nach Norden führten und offenbar als Trittsteine dienen sollten.

Vorsichtig bestieg Piper den ersten Stein und

erschrak fast zu Tode, als unversehens der Boden um sie herum in flüssiger Lava versank. Die anderen standen noch immer reglos am Fuß der Treppe, nun durch eine Schneise aus glühendem Schmelzfluss von Piper getrennt.

»Springt!«, rief diese ihren Schwestern und den anderen zu. Ihre Stimme verlor sich fast in dem unheimlichen Geheul und Getöse, das hier herrschte.

Max wagte als Erster den nicht sonderlich großen Satz über den Lavastrom und landete leichtfüßig neben Piper auf dem Trittstein. Phoebe und Paige nahmen sich bei den Händen und folgten seinem Beispiel.

Nun fehlten nur noch Teddy und Will. Da ergriff das rothaarige Mädchen die Hand des Druiden, und die beiden sahen einander für einen kurzen rührenden Moment in die Augen. Dann sprangen auch sie und waren somit wieder mit den anderen vereint. Der erste Stein war zwar geschafft, doch es folgten noch eine Reihe weiterer, die sie jedoch allesamt mit Bravour meisterten.

Der letzte Quader im Boden war größer als die übrigen, und wieder sprang Piper zuerst hinüber.

Als sie sicheren Fußes gelandet war, erlebte sie jedoch eine böse Überraschung. Genau neben ihr explodierte eine der blubbernden Lavagruben wie ein Geysir, und es schoss eine feurige Fontäne in die Höhe. Die älteste Schwester hob die Hand, um die magische Notbremse zu ziehen, doch es war schon zu spät. Ein Regen aus Glut und Schlacke ging auf Piper nieder und entfachte ihren virtuellen Körper zu einer hell lodernden Flamme.

Mit einem gellenden Aufschrei ging die Hexe zu

Boden, wo sie sich, brennend wie eine lebende Fackel, hin und her wälzte und vor Schmerz stöhnte.

Hastig setzten die anderen über den Abgrund und landeten neben der Schwerverletzten. Der Anblick war erschütternd. Pipers Kopf war zu großen Teilen kaum mehr als eine verbrannte schwärzliche Masse, die Haut an Armen und Beinen voller Blasen und Brandwunden – und sie war soeben im Begriff, einen schrecklichen Tod zu sterben.

»Leo...«, stöhnte Piper.

Erschrocken wandte sich der *Wächter des Lichts* vom Fenster ab und sah hinüber zu den *Zauberhaften*.

Piper am Boden stöhnte gequält auf und stammelte seinen Namen, als ob sie einen fürchterlichen Albtraum durchlitt, während ihr Kopf hin und her zuckte.

Leo orbte zu ihr und sah, dass ihre Haut schweißnass und aschfahl war. Er legte die Hände auf ihr Gesicht und spürte zu seinem großen Entsetzen, dass kaum noch Leben in diesem reglosen, entseelten Körper war.

Panik erfasste ihn, und er musste sich förmlich zur Besonnenheit zwingen. Sanft presste er seine Hände auf Pipers Leib und vollzog die göttliche Heilung.

Voller Grauen starrten Max, Will und Teddy auf die entsetzlich verbrannte und vor Schmerz wimmernde junge Frau, während Phoebe und Paige sich weinend über den schrecklich zugerichteten Körper ihrer Schwester beugten.

»Halte durch, Piper!«, schluchzte Phoebe.

»Sei unbesorgt, Leo kriegt das wieder hin!«, versicherte ihr Paige.

Gleichermaßen verwirrt und bestürzt sahen sich die drei jungen Leute an.

Und dann geschah zum zweiten Mal das, was sich Max, Will und Teddy nicht zu erklären vermochten.

Pipers virtueller Körper regenerierte vor ihren Augen, und das vollständig! Die schrecklichen Verbrennungen verschwanden, und die Haut wie auch die Kleidung waren makellos wie eh und je. Ja, selbst das eben noch versengte Haar umrahmte wieder lang und seidig ihr hübsches Gesicht, das noch Sekunden zuvor nur mehr eine Masse aus verbranntem Fleisch gewesen war.

Sofort halfen Phoebe und Paige ihrer Schwester auf die Beine, und dann fielen sich die drei erleichtert in die Arme und weinten fast vor Glück.

Auch Max, Will und Teddy fiel ein großer Stein vom Herzen, doch es war Will, der Piper schließlich die Frage stellte, die ihnen schon seit geraumer Zeit auf der Zunge lag: »Jetzt mal im Ernst: Was hat dein Mann Leo mit deiner und vermutlich auch meiner Spontanheilung zu tun?«

»Ja, nun«, begann Piper, der die Pein und der Horror der letzten Sekunden noch immer deutlich ins Gesicht geschrieben stand, »um ehrlich zu sein, Leo hat es nicht nur hingekriegt, unsere virtuellen Körper mit den Skills unserer ehemaligen Spielfiguren auszustatten, sondern er kann unsere Lebensenergie auch jederzeit vollständig auffüllen, indem er am Computer die Werte immer wieder entsprechend hoch setzt. Und offenbar hat er genau das zuletzt auch bei dir, Will, getan.«

Will sah sie skeptisch an, verkniff sich jedoch eine weitere Nachfrage.

»Scheint ja ein echt genialer Hacker zu sein, dein Mann«, meinte Teddy, der noch immer der Schreck über Pipers entsetzlichen Beinahetod in den Knochen steckte. »Irgendwie tröstlich, dass er aus der Ferne alles so gut im Griff hat ...«

»Also wenn das so ist«, bemerkte Max hoffnungsfroh, »dann haben wir ja fast nichts mehr zu befürchten.«

Piper, Phoebe und Paige nickten den dreien zuversichtlich zu, doch nur sie allein wussten, dass sich Santos sicherlich nicht so leicht würde austricksen lassen. Immerhin agierte er im Auftrag des Seelen fressenden Geistes von Alan Proctor, und das wiederum war ein Gegner, über den sie nichts, rein gar nichts wussten.

Mit weichen Knien erhob sich Leo vom Boden und wischte sich den kalten Schweiß von der Stirn.

Er hatte nur ein paar Sekunden nicht aufgepasst, und schon war Piper in Lebensgefahr geraten und fast gestorben!

Zutiefst besorgt legte der *Wächter des Lichts* die Stirn in Falten. Was mochte sich »auf der anderen Seite« nur abgespielt haben, dass sich Pipers Zustand so dramatisch verschlechtert hatte?

Wenn er doch nur irgendetwas tun könnte! Irgendetwas, das über das reine Wachen über die *Zauberhaften* hinausging.

Was, wenn einer seiner Schützlinge dort drüben so schnell und überraschend attackiert wurde, dass seine heilenden Kräfte zu spät kamen?

Leo hoffte, dass dieser Fall nie eintraf, doch auf einmal hatte er ein ganz mieses Gefühl bei der Sache.

Zügig durchquerten die *Zauberhaften* und ihr Gefolge die unterweltartigen Hallen. Das allgegenwärtige Getöse, Gejaule und Gewimmer zerrte an ihren Nerven.

Seit sie den letzten Trittstein hinter sich gelassen hatten, waren alle recht bedrückt.

Gedämpft diskutierten Max, Teddy und Will die Lage, während Piper, Paige und Phoebe wie gewohnt ein paar Schritte vorausliefen.

Und jeder der drei Jugendlichen stellte sich die gleichen Fragen. Was würde sie am Ende dieses Weges erwarten? Wie würde sich der finale Kampf gegen diesen Santos gestalten?

Sicher, Leo war offenbar ein ziemlich guter Programmierer und hatte den drei Frauen mit seinen kleinen Hacks ein paar Vorteile verschafft, die nun auch ihnen zugute kamen, aber würden diese Manipulationen am Ende wirklich reichen?

Und dann war da noch eine Frage, die sich Will und Teddy insgeheim stellten, wenngleich sie es auch nicht wagten, sie laut zu formulieren: Würden sie sich nach Ende dieses Abenteuers je wieder sehen? Vorausgesetzt, sie überlebten diesen Höllentrip ...

»Da vorne ist so was wie eine magische Pforte!«, rief plötzlich Phoebe und deutete auf einen steinernen Torbogen, in dem sich ein flammend rotes Portal befand. Es sah aus wie einer der Teleporter, mit denen man im Spiel »Abaddon« von einem Ort zum anderen springen konnte.

Die Gruppe versammelte sich vor dem Torbogen, und es war Will, der die Frage stellte, die sich nun förmlich aufdrängte: »Sollen wir es wirklich wagen, da durchzugehen, und wenn ja, wer geht zuerst?«

»Ich fürchte, uns bleibt keine andere Wahl«, meinte

Phoebe, »und um deine zweite Frage zu beantworten, meine Schwestern und ich gehen als Erste, und ihr folgt uns dann.«

Die drei Jugendlichen nickten, und so betraten die *Zauberhaften* Hand in Hand den Teleporter. In seinem Zentrum entstand ein prismatischer Wirbel, und dann waren die drei Frauen plötzlich verschwunden.

Auch Teddy, Max und Will nahmen sich bei den Händen. Sie sahen sich noch einmal beklommen an, dann folgten sie den Schwestern durch das Portal.

Will war fast ein bisschen enttäuscht, als er im Nu auf einem verschneiten Gebirgsplateau materialisierte. Keine phantastische Sternenreise, keine psychedelische Achterbahnfahrt, nichts Besonderes war geschehen, nachdem sie den Teleporter betreten hatten.

Es war, als ob sie schlicht und einfach durch eine Tür gegangen wären. Neben ihm standen Max und Teddy und sahen sich verblüfft in der sie umgebenden Winterlandschaft um.

»Wow«, entfuhr es Teddy, die noch immer seine Hand hielt, und auch Max machte große Augen.

Sie standen mitten auf einem weitläufigen Berggipfel, von dem man eine atemberaubende Sicht auf die unterschiedlichen Landschaften des sechsten Akts hatte.

Will ließ Teddys Hand los und drehte sich einmal um seine eigene Achse. Er entdeckte ausgedehnte Wälder, Wiesen und Felder und sogar das Moor, durch das er zuletzt mit Michelle geirrt war.

Und all das wirkte plötzlich so klein, harmlos und irreal, dass Will für einen Moment vergaß, warum er hier war.

Die drei toughen Schwestern hatten sich bereits darangemacht, das Plateau abzulaufen und nach einem Weg zu suchen, und tatsächlich wurden sie fündig. »Kommt her!«, rief Piper ihnen zu. »Hier ist eine Steintreppe!«

Als sich die sechs schließlich an dieser Stelle versammelt hatten, war jedermann klar, wohin sie als Nächstes gehen mussten.

Die in den Fels gehauene Treppe führte hinab in einen riesigen, von grauem Gestein umgebenen Talkessel, an dessen Ende sich eine mächtige Burg aus den Felsen erhob.

Sie hatten ihr Ziel erreicht – vor ihnen lag Abaddons Festung.

12

*H*AVOK, DER HOLZFÄLLER HATTE nicht übertrieben: Abaddons Refugium war eine Festung. Und was für eine!

Die Burg war offenbar direkt aus dem grauen Felsgestein gehauen worden, in das sie sich nahtlos einfügte.

Der einzige Zugang verlief über eine Zugbrücke, die sich über den tiefen Burggraben spannte. Im Zentrum der dahinter liegenden meterdicken Mauer prangte die schwere Toranlage aus Eichenholz, die zusätzlich durch ein Fallgitter gesichert war. Dessen Stäbe waren so dick, dass man einen Schneidbrenner gebraucht hätte, um sie zu durchtrennen. Auf der mächtigen Mauer, die das Bollwerk umgab, patrouillierten schwer bewaffnete Ork-Wachen, davor lungerten Wargs herum.

Die Bastion selbst besaß vier kantige Ecktürme, in deren Schießscharten Kanonenläufe steckten.

Im rötlichen Schein der untergehenden Sonne wirkte die mittelalterlich anmutende Burg fast ein bisschen romantisch – ein trügerischer Eindruck.

»Wie soll man denn da überhaupt lebend reinkommen?«, flüsterte Max den anderen zu.

Er, Will, Teddy und die *Zauberhaften* hatten sich im Schutz eines mächtigen alten Holzkatapults versteckt, das offensichtlich vor langer Zeit einmal zur Stürmung der Burg eingesetzt worden war. Zumindest war dies der Eindruck, den Santos, der Computerspiel-Entwickler, mit diesem Utensil hatte erwecken wollen.

»Reinkommen ist kein Problem«, murmelte Paige. »Wir orben, und schon sind wir drin.«

»Orben?« Max sah die blonde Hexe argwöhnisch an. »Was ist denn das für ein Skill?«

»Orben ist in Computer-Rollenspielen so was wie Teleportieren«, erklärte Teddy mit eisiger Stimme. »Das Problem ist nur, ich hatte diese Fähigkeit bei ›*Abaddon*‹ nie zur Auswahl. Und zwar deshalb, weil Zauberinnen dort ein solcher Skill gar nicht zur Verfügung steht.«

»Ach, nein?« Paige stutzte und sah ihre Schwestern alarmiert an. Doch Phoebe zuckte nur hilflos die Achseln, und Piper biss sich peinlich berührt auf die Unterlippe.

»Würde mir mal jemand sagen, was hier eigentlich gespielt wird?«, mischte sich nun Will ein, als keines der Mädchen ein Wort sagte.

»Keine Ahnung, Will«, erwiderte die Rothaarige schroff. »Aber von A nach B *orben* kann man in ›Abaddon‹ als Zauberin nun mal nicht, Punkt, aus.« Sie sah die drei Schwestern in einer Mischung aus Furcht und Feindseligkeit an. »Langsam scheint mir«, setzte sie hinzu, »mit diesen drei Damen hier ist was ziemlich faul!«

»Okay«, Phoebe räusperte sich. »Um ehrlich zu sein: Das ist auch so eine Sache, die Pipers Mann Leo in den sechsten Akt, ähm, reingecheatet hat«, begann sie. »Wir haben dadurch noch ein paar, ähm, Talente mehr mit auf den Weg bekommen als für eine Zauberin eigentlich vorgesehen.«

Es entstand eine peinliche Pause, in der sich Will,

Teddy und Max misstrauische Blicke zuwarfen. Und noch etwas war ganz deutlich zu spüren: Die drei jungen Leute hatten Angst. Angst vor Piper, Phoebe und Paige.

»Wenn Leo so ein begnadeter Programmierer ist, warum hat er dann nicht einfach dafür gesorgt, dass dieser verflixte sechste Akt von niemandem mehr betreten werden konnte, als ihr bemerkt habt, was da los ist?«, hakte Teddy nach. »Oder warum hat er diesem Santos nicht einfach gleich den Server unterm Hintern weggehackt, anstatt euch auf diese gefährliche Reise zu schicken?«

»Da ist was dran«, meinte Will.

Und Max schließlich brachte ihrer aller Befürchtungen in einer deutlichen Frage zum Ausdruck. »Sagt mal, lockt ihr uns am Ende etwa in eine Falle, oder was?«

Die drei Hexen sahen sich kurz an, und plötzlich herrschte zwischen ihnen so etwas wie ein unausgesprochenes Einverständnis.

Da ergriff Piper das Wort. »Nun gut, dann also die ganze Wahrheit«, sie holte tief Luft. »Um es kurz zu machen: Alles, was wir euch bisher über uns gesagt haben, war mehr oder weniger gelogen.«

Das hatten Max, Will und Teddy ohnehin schon befürchtet, wie an ihren Gesichtern deutlich abzulesen war.

»Tatsache ist«, gestand Piper weiter, »wir sind nicht nur irgendwelche Computer-Rollenspieler, die zufällig auf ein heikles Problem in ›Abaddon‹ gestoßen sind, sondern ... weiße Hexen.« Sie machte eine kleine Pause. »Leo, mein Mann, ist ein *Wächter des Lichts*«, fuhr sie sodann fort, »und Santos ist das Werkzeug eines vor langer Zeit verstorbenen Satanisten namens Alan Proctor, dessen Geist sich nun mithilfe geraubter Seelen ein neues, unsterbliches Leben auf Erden verschaffen will.«

Mit aufgerissenen Augen und Mündern starrten Max, Will und Teddy die dunkelhaarige Frau an, während sich Paige und Phoebe einen bangen Blick zuwarfen. Sie hatten soeben eine eiserne Regel ihres Hexenkodex gebrochen, nämlich keinem Außenstehenden ihr Geheimnis anzuvertrauen. Doch hier hatten sie nun gezwungenermaßen eine Ausnahme machen *müssen*, damit die Unschuldigen, die es zu retten galt, sich auch retten lassen wollten und weiterhin mitarbeiteten.

»Hexen? Wächter des Lichts? Geist?«, stieß der schmächtige Max ungläubig hervor. »Sagt mal, wollt ihr uns verscheißern, oder was?«

»Nichts liegt uns ferner«, meinte Paige trocken. »Glaubt uns, wir würden jetzt auch lieber zu Hause im warmen Wohnzimmer sitzen, anstatt hier unser Leben zu riskieren, um Proctor und dessen miesen Handlanger Santos auszuschalten, damit der Spuk ein Ende hat.«

»In der Tat«, ergänzte Phoebe ruhig, »aber das geht nicht, denn wir drei sind die *Zauberhaften*, und das bedeutet, dass das Schicksal uns mit ganz besonderen Kräften ausgestattet hat, damit wir die Unschuldigen dieser Welt gegen die dunklen Mächte verteidigen.«

»Die Zauberhaften?«, krächzte Teddy. »Ist das so was wie ein Wicca-Damenkränzchen?«

»Nein«, sagte Phoebe geduldig, »das ist so was wie ein magisches Erbe und zugleich eine höhere Berufung, die dazu dient, das Gleichgewicht von Gut und

Böse aufrechtzuerhalten. Und dazu können wir in ganz besonders schweren Fällen auf eine Kraft zurückgreifen, die nur im schwesterlichen Verbund wirkt und die *Macht der Drei* genannt wird.«

Wieder trat eine Pause ein, in der sich Teddy, Will und Max unschlüssig ansahen.

»Und ich vermute, das hier ist ein ganz besonders schwerer Fall?«, fragte Will schließlich leise, der allein begriffen zu haben schien, dass es den Schwestern ernst war mit dem, was sie sagten. Wenngleich das aber auch das Einzige war, was er begriffen hatte.

»Allerdings«, bestätigte Paige. »Das Schicksal von Eric hat es ja gezeigt, und wir wissen noch nicht einmal, wie viele eurem Spielerkumpel seither in den Tod gefolgt sind. Ja, wir wissen noch nicht einmal, ob Eric das erste Opfer war. Was wir allerdings wissen, ist, dass dieser Santos ein ziemlich grausames Spiel mit seinen Gamern spielt. Denn er hat mit ihnen so etwas wie einen Teufelspakt geschlossen, den man automatisch mit ihm eingeht, wenn man die, ähm, Geschäftsbedingungen zu ›Abaddon‹ akzeptiert.«

»Spiel gegen Seele?«, fragte Teddy mit gepresster Stimme. »So läuft das also?«

»Ja«, sagte Piper. »So läuft das. Alan Proctor stand zu Lebzeiten einer Gruppe Dämonenbeschwörer vor, die sich die ›Jünger Faustus‹ nannten. Und nun, da er offenbar auf dem besten Wege ist, aus dem Reich der Toten zurückzukehren und selbst ein Dämon zu werden, agiert sein Gehilfe Santos in eben dieser Tradition. Das heißt, Santos benötigte das ›Einverständnis‹ seiner Opfer, um sich ihrer Seelen zu bemächtigen, falls diese im sechsten Akt scheitern.«

»*Falls* diese scheitern?«, fragte Max. »Heißt das

denn, man hat durchaus eine Chance, *lebend* aus diesem Kapitel herauszukommen?«

»Für einen Normalsterblichen ist das sicherlich nicht mehr als eine theoretische Chance«, meinte Phoebe bitter. »Aber Santos hat sicherlich nicht mit den *Zauberhaften* gerechnet.«

Sie hatte die letzten Worte kaum ausgesprochen, da ertönte hinter ihnen ein ohrenbetäubendes Brüllen.

Sechs Köpfe ruckten erschrocken herum, und da sahen sie ihn. Der mächtige Ork stand nur wenige Meter vom Katapult entfernt, starrte sie bösartig aus seinen schwarzen Augen an und schwenkte dabei eine riesige gezackte Axt durch die Luft. Doch das Schlimmste war sein furchtbares Gebrüll, das befürchten ließ, dass bald ganze Heerscharen von seinesgleichen hier auftauchen würden.

»Ach du Scheiße!«, entfuhr es Will, und wie automatisch legte er schützend einen Arm um Teddy.

»Mach ihn alle, Piper!«, schrie Phoebe, doch es war bereits zu spät. Schon hörten sie schweres Kettengerassel, das ihnen signalisierte, dass das Fallgitter des Tors hochgezogen wurde, und kurz darauf erzitterte die Erde unter ihren Füßen. Gleichzeitig wurde vielstimmiges Kriegsgeheul laut.

Voller Entsetzen wandten die jungen Leute ihren Blick zur Burg.

Und was die sechs sahen, lähmte sie förmlich – für einen schrecklichen albtraumhaften Moment. Eine ganze Ork-Armee in grüngrauen Drachenschuppenrüstungen war unter großem Geschrei durch das Burgtor auf die Zugbrücke vorgedrungen und nun dabei, mit donnernden Schritten auf die kleine Gemeinschaft zuzustürmen.

Paige reagierte sofort. »Fasst euch an den Händen!«, rief sie den anderen zu. Die taten, wie ihnen geheißen, und als sich Piper schließlich an ihrer Halbschwester festhielt und so den Kreis schloss, zögerte Paige keine Sekunde länger.

Gerade als die erste Reihe Orks im Begriff stand, sie mit ihren Kriegsäxten in Stücke zu hacken, löste sich die Gruppe in einem Strudel aus Licht auf und verschwand aus der Gefahrenzone.

Seit einer geraumen Weile schon schien der Zustand der *Zauberhaften* ganz und gar stabil zu sein.

Leo hatte ihre sämtlichen Körperfunktionen unablässig gecheckt und immer wieder vorsorglich seine heilenden Hände aufgelegt, seit Piper fast vor seinen Augen gestorben wäre. Kurz: Er war den drei Schwestern seither nicht mehr eine Sekunde von der Seite gewichen.

Im Wohnzimmer von Halliwell Manor herrschte eine gespenstische Stille, und so schrak der *Wächter des Lichts* förmlich zusammen, als es plötzlich an der Haustür klingelte. Das Geräusch hallte unnatürlich laut und schrill an sein Ohr.

Leo rang ein paar Sekunden mit sich, ob er öffnen sollte oder nicht, doch dann entschloss er sich, nachzusehen, wer ihm und den *Zauberhaften* zu dieser Stunde einen Besuch abstatten wollte. Im Zweifelsfall war es besser, den Störer jetzt ein für alle Mal abzuwimmeln, als von ihm unablässig durch Klingeln und Anrufe belästigt zu werden.

Er eilte durch die Halle. Durch die schwere Eingangstür mit den Buntglaseinsätzen war nur ein dunkler Schatten zu erkennen. Er öffnete. Auf der Schwelle stand füßescharrend James Sherman.

Hat er sich am Ende also doch durchgerungen, es noch einmal zu versuchen, dachte Leo, der völlig verdrängt hatte, dass der junge Mann schon vor Stunden vor dem Haus herumgelungert hatte.

»Guten Abend, Doc«, begrüßte ihn James mit einem scheuen Lächeln. »Ich, ähm, wollte nur mal fragen, wie es mit dem, ähm, Experiment vorangeht.«

»Hallo, James«, sagte der *Wächter des Lichts*. »Nun, um ehrlich zu sein, wir sind mittendrin.«

»Ich wollte mich nicht aufdrängen, aber ... ich meine, kann ich euch irgendwie behilflich sein?«, fragte James. Er versuchte, an Leo vorbei einen Blick ins Wohnzimmer zu werfen.

Leo war von diesem Angebot hin- und hergerissen. Er konnte weiß Gott ein bisschen Unterstützung gebrauchen, indem James zum Beispiel in der Küche etwas zu essen zubereitete, während er, Leo, weiterhin über die *Zauberhaften* wachte. Immerhin war James so etwas wie ein Verbündeter, wenn der junge Mann auch nicht alles über ihren Plan und dessen Hintergründe wusste.

»Also gut«, sagte Leo schließlich. »Komm rein. Aber erschrick nicht«, fügte er hinzu, »die drei befinden sich in einem Zustand totaler Bewusstlosigkeit.«

Erleichtert trat James ins Haus. »Dann ist alles tatsächlich so gekommen, wie ihr befürchtet habt?«, fragte er. »Mit Eintritt ins letzte Kapitel kam der, ähm, Zusammenbruch?«

»Ja«, bestätigte Leo, während er seinen Gast ins Wohnzimmer führte, in dem die drei Mädchen reglos am Boden lagen. »Und du kannst mir tatsächlich helfen.«

»Was kann ich tun?«, fragte James bereitwillig, nachdem er seinen Blick von den drei Schwestern losgerissen hatte.

»Na ja, ich hab meinen Posten schon länger nicht mehr verlassen und daher seit geraumer Zeit kaum Gelegenheit gehabt, zu essen oder zu trinken«, musste der *Wächter des Lichts* zugeben. »Es wäre deshalb toll, wenn du uns aus der Küche ein paar Snacks holen könntest, und wenn du vielleicht bei dieser Gelegenheit auch noch eine frische Kanne Kaffee –«

»Schon erledigt!«, rief James und eilte in Richtung Küche davon.

Leo nahm wieder neben den drei Schwestern Platz, während er hörte, wie James den Kühlschrank auf- und zumachte, die Kaffeemaschine vorbereitete und im Besteckkasten herumkramte.

Die Geschäftigkeit, die aus der Küche zu ihm herüberdrang, hatte für Leo etwas zutiefst Beruhigendes, und zum ersten Mal an diesem Tag erlaubte es sich der *Wächter des Lichts*, innerlich ein wenig zu entspannen.

Bald darauf erschien James mit einem voll gepackten Tablett im Durchgang zum Wohnzimmer und stellte es vor Leo ab. Der junge Mann hatte Truthahn-Sandwichs, Käsecracker, Mixed Pickles und einen frischen, starken Kaffee zubereitet.

»Mhm«, machte Leo, als er nach einem der belegten Brote griff und herzhaft zubiss. »Das ist wirklich toll! Gut, dass du vorbeigekommen bist.«

»Finde ich auch«, meinte James heiter.

Im gleichen Moment verspürte Leo einen heftigen Schlag auf den Hinterkopf, und die Welt um ihn herum begann in Dunkelheit zu versinken.

Das Letzte, was der *Wächter des Lichts* sah, bevor

er ohnmächtig zur Seite kippte, war das hämische Grinsen auf James' Gesicht, der soeben den schweren Messing-Kerzenständer wieder an seinen Platz zurückstellte mit den Worten: »Wohl bekomm's, Doc!«

Im Schlepptau von Paige materialisierten sie direkt hinter dem Burgtor, was zur Folge hatte, dass die *Zauberhaften*, Max, Will und Teddy sich mutterseelenallein im großen Innenhof der Festung wieder fanden.

Die gesamte Ork-Armee war über die Zugbrücke in Richtung Katapult gelaufen, weshalb Will und Max nun auch eilends das hölzerne Tor hinter sich zuschoben und das schwere Fallgitter herunterließen, um den brutalen Schlächtern den Rückzug zu versperren.

Das einzige wirkliche Problem bestand in den Ork-Wachen hoch oben auf der großen Mauer, die sogleich ein großes Gebrüll anstimmten, als sie die Eindringlinge entdeckten. Ein Problem jedoch, dem Piper sich gewohnt souverän annahm. Die brutalen Krieger hatten noch nicht einmal Gelegenheit, ihre Langbögen zu ziehen, schon waren sie in ihre Bestandteile zerlegt und Geschichte.

Als das geschafft war, sahen sich die sechs Rollenspieler erst einmal etwas genauer im Hof um, in dem es auf einmal totenstill geworden war.

Der eigentliche Eingang zur Festung stand geradezu einladend offen. Dahinter war nichts zu erkennen als gähnende Leere.

»Seid ihr bereit?«, fragte Phoebe die anderen. Ihre Schwestern nickten, und Max, Teddy und Will zogen ihre Waffen.

»Dann mal los«, sagte Piper und ging voran.

Sie betraten die Festung und standen sogleich in einer dunklen großen Halle mit rauem Schieferboden, in der außer den rußenden Fackeln an den Wänden nichts Besonderes zu sehen war.

»Hier ist ja nicht gerade viel los«, meinte Phoebe.

»Vielleicht die berühmte Ruhe vor dem Sturm?«, fragte Paige.

Sie hatte die letzten Worte kaum ausgesprochen, da öffnete sich knirschend die schwere Steintür am Kopfende der Halle.

Sechs Menschen hielten den Atem an.

Und dann trat eine Gestalt auf sie zu, die bis über beide Ohren grinste.

»James!«, riefen die *Zauberhaften* und Teddy wie aus einem Munde. »Was machst du denn hier?«

Max und Will sahen sich verständnislos an.

»Nun ja«, sagte James und blieb stehen. »Ich wohne gewissermaßen hier.«

»Wie bitte?« Teddy verstand nicht. »Was soll das heißen?«

»Das soll heißen, dass ihr hier sozusagen in meinem Zuhause steht«, erwiderte James, und dann begann er zu lachen. Es war ein hässliches, bösartiges Lachen.

Alarmiert sahen sich die Schwestern an. Und dann wurde ihnen schlagartig einiges klar.

James Sherman war in Wahrheit Rick Santos, der skrupellose Gehilfe von Proctor! Und nun wusste Phoebe auch, warum ihr James als »Student« immer ein wenig zu alt vorgekommen war.

»Dann steckst also *du* hinter dieser ganzen Sache hier?«, fragte Teddy mit eisiger Stimme.

James lächelte selbstgefällig, während Teddy ihren beiden männlichen Begleitern in knappen Worten erklärte, wer James war und wo sie sich kennen gelernt hatten.

»Du bist Rick Santos und hast ahnungslose Spieler in den Tod gelockt, stimmt's?«, mischte sich nun Piper ein. »Und das alles nur, um diesem Alan Proctor mit unschuldigen Seelen zur Unsterblichkeit zu verhelfen? Pfui, Teufel!« Sie spuckte verächtlich vor ihm aus.

James' Grinsen erlosch, und ein verwirrter Ausdruck erschien auf seinem Gesicht. Offenbar war er überrascht, dass die Schwestern sowohl von seinem früheren Leben als auch von seinem Meister wussten.

»Davon versteht ihr nichts«, sagte Santos alias James. »Was sind schon ein paar läppische Seelen gegen ein immer währendes Leben auf dem Gipfel der Macht? Ich werde fortan und zu allen Zeiten die Geschicke der Welt lenken. Mal in der ersten Reihe, mal aus dem Hintergrund heraus, je nachdem, wonach mir gerade der Sinn steht. Kann es etwas Verlockenderes geben?«

»Du glaubst wirklich, Proctor wird auch dir zu Unsterblichkeit und Einfluss verhelfen?«, fragte Phoebe spöttisch. »Warum sollte er das tun? Warum sollte er seinem Handlanger die Rolle überlassen, die er eigentlich für sich selbst vorgesehen hat?«

Verärgert verzog James das Gesicht. »Ach, was geht's dich eigentlich an?«, blaffte er.

»Das geht uns eine Menge an«, ließ sich nun Paige vernehmen. »Wir sind nämlich hier, um genau das zu verhindern, und da ist es ohnehin egal, wie Proctors und deine zukünftige Aufgabenverteilung geplant war.«

»Was könnt ihr Pappnasen hier schon groß ausrichten?«, spottete James. »Wiewohl ich zugeben muss, dass ihr in meiner kleinen, aber feinen Welt recht gut klargekommen zu sein scheint. Noch niemand hat es bis vor die Tore meiner Festung geschafft. Doch damit ist euer kleines Abenteuer jetzt auch beendet.« Er grinste. »Um genau zu sein: Proctor braucht nur noch eine Seele für seine Manifestation«, er sah die Gruppe abschätzig an und kicherte, »und da hat er ja nun reichlich Auswahl.« Er wandte sich um und machte Anstalten, wieder durch die Steintür zu verschwinden, doch so leicht wollte Piper ihn nicht davonkommen lassen.

Sie hob die Hand und wirkte ihren Kampfzauber.

Ihre Kraft, die Molekularbeschleunigung, funktionierte auch diesmal, nur dass James nicht wie erwartet explodierte. Es war vielmehr so, als ob ein alter Fernsehbildschirm erlosch. James' Gestalt zog sich bis auf einen schwarzen Punkt zusammen und war kurz darauf verschwunden.

»Verdammt!«, rief Piper, als sie verstand, was hier gespielt wurde. »Er war gar nicht wirklich hier!«

»Das sind wir doch auch nicht«, erlaubte sich Will zu bemerken.

»Unsere Körper nicht, aber unsere Seelen«, erinnerte Phoebe. »Was im Grunde ja bekanntlich auf dasselbe rausläuft.«

»Wie dem auch sei, was machen wir jetzt?«, fragte Paige und deutete auf die noch immer offen stehende Steintür.

Max seufzte und schob sich das lange braune Haar aus der Stirn. »Ich nehme an, wir müssen da jetzt durch, richtig?«

»Ich fürchte, ja«, meinte Piper. »Wir machen es wie gehabt. Ich gehe voran, und ihr folgt mir, okay?«

Gesagt, getan. Zögernd ging die älteste Schwester vor und wollte durch die Steintür treten.

Da hörte sie hinter sich ein Knurren und gleich darauf einen panischen Schrei. Bestürzt fuhr Piper herum. Und dann ging alles rasend schnell.

Ihr Blick erhaschte eine schwarze, wolfsartige Bestie, die soeben auf Teddy zurannte und im Begriff stand, das rothaarige Mädchen anzuspringen. Es war ein riesiger Warg, der ihnen offenbar in den Schatten der Halle aufgelauert hatte. Vielleicht sogar Santos' persönlicher Wachhund?

Teddy hob ihren ramponierten Zauberstab, um das Vieh abzuwehren, Phoebe tat das Gleiche, wirbelte ihre Waffe jedoch durch die Luft und streifte die Bestie noch im Sprung am Kopf. Der Warg jaulte auf und plumpste schwer zu Boden. Sofort sprang er wieder auf die Beine und wollte Teddy erneut angreifen. Diesmal holte Paige aus und schlug dem Biest ihren Zauberstab vor die pelzige Brust. Er zerbrach wie ein Streichholz. Völlig unbeeindruckt von Paiges Aktion, setzte der Warg abermals zum Sprung an – wiederum auf Teddy!

In diesem Moment rastete Will aus. Mit einem wütenden Aufschrei stürzte er nach vorn, jagte dem Biest sein Kurzschwert in den aufgerissenen Rachen und zog es mit einem Ruck wieder heraus.

Das Knurren des Wargs erstarb, und er war bereits tot, bevor sein blutüberströmter Körper den Boden berührte.

»Alle Achtung!«, meinte Max zu Will, der mit seinem gezückten Paladinschwert näher kam. »Was war denn das? Barbarenwut?« Er versuchte ein schiefes Grinsen.

Will zuckte die Achseln und sah hinüber zu Teddy. Das Mädchen stand noch immer mit weit aufgerissenen Augen da und ließ soeben seinen Zauberstab sinken. »Scheint, Santos' Schoßhündchen mag keine Rothaarigen«, bemerkte sie mit heiserer Stimme und deutete auf den schwarzen Kadaver am Boden.

»Dafür ich umso mehr«, hörte sich Will sagen, und im gleichen Moment verfluchte er sich für diesen albernen Kommentar.

Doch Teddy nahm ihm die Bemerkung nicht übel. Im Gegenteil: Ein scheues Lächeln erschien auf ihrem Gesicht, als sie ihm einen schmachtenden Blick zuwarf, und in diesem Moment wussten es alle: Will war Teddys Held.

»Nun gut«, Piper räusperte sich. »Wenn ihr nichts dagegen habt, gehe ich jetzt also durch diese Steintür.«

Die anderen nickten, und so trat Piper endlich über die Schwelle.

Um sich gleich darauf an einem völlig bizarren Ort wieder zu finden, der so gar nichts mit der steinernen Trutzburg gemein hatte, aus der sie soeben gekommen war.

Sie stand im Zentrum einer sternförmigen Plaza aus Marmor- und Goldplatten, die von einem märchenhaften Nachthimmel überspannt wurde. Piper konnte nicht sagen, ob sie wirklich im Freien stand, oder ob der tiefblaue Sternenhimmel über ihr nur eine weitere von Santos' Bits-und-Bytes-Spielereien war.

Von ihrem Platz aus spannten sich vier goldfarbene Steinbrücken ohne Geländer über einen bodenlosen schwarzen Abgrund zu vier Podesten. Und auf jedem dieser Podeste stand ein blauer Teleporter.

Mitten auf der Zentralplattform, auf der sich nun auch die anderen mit erstaunten Gesichtern eingefunden hatten, war eine Steintafel angebracht, auf der offenbar etwas geschrieben stand.

Stirnrunzelnd trat Phoebe näher und las den anderen laut vor:

Vier Wege, vier Ziele,
der Chancen gar viele.
Nur einer führt ins Abendrot,
drei dagegen direkt in den Tod.

»Wie poetisch«, meinte Paige sarkastisch. »Verstehe ich das korrekt? Nur *ein* Portal ist somit der richtige Ausgang?«

»Scheint so«, erwiderte Piper seufzend. War das also ihre letzte Herausforderung? Ein Rätsel? Ein Suchspiel?

»Und was passiert, wenn man das Falsche nimmt, kann man sich ja wohl denken!« Max krauste die Stirn. »Ich hoffe, es ist wenigstens ein schneller Tod ...«, fügte er gallenbitter hinzu.

Will und Teddy standen ein wenig abseits und schauten sich unglücklich an. Ganz offensichtlich hatten die beiden nicht vor, allzu bald das Zeitliche zu segnen, nun, nachdem sie sich hier kennen und augenscheinlich schätzen gelernt hatten.

»Also für mich sehen die vier Wege mit den vier Podesten völlig identisch aus«, sagte Phoebe, die sich auf dem Absatz drehend umblickte und die merkwürdigen Zielpunkte aus der Ferne in Augenschein nahm. »Sieht nicht so aus, als ob da irgendwo ein Hinweis auf den richtigen Ausgang versteckt ist.«

»Wie gehen wir nun vor?«, fragte Will. »Trial and Error?«

»›Versuch und Fehler‹ scheint mir in diesem Fall ein wenig leichtsinnig zu sein«, sagte Teddy mit einem halbherzigen Grinsen. »Immerhin ist hier jeder, ähm, Fehler tödlich.«

»Tja, ich schätze, wir sollten uns zumindest jedes der Podeste mal aus der Nähe ansehen«, meinte Phoebe. Sie betrat den frei schwebenden Steg, der direkt nach Norden führte, und ging los. Doch als sie einen Blick nach unten warf, erblasste sie merklich. »Uhh«, rief sie, »hatte ich eigentlich schon erwähnt, dass ich nicht ganz schwindelfrei- aaaaaaaaaah!«

In diesem Moment brach die Steinbrücke unter ihr auseinander, als wäre sie aus trockenem Keks, und Phoebe hing für den Bruchteil einer Sekunde mitten über dem gähnenden Abgrund!

Die fünf auf der Zentralplattform erstarrten und hielten vor Schreck den Atem an. »O mein Gott!«, stieß Teddy hervor und verbarg ihr Gesicht an Wills Schulter.

Phoebe geriet ins Trudeln und drohte in die Tiefe zu stürzen wie ein Stein, doch da besann sie sich auf ihre Levitationsfähigkeit und konnte sich im letzten Moment gerade noch fangen.

»Zum Podest, schnell!«, rief Piper ihrer Schwester zu, und Phoebe tat genau das: Sie schwebte eilends auf das nördliche Portal zu und landete auf dem marmornen Podium. Als sie wieder festen Boden unter den Füßen hatte, stellte sie fest, dass der Teleporter anders aussah als derjenige, den sie in der Unterwelt genommen hatten – irgendwie flach und seltsam leblos.

Sie steckte eine Hand hindurch und musste unwillkürlich lachen, als diese auf der anderen Seite wieder zum Vorschein kam. Der Teleporter war eine Attrappe, und eine schlechte noch dazu!

»Das Ding ist ein Fake!«, schrie sie den anderen über den Abgrund hinweg zu. »Wartet, ich komme wieder zu euch.« Sie erhob sich in die Lüfte und schwebte zurück zu ihren Begleitern. »Das Portal da hinten ist ein ganz mieser Blender!«, wiederholte sie. »Das können wir also schon mal abhaken.«

»Was, wenn auch die anderen schlicht und einfach Attrappen sind – bis auf eins, versteht sich?«, überlegte Teddy. »Das könnte Phoebe mittels ihrer Fähigkeiten doch ganz schnell rausfinden?« Sie sah erwartungsvoll in die Runde.

Diese Idee hatte etwas für sich, und so erhob sich Phoebe ein zweites Mal in die Lüfte und schwebte über die Brücke zu ihrer Linken auf den Teleporter im Westen zu. Auch dieser stellte sich als Blindgänger heraus, sodass nur noch zwei Portale übrig blieben.

In einer Mischung aus Nervosität und Spannung warteten die anderen im Zentrum der Sternenhalle darauf, dass die junge Hexe als Nächstes das Podest im Osten checkte.

Dort angekommen, erlebte Phoebe jedoch eine Überraschung. Dieses Portal flackerte und glühte, und es verströmte im Gegensatz zu den vorherigen eine Aura aus purer Energie, begleitet von einem fast unmerklichen atmosphärischen Rauschen. »Ich glaube, das ist das Richtige!«, rief sie den anderen auf der Plattform zu. Kommt rüber!«

Paige nickte. Die kleine Gruppe fasste sich an den Händen, und dann verschwanden die fünf in einem Strudel aus blauem Licht. Im Bruchteil einer Sekunde materialisierten sie neben Phoebe auf dem marmornen Podest im Osten.

»Uff, das wäre schon mal geschafft!«, meinte Paige. Das Portal waberte und summte.

»Wie geht's jetzt weiter?«, fragte Max. Auch Will und Teddy sahen die *Zauberhaften* erwartungsvoll an.

»Ich werde jetzt die Zeit einfrieren, und dann betreten wir den Teleporter«, sagte Piper, und ein verschwörerischer Ausdruck erschien auf ihrem Gesicht. »Egal, was uns an seinem Ende erwartet, es wird bis auf weiteres nicht auf uns reagieren können.« So hoffe ich zumindest, fügte sie im Geiste hinzu.

Sie hob die Hände und brachte den Lauf der Zeit zum Stillstand. Das Portal hörte auf zu flackern, und das Summen brach abrupt ab.

Paige fasste Will und Teddy an den Händen, während Phoebe und Piper den schmächtigen Max in ihre Mitte nahmen.

Dann betraten die beiden Gruppen nacheinander das magische Portal.

Das Letzte, an das Rick Santos sich erinnerte, war, dass er bei der Analyse der kryptischen Zeichen auf seinem Bildschirm herausgefunden hatte, dass seine »Häschen« im Begriff standen, das richtige Portal zu betreten!

Er hatte gerade fluchend etwas auf seinem Keyboard eingeben wollen, das eben dies verhindern sollte, als er plötzlich eine Art Filmriss gehabt haben musste. Was natürlich Pipers Freeze zuzuschreiben war, doch das konnte Santos nicht wissen. Und so kam er erst wieder zu sich, als im Obergeschoss seines Apartments plötzlich Stimmengemurmel laut wurde.

Seine Hände schwebten noch immer über der Tastatur, als Piper, Phoebe und Paige die Treppe herunterpolterten und in sein Arbeitszimmer stürmten.

Und dann ging alles sehr schnell.

Der Spieledesigner schrie wütend auf, fuhr auf seinem Drehstuhl herum, während Piper die Hände hob und ihm zum Abschied ein »Gute Reise, Arschloch!« entgegenschleuderte.

Das Ende des genialen, einst so viel versprechenden Entwicklers war ebenso kurz wie schmerzlos, wenngleich für die *Zauberhaften* nicht wirklich spektakulär.

Kurz: Rick Santos alias James Sherman explodierte wie eine Konfettibombe.

»Das war's!«, jubelte Phoebe, als es endlich vorbei war. Die Schwestern und ihre jungen Begleiter fielen sich in dem mit Monitoren, Computern und anderem PC-Equipment voll gestellten Raum erleichtert in die Arme.

»Aber warum tragen wir immer noch unsere Rollenspiel-Outfits?«, fragte Will und sah an seiner Druidenrüstung herab. »Müsste der, ähm, Bann mit Santos' Tod jetzt nicht gebrochen –«

»Moment mal«, unterbrach ihn plötzlich Paige und deutete in Richtung Schreibtisch. »Was ist das?« Fünf Köpfe ruckten alarmiert herum.

Dort, wo bis vor wenigen Sekunden noch Rick Santos gesessen hatte, stieg plötzlich so etwas wie ein fahles Irrlicht in die Höhe und schwebte zielstrebig auf den Eingang eines an das Computer-Zimmer angeschlossenen Raumes zu.

Gleichzeitig wurde es in dem kleinen Haus sehr still und sehr, sehr kalt.

Vor dem Durchgang, hinter dem offenbar das Schlafzimmer des ehemaligen Spieleentwicklers lag, erschien plötzlich ein schwarzer, amorpher Schatten auf der Schwelle, der den Anwesenden heiß-kalte Schauer über den Rücken jagte.

Das blasse Irrlicht zuckte auf die unheimliche Erscheinung zu, wie wenn es von der Schwärze magisch angezogen, und dann von ihr absorbiert würde. Ein Vorgang, der zur Folge hatte, dass der Schatten nun langsam Form annahm.

Das war der Moment, in dem sie alle etwas Wichtiges begriffen: Santos' verderbte Seele hatte sich soeben mit dem Geist einer abgrundtief bösen Entität vereinigt und so einer neuen Existenz zu irdischem Leben verholfen! Eine unheilige Allianz.

Es war ein großer, spindeldürrer Mann, gekleidet in der Mode des 18. Jahrhunderts, der nun vor ihnen Gestalt annahm. Er trug einen schwarzen Anzug mit engen Hosenbeinen, und auf seinem fast kahlen Kopf saß ein steifer, altmodischer Hut. Sein hageres Gesicht und die dunklen, eingefallenen Augen spiegelten so etwas wie Zufriedenheit, ja, fast Triumph wider. »Danke«, sagte er mit einer Stimme, die direkt aus der Gruft zu kommen schien. »Das war die letzte Seele, die ich für meine Wiederkehr brauchte.«

Und dann begann der frisch gebackene Dämon Alan Proctor zu lachen. Und er lachte noch immer, während sich die virtuellen Körper der *Zauberhaften* und ihrer Begleiter langsam auflösten wie Fleisch in einem Säurebad.

Stöhnend kam Leo wieder zu sich.

Seine Hand tastete zu seinem Kopf, und er zuckte

vor Schmerz zusammen. An der Stirn prangte eine stattliche Beule, und er hatte das Gefühl, ihm müsse jeden Moment der Schädel platzen. Sein Blick flog suchend durchs halliwellsche Wohnzimmer – von James war nichts mehr zu sehen –, doch dann blieb er an den drei reglosen Figuren am Boden hängen.

Sein Herz machte einen erschrockenen Satz. Sofort sprang er auf die Beine und hastete zu den Schwestern hinüber.

Er überprüfte ihre Vitalfunktionen, und alles schien so weit in Ordnung zu sein. Und noch etwas spürte der *Wächter des Lichts*. Die *Zauberhaften* waren wieder zurück in dieser Sphäre, und doch waren ihre Seelen noch nicht in ihre Körper zurückgekehrt. Es war also noch nicht vorbei.

Doch das Schlimmste war, dass er es einfach nicht schaffte, Kontakt zu ihnen aufzunehmen!

Die *Macht der Drei*, wie auch das heilige Band des Blutes, schien blockiert, vielleicht sogar bereits zerstört zu sein!

In Rick Santos' Haus standen die immer ätherischer wirkenden Körper von Max, Teddy, Will und der *Zauberhaften* wie gelähmt da.

Die blitzschnelle Metamorphose und Manifestation Alan Proctors hatte die drei Hexen völlig überrascht.

Das hatte sich der ehemalige Hexenmeister zunutze gemacht, indem er die Gruppe kurzerhand mit einem Paralyse-Zauber zur Untätigkeit verdammt hatte, während sich ihre virtuellen fleischlichen Hüllen langsam verflüchtigten. Ein simpler, wenngleich sehr wirkungsvoller Trick.

Wie Zuschauer in einem Film mussten die sechs

nun hilflos mit ansehen, wie sich ihre temporären Körper nach und nach auflösten, während der unheimliche Mann langsam auf sie zutrat.

Seine Absichten waren unmissverständlich. Der dämonische Seelenfresser wollte sich nun auch ihrer Psychen bemächtigen!

Und im Falle von Piper, Phoebe und Paige witterte er besonders lohnende, weil magische Beute!

Eiligst legte Leo die schlaffen Hände seiner Schützlinge ineinander, sodass diese nun auch körperlich eng miteinander verbunden waren.

Dann intonierte er den Spruch des Blutes:

Wohin ihr geht, wo immer ihr seid,
das Herz wird euch finden,
euch stets an euch binden,
weil Blut die Essenz eures Lebens ist.

Er hatte das letzte Wort kaum ausgesprochen, da verschwanden die entseelten Körper der drei Schwestern vor seinen Augen, um sich an einem anderen Ort wieder mit ihren Psychen zu vereinen.

Und in diesem Moment wusste Leo, dass die *Zauberhaften* nun ihren alles entscheidenden Kampf würden ausfechten müssen.

In Rick Santos' Apartment wurden Piper, Phoebe und Paige von einem Gefühl aus Innigkeit und Glück erfüllt, just in dem Moment, da der Dämon Alan Proctor Hand an die *Zauberhaften* legen wollte.

Fast gleichzeitig ging ein Zittern durch ihre nun fast schon nicht mehr vorhandenen Körper. Die verblassten Fantasy-Zauberinnen-Rüstungen verschwanden, und an ihre Stelle trat wieder die Kleidung, die die drei Schwestern trugen, bevor sie den sechsten Akt betreten hatten.

Synchron mit der Vereinigung von Körper, Geist und Seele kehrte auch ihre Magie wieder zu ihnen zurück und durchströmte sie wie warmes Sonnenlicht.

Proctor hob seine knochigen Hände, um sie Phoebe von hinten um den Hals zu legen. Zu alter Kraft und Stärke zurückgefunden, wirbelte die junge Hexe plötzlich herum wie ein Derwisch und rammte dem überraschten Dämon unsanft ihr Knie in den Bauch. »Das ist für Eric, du Drecksack!«

Proctor klappte zusammen und stöhnte, blieb aber standhaft. In der nächsten Sekunde schoss er unversehens vor wie eine Raubkatze und wollte Phoebe erneut ans Leder. Doch ehe er nach der jungen Hexe greifen konnte, drehte diese ihm eine lange Nase, erhob sich in die Lüfte und landete direkt hinter ihm.

Proctor knurrte und machte ein verblüfftes Gesicht. Das war, noch bevor Phoebe ihm einen harten Tritt in sein verknöchertes Hinterteil versetzte. »Und hiermit kündige ich meinen Vertrag mit *RS-Entertainment* und den ›Jüngern Faustus‹ mit sofortiger Wirkung!«

Paige konnte sich ein Grinsen nicht verkneifen und orbte rasch neben ihre Schwester, bevor Piper in Aktion trat und die Zeit einfror.

Alan Proctor erstarrte kurz vor dem drohenden Sturz, wodurch der Dämon in seinem altmodischen Anzug und mit dem schief sitzenden Hut auf dem Kopf noch lächerlicher wirkte.

Schweigend fassten sich die Schwestern an den Händen und beschworen die *Macht der Drei*.

Ein Brausen und Brodeln erfüllte Santos' Apartment, als die ungebändigten, und doch konzentrierten Kräfte der drei Hexen auf den Dämon niedergingen wie ein schweres Gewitter.

Proctor schrie, als ob er schon jetzt im Höllenfeuer schmorte, und dann zerplatzte der Dämon in einer gewaltigen Explosion aus schwarzen, öligen Partikeln.

Im gleichen Moment sanken Max, Will und Teddy, deren Körper nur mehr kaum noch zu erahnende Schemen waren, zu Boden. Der Bann war gebrochen.

Phoebe beugte sich über die drei und sprach rasch einen Vergessenszauber, während Piper genüsslich den Stecker an Santos' Hauptcomputer zog und danach die gesamte Logistik auf seinem Schreibtisch pulverisierte.

Als das erledigt war, wandten sich die drei Hexen um und wurden Zeugen eines gar wunderbaren Schauspiels.

Wie soeben flügge gewordene Vögel erhoben sich die nunmehr gänzlich befreiten Seelen von Max, Teddy und Will in die Luft und trudelten eine Weile orientierungslos und wispernd umher.

Dann änderten die ehemals kraftlosen Lichtpunkte ihre Farbe zu einem strahlenden Himmelsblau und schossen hinaus in den Äther – um endlich in ihre wahren Körper zurückzukehren.

Erschöpft, und doch zufrieden sahen sich die *Zauberhaften* an. Es war wieder einmal geschafft!

»Lasst uns nach Hause gehen«, sagte Paige und reichte ihren Schwestern die Hände.

Nur einen Moment später waren die drei Hexen in einem Wirbel aus himmlischen Licht verschwunden.

Epilog

Das Erste, was Teddy sah, als sie im Krankenhaus die Augen aufschlug, war das besorgte Gesicht ihrer Mutter.

»Wo ... bin ich?«, flüsterte das rothaarige Mädchen schwach. »Was ist ... passiert?«

Liz Myers traten vor Erleichterung die Tränen in die Augen. »Du bist in der Klinik, Liebes. Und du warst ... sehr, sehr krank.«

Sie nahm ihre Tochter zärtlich in den Arm und sagte leise: »Ich verspreche dir, ich werde mich in Zukunft wieder mehr um dich kümmern, mein Schatz. Alles wird gut. Ich liebe dich.«

Und Teddy glaubte ihr.

Max Henderson kam in einem Rettungswagen der Stadt Sausalito zu sich. Gedämpft drangen Stimmen und eine Sirene an sein Ohr.

Gerade beugte sich ein verschwitzter Sanitäter über ihn, um ihn an einen Tropf anzuschließen.

Max drehte mühsam den Kopf. Er lag auf einer Rettungsbahre und hatte einen kleinen Versorgungsschlauch in der Nase.

Lisa, seine ältere Schwester, saß mit blassem, sorgenvollem Gesicht neben ihm und hielt seine Hand.

Sie hatte ihn vor knapp einer halben Stunde gefunden, nachdem sie zusammen mit dem Hausmeister

Max' Wohnung aufgebrochen hatte, weil er sich schon seit Tagen nicht mehr bei ihr gemeldet hatte.

»O mein Gott«, entfuhr es der jungen Frau, als Max ein undeutliches Murmeln von sich gab und sie verständnislos ansah. »Doktor, mein Bruder ist wieder bei Bewusstsein!«

Ein älterer Mann in einem weißen Kittel huschte an Max' Seite und prüfte dessen Puls.

»Keine Sorge, Miss Henderson, der kommt schon wieder in Ordnung«, sagte der Notarzt lächelnd.

Stöhnend erwachte Will neben seinem Schreibtischstuhl.

Jede Faser seines Körpers schmerzte, er fühlte sich wie ausgedörrt, und er war so schwach, dass er Mühe hatte, auf die Beine zu kommen. Sein Blick wanderte zum Digitalwecker neben seinem Bett. Außer der Uhrzeit war auf dem Display auch das aktuelle Datum abzulesen.

Für einen Moment wirkte Will wie versteinert, als er begriff, was geschehen war. Der Anzeige nach war heute Donnerstag! Das bedeutete, er hatte, nachdem er irgendwann am Wochenende vor seinem Computer zusammengebrochen sein musste, über fünf Tage bewusstlos in seinem Zimmer gelegen!

Verwirrt versuchte er sich aufzurappeln. Sein Kreislauf brach jedoch auf der Stelle zusammen, und ihm wurde schwarz vor Augen. Nach einer Weile versuchte er es erneut und kam schließlich wackelig auf die Beine.

Einen Moment lang stand er einfach nur so da. Das Letzte, an das er sich nach angestrengtem Nachdenken erinnerte, war, dass er Freitagabend – wie so oft – vor seinem Rechner gesessen hatte und irgendwas hatte daran erledigen wollen. Was, war ihm allerdings gänzlich entfallen.

Er wankte zum Kühlschrank und holte eine volle Flasche Milch heraus. Er öffnete sie und roch daran. Gott sei Dank, sie war noch gut! Gierig trank er sie in einem Zug aus.

Bei seinem Computer lag eine angebrochene Tafel Schokolade. Auch diese verschlang er heißhungrig. Tatsächlich hätte er einen ganzen Ochsen verspeisen können! Neben der Tastatur stand eine noch ungeöffnete Dose mit einem Energiedrink, die er gleichfalls in einem leerte. Eine Schachtel Zigaretten lag auch dort. Reflexartig zündete sich Will einen von den Glimmstängeln an, drückte ihn aber sofort wieder im Aschenbecher aus, als ihn nach dem ersten Zug eine Welle aus Schwindel und Übelkeit übermannte.

Sein Blick fiel auf den Monitor. *Software ›Abaddon‹ erfolgreich deinstalliert* stand darauf zu lesen. Er runzelte die Stirn. Er konnte sich nicht erinnern, ein Programm dieses Namens jemals installiert, geschweige denn deinstalliert zu haben. Allerdings konnte er sich auch nach intensivem Nachdenken nicht erinnern, was er überhaupt in den Stunden vor seinem Kollaps getan hatte.

Er wusste nur, er hatte seinen Auftraggeber nun schon seit Tagen hängen lassen, und er musste die liegen gebliebene Arbeit schleunigst erledigen, wenn er sich nicht einen Riesenärger einhandeln wollte!

Er schleppte sich zum Telefon, rief die Unternehmensberatung, für die er als Systemadministrator tätig war, an und versprach dem Geschäftsführer, bis Ende der Woche alle Softwareupdates auszuführen, die in diesem Monat noch anstanden. Danach betrat er mit weichen Knien das Badezimmer, wusch sich flüchtig und verließ schließlich das Haus, um sich in der nächsten Pizzeria erst einmal gründlich den Bauch voll zu schlagen. Auch nahm er sich vor, schleunigst einen Arzt aufzusuchen. Nach dem, was ihm widerfahren war, fand Will, dass es dringend an der Zeit war, sich mal gründlich durchchecken zu lassen.

Und als er unter dem strahlend blauen kalifornischen Himmel stand und die Sonne seine Seele wärmte, schwor er sich, in Zukunft ein wenig mehr Verantwortung für sich und sein Leben zu übernehmen.

Nachdem sich die *Zauberhaften* und Leo von den Strapazen in und rund um Netherworld erholt hatten, saß man eines schönen Abends im Wohnzimmer von Halliwell Manor zusammen und beschloss, ein wenig Schicksal zu spielen.

Das heißt, Phoebe beschloss und brachte das Thema auch gleich aufs Tapet. »Habt ihr nicht auch bemerkt, dass sich Teddy und Will irgendwie, ähm, sehr sympathisch waren?«, fragte sie ihre Schwestern.

»Allerdings!«, meinte Piper lächelnd. »Die waren ja ganz hingerissen voneinander.«

»Du meinst, Teddy und Will würden ein süßes Paar abgeben?«, bemerkte Paige mit einem Augenzwinkern.

»Nennt mich hoffnungslos romantisch«, erwiderte Phoebe, »aber genau das meine ich! Und ich bin zudem der Meinung, wir müssen ihnen irgendwie helfen, zueinander zu finden.«

»Und wie willst du das bewerkstelligen?«, fragte

Leo. »Die beiden können sich doch aufgrund deines Vergessenszaubers an nichts mehr erinnern, was mit ihrem Abenteuer in Netherworld zusammenhängt. Wie willst du sie also zusammenbringen?«

»Das lasst mal meine Sorge sein!« Phoebe lächelte geheimnisvoll.

Eine Woche später saßen Will und Teddy im hoffnungslos überfüllten *OpenNet Point* an einem der Tische und unterhielten sich angeregt. Die beiden wirkten sehr verliebt und glücklich.

In einiger Entfernung saßen drei hübsche Frauen und beobachteten das junge Paar verstohlen.

»Wie hast du das nur hingekriegt, Phebes?«, fragte Paige verblüfft.

»Sind wir nun Hexen oder nicht?«, gab Phoebe zurück und schlürfte amüsiert ihren Milchkaffee.

»Du meinst ... du hast ...«, stotterte Piper. »Aber, das ist doch ...«

»Nein, ist es nicht«, erwiderte Phoebe trotzig. »Ich hab nämlich nicht zum *eigenen* Vorteil gezaubert, sondern einzig und allein für das Glück von Will und Teddy!«

Paige und Piper tauschten einen überraschten Blick. »Unsere gute Phoebe«, sagte die Ältere schließlich seufzend. »Wenn in ihrem eigenen Leben mal nichts Romantisches passiert, dann spielt sie eben ein bisschen Amor und sorgt dafür, dass wenigstens andere die, nun, Magie der Liebe erfahren.« Sie schenkte ihrer Schwester ein warmes Lächeln.

»Du alte Kupplerin«, meinte Paige grinsend zu Phoebe. »Ich finde, es wird dringend Zeit, dass auch *du* dich wieder mal verliebst, damit du auf andere

Gedanken kommst. Ausgiebiges Computerspielen hat da ja leider nicht die gewünschte Wirkung gebracht.«

»Und dabei war ›Abaddon‹ ein echt cooles Game«, meinte Phoebe traurig, »schade, dass es nur zu diesem einen teuflischen Zweck programmiert worden ist ...« Sie schauderte bei dem Gedanken an Rick Santos und Alan Proctor. »Doch um auf deine vorhergehende Bemerkung zurückzukommen«, fuhr sie fort, »ich fürchte, ich bin nach der Sache mit Cole bis auf weiteres von amourösen Anwandlungen kuriert ...«

In diesem Augenblick trat ein großer, gut aussehender Mann an ihren Tisch. »Entschuldigung«, sagte er zu den drei Frauen und deutete auf den einzigen noch unbesetzten Stuhl. »Aber ist dieser Platz noch frei?«

In Phoebes Miene trat ein interessiertes Funkeln, als sich ihre Blicke trafen, und der Fremde schenkte der hübschen Frau mit den dunkelbraunen Augen ein sichtlich beeindrucktes Lächeln.

»Ja, natürlich«, rief die junge Hexe charmant. »Bitte setzen Sie sich doch. Ich heiße übrigens Phoebe. Phoebe Halliwell.«

»Freut mich, Sie kennen zu lernen, Phoebe«, sagte der junge Mann, der eine gewisse Ähnlichkeit mit Keanu Reeves nicht verleugnen konnte. »Mein Name ist Jean. Ich komme aus Frankreich und kam zufällig hier vorbei, um ...« Unversehens waren die beiden in ein lebhaftes Gespräch vertieft.

Piper und Paige indes sahen sich verblüfft an, und dann brachen die beiden in schallendes Gelächter aus.

Neues von den Zauberhaften!

ISBN 3-8025-3258-9
Tod im Spiegel

ISBN 3-8025-3303-8
Der Fluch der Meerjungfrau

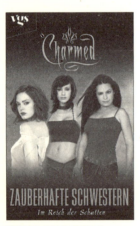

ISBN 3-8025-3257-0
Im Reich der Schatten

ISBN 3-8025-3302-X
Das Orakel der göttlichen Drei

Egmont vgs verlagsgesellschaft, Köln

www.vgs.de

Die *Macht der Drei* geht weiter …

ISBN 3-8025-3259-7
Hexen im Fadenkreuz

ISBN 3-8025-3264-3
Das Zepter der schwarzen Magierin

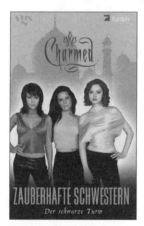

ISBN 3-8025-3255-4
Der schwarze Turm

ISBN 3-8025-3304-6
Dämonische Liebe

Egmont vgs verlagsgesellschaft, Köln

www.vgs.de

Fünf »zauberhafte« Freundinnen retten die Welt

W.I.T.C.H.
Die zerbrochene Kugel, Teil 1
Der steinerne Falke
ISBN 3-8025-3287-2

W.I.T.C.H.
Die zerbrochene Kugel, Teil 2
Die Krallen des Adlers
ISBN 3-8025-3288-0

W.I.T.C.H.
Die zerbrochene Kugel, Teil 3
Der Schatten der Eule
ISBN 3-8025-3289-9

W.I.T.C.H.
Die zerbrochene Kugel, Teil 4
Der goldene Phönix
ISBN 3-8025-3290-2

Egmont vgs verlagsgesellschaft, Köln

www.vgs.de

Neue Titel aus unserer
»Magischen Reihe«

Gabriela d'Albert
WECKE DIE MACHT IN DIR
Hexentipps und Zauberweisheit für mehr Power
und Selbstvertrauen
112 Seiten
ISBN 3-8025-2998-7

Màja Sonderbergh
DAS MAGISCHE JAHR
Der immer währende
Hexenkalender
112 Seiten
ISBN 3-8025-3279-1

Yan d'Albert
DAS BUCH DER MAGISCHEN ORTE
Geheimnisvolle Plätze,
zauberhafte Burgen,
heilende Quellen
128 Seiten
ISBN 3-8025-3256-2

Yan d'Albert
DIE HEXENWERKSTATT
In dreizehn Schritten zum
Zauberdiplom
96 Seiten
ISBN 3-8025-3280-5

Egmont vgs verlagsgesellschaft, Köln

www.vgs.de